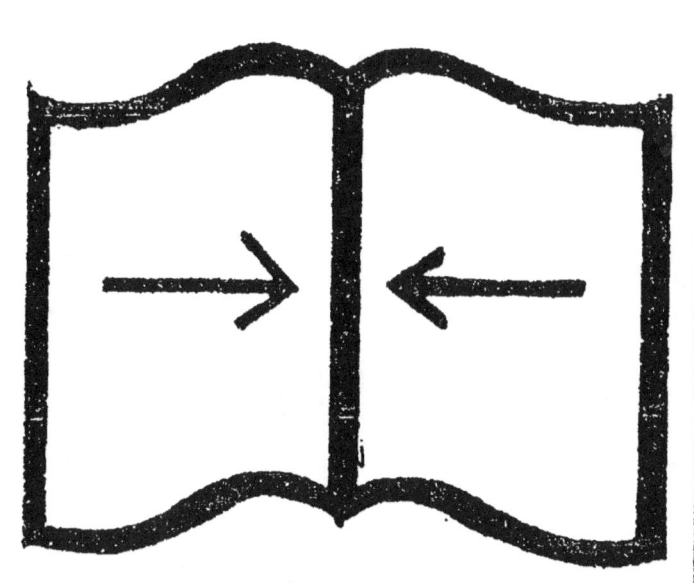

RELIURE SERREE
Absence de marges
intérieures

SIMPLE HISTOIRE

IVAN GONTCHAROV

SIMPLE HISTOIRE

TRADUIT DU RUSSE

PAR

E. HALPÉRINE

II

PARIS

LIBRAIRIE ACADÉMIQUE DIDIER

PERRIN ET Cie, LIBRAIRES-ÉDITEURS

35, QUAI DES GRANDS-AUGUSTINS, 35

1887

SIMPLE HISTOIRE

DEUXIÈME PARTIE

CHAPITRE PREMIER

Il s'était écoulé plus d'un an depuis les événements relatés dans les précédents chapitres de cette histoire.

Alexandre avait passé par degrés de son désespoir brûlant à une tristesse attiédie. Il ne maudissait plus le comte et Nadinka, il ne grinçait plus des dents, en pensant à eux ; il les confondait l'un et l'autre dans le même dédain.

Lisaveta Alexandrovna, sa tante, le consolait avec des sollicitudes d'amie et de sœur, et il s'abandonnait à cette douce protection ; les natures comme la sienne remettent volontiers à autrui le soin de vouloir pour elles: toute la vie, elles ont besoin d'une nourrice.

Enfin sa passion s'évapora, son chagrin se dissipa ; mais il avait peine à s'en séparer, il les retenait, se forgeait une douleur factice, s'abîmait en elle.

Il se complaisait dans le rôle de martyr. Il restait grave, taciturne, mélancolique, comme un homme accablé, disait-il, par *un grand coup du sort*. Il parlait de supplices endurés, de saints et nobles sentiments meurtris, foulés aux pieds dans la boue. Et par qui ? Par une coquette vaniteuse, par un bas viveur, un méprisable *lion* à la langue dorée. « Ai-je été créé et mis au monde pour livrer en pâture à des misérables les plus sublimes sentiments de mon âme ? »

Une fiction pareille, jamais un homme ne la tolérerait chez un autre homme, pas plus qu'une femme chez une autre femme ; mais entre deux jeunes gens de sexe différent, que ne se passe-t-on ? Lisaveta Alexandrovna prêtait une oreille complaisante aux lamentations de son neveu, et cherchait à le consoler. Ses doléances ne la rebutaient pas ; peut-être y voyait-elle l'expression de sentiments qu'elle partageait, l'écho d'une douleur dont elle souffrait elle-même.

Elle écoutait avidement, répondait par des soupirs discrets, des larmes silencieuses. Elle savait même trouver des paroles réconfortantes pour les tristesses factices et fastidieuses de son neveu. Mais celui-ci ne voulait pas les entendre.

— Ne me parlez pas, ma tante! s'écriait-il. Je ne profanerai point le nom béni de l'amour en l'appliquant à mes relations avec cette...

Il fit une grimace de dédain; comme autrefois Petr Ivanovitch, il eût dit volontiers : « Cette... comment donc? »

— Du reste, poursuivait-il avec une expression croissante de mépris, on peut lui pardonner. Je planais si fort au-dessus d'elle et du comte, si fort au-dessus de leur sphère étroite et mesquine; comment m'eût-elle reconnu?

Et il disait encore, toujours méprisant:

— Mon oncle soutient que je dois savoir gré à cette Nadinka. De quoi? Que valait cet amour? Sot, banal, rien qui sortît du vulgaire train-train quotidien. Nul héroïsme, nul sacrifice. Elle n'agissait que d'après sa mère, servilement. Elle n'a jamais enfreint, pour moi, les convenances mondaines. Un amour, cela! Une jeune fille qui n'a point su éclairer ce sentiment d'un seul rayon de poésie!

— Quel amour demandez-vous donc à une femme? fit Lisaveta Alexandrovna.

— Quel amour? Je voulais régner sur son cœur en maître exclusif. La femme amoureuse ne doit point regarder autour d'elle, ni remarquer d'autres hommes que celui qu'elle aime. Tous les autres l'excèdent, lui seul est séduisant, beau (Alexandre se redressait) et noble. Toute minute passée loin de lui est une minute perdue... C'est dans mes regards, dans mes paroles qu'elle aurait dû puiser le bonheur, et nulle part ailleurs...

Lisaveta Alexandrovna avait envie de sourire, mais elle n'en laissa rien paraître. Alexandre poursuivait sans rien remarquer.

— A moi, disait-il les yeux brillants, à moi elle aurait dû sacrifier tout, les vaines commodités, les convenances, les vils intérêts, secouer le joug tyrannique de sa mère, attendre, au besoin, toute la vie, supporter vaillamment toutes les misères, affronter même la mort. Le voilà, l'amour. Cette...

— Comment lui auriez-vous marqué votre gratitude? demanda la tante.

— Moi! répondit Alexandre en levant les yeux vers le ciel, je lui aurais donné ma vie entière, je me serais couché à ses pieds; chaque parole d'elle m'eût ravi au septième ciel. J'aurais chanté sa beauté, notre bonheur et la nature; pour elle j'aurais conquis la langue de Pétrarque et de l'amour... Mais n'ai-je point montré à Nadinka comme je sais aimer?

— Vous ne croyez donc qu'aux sentiments manifestés? Mais souvent un sentiment vif se dissimule.

— Est-ce à dire, ma tante, que mon oncle dissimule de tels sentiments?

Lisaveta Alexandrovna rougit tout à coup. A part elle, quoi qu'elle en eût, elle pensait, elle aussi, que les sentiments dont rien ne révèle au dehors l'existence sont sujets à caution, ou même n'existent pas; que s'ils existaient, rien ne les empêcherait de se manifester, et, dans tous les sentiments, comme dans l'amour, elle voyait des sources d'infini bonheur.

Elle repassait dans son esprit toute sa vie de femme mariée. L'indiscrète question d'Alexandre avait remué au fond de son cœur un mystère qu'elle y tenait profondément caché, en l'amenant à se demander si elle était heureuse.

Elle ne pouvait pas se plaindre. Elle offrait tous les signes extérieurs de bonheur que le vulgaire recherche avidement: l'aisance et même l'abondance pour le présent, la sécurité pour l'avenir. Les pénibles et lourds soucis qui accablent tant de misérables, elle en était indemne.

Son mari travaillait, infatigablement, continuellement. Mais pourquoi? Poursuivait-il un but général, l'accomplissement de la tâche impartie à chacun par le sort, ou bien des vues spéciales, soit désir de gagner de l'argent et des honneurs, soit crainte de la gêne et des ennuis qui en découlent? Dieu le sait. Il n'aimait guère à s'entretenir de ces questions générales, c'était à ses yeux du délire; et il se bornait à dire qu'il fallait vaquer à ses affaires.

Lisaveta Alexandrovna avait conclu de là que ce travail opiniâtre ne tendait pas uniquement à son bonheur à elle-même. Il avait travaillé pareille-

ment avant son mariage, avant de la connaître. Il
ne lui avait jamais parlé d'amour, avait évité d'y
faire allusion ; aux questions de sa femme il répondait par des plaisanteries quand il ne feignait pas
de dormir. Peu de temps après l'avoir rencontrée,
il lui avait parlé de mariage : preuve qu'il l'aimait,
apparemment. Quant à s'étendre sur l'amour,
inutile.

Il était ennemi de toute chose à effet, ce qui
n'était pas un mal, mais aussi de tout épanche-
ment ; et il n'en voyait point la nécessité chez les
autres. Pourtant il eût pu, d'un mot, d'un regard,
inspirer à Lisaveta Alexandrovna une passion profonde ; mais il se taisait, ne voulait pas. Pour son
amour-propre à elle, était-ce flatteur ? Elle avait
cherché à exciter sa jalousie, pensant qu'alors
son amour allait se montrer. Mais en vain. Dès que
Petr Ivanovitch la voyait, dans une compagnie,
particulièrement aimable envers un jeune homme,
il s'empressait de l'accabler de compliments élo-
gieux, l'invitait à le venir voir, et le laissait sans
crainte seul avec sa femme.

Parfois Lisaveta Alexandrovna, habile à se tromper, attribuait les manières de Petr Ivanovitch à
quelque stratégie, quelque plan secret destiné à
entretenir en elle l'amour par la méfiance. Mais
aux premiers mots de son mari sur l'amour, adieu
l'illusion.

Si du moins il se fût montré rustre, grossier,

ou méchant, ou imbécile, un de ces maris, dont le nombre est légion, qu'on peut tromper sans péché, qu'on doit tromper pour leur bonheur comme pour le sien propre, un de ces maris créés tout exprès, semble-t-il. pour exciter leur femme à chercher dans leur entourage, à aimer quelqu'un autre, alors les choses auraient changé de face. Peut-être eût-elle fait ce que font, dans ces conjonctures, la plupart des femmes. Mais Petr Ivanovitch montrait un tact, une raison extraordinaires. Il était fin, spirituel, subtil, comprenait toutes les alarmes, tous les orages du cœur; mais il les comprenait sans plus. C'est dans le cerveau, non dans le cœur, que les choses du cœur avaient chez lui leur principe. Ce qu'il en disait laissait voir qu'il en parlait par ouï-dire, non par expérience. Il jugeait sainement des passions; mais il méconnaissait leur puissance, jusqu'à les railler, les taxer d'erreurs et d'exceptions, jusqu'à voir en elles quelque chose comme une maladie dont on trouverait bientôt le remède.

Lisaveta Alexandrovna sentait cette supériorité de son mari sur son entourage, et s'en affligeait :

— « S'il n'était pas si intelligent, pensait-elle, je serais sauvée ! Il n'aime que le terre à terre, et il veut évidemment que sa femme s'abstienne, comme lui, de vivre dans le rêve. Mon Dieu ! s'est-il marié uniquement pour prendre une ménagère, pour donner plus de dignité à son ménage

de garçon, pour se faire un intérieur ou acquérir
plus d'importance dans la société? Une ménagère,
une femme, au sens le plus prosaïque du mot? Il
ne devine point, malgré toute son intelligence,
que, même dans ces fonctions naturelles de la
femme, une place doit être réservée à l'amour.
Les devoirs de la famille... oui; mais peut-on s'en
acquitter sans l'amour? Les nourrices, les bonnes
d'enfants ont elles-mêmes besoin de se créer un
amour pour l'enfant qu'elles allaitent, qu'elles
soignent: et une épouse! une mère! Oh! acheter
son amour par des souffrances, subir les peines
dont s'accompagne un grand amour, pourvu seulement qu'il me soit donné de vivre d'une vie
pleine, de me sentir vivre et non point végéter!

Elle regardait les meubles de prix, les objets
d'art, les bibelots précieux qui ornaient son bou-
doir; et tout ce luxe confortable que la femme
entoure ailleurs de sa sollicitude la plus tendre.
lui semblait, à elle, une froide vanité, sans influence
sur le bonheur véritable.

Ainsi elle se trouvait prise entre ces deux extrê-
mes, son neveu et son mari : le premier ardent
jusqu'à la folie; le second glacé jusqu'à la cruauté.

— « Qu'ils comprennent mal, l'un et l'autre,
les vrais besoins du cœur! Oh si!... »

Elle se couvrait les yeux de ses mains, demeurait immobile quelques minutes; puis relevant la
tête, elle promenait ses regards autour d'elle, sou-

pirait péniblement, et reprenait aussitôt sa tranquille attitude habituelle. La pauvre, personne ne voyait, personne ne soupçonnait sa peine. On eût blâmé, si on l'eût connue, cette douleur intime, incurable, lancinante, qui la poignait, sans blessure apparente, sous ses robes de velours. Mais, héroïquement, elle dissimulait ses souffrances, jusqu'à trouver encore assez de force pour consoler les souffrances d'autrui.

Alexandre cessait d'invoquer ses nobles douleurs, son amour méconnu, incompris. Elargissant le thème de ses doléances, il déplorait l'ennui de sa vie, le vide qui désolait son cœur, sa tristesse vague et continue...

> « J'ai survécu à mon martyre
> J'ai cessé d'adorer mes rêves... »

Il ne faisait que répéter cela.

—... Un démon noir ne cesse de me persécuter. Oui, ma tante, il me suit partout, hante mes nuits, surgit dans toutes mes joies, je le trouve au fond des verres comme au fond de mes rêveries.

Ainsi se passèrent quelques semaines. On eût pu croire que ce laps de temps calmerait notre original, en ferait peut-être un homme convenable, c'est-à-dire simple et semblable aux autres. Mais sa bizarre humeur trouvait toujours à se manifester.

Il vint un jour chez sa tante dans un état d'irritation haineuse contre l'humanité tout entière.
Tous ses mots étaient autant de pointes, tous ses
jugements autant d'épigrammes à l'adresse de gens
qu'il eût dû respecter. Il n'épargnait personne,
s'en prenant jusqu'à Petr Ivanovitch, jusqu'à Lisaveta Alexandrovna elle-même. Elle lui demanda
les raisons de cette colère.

— Vous voulez savoir ce qui *m'irrite et m'enrage?*
dit-il d'une voix basse et solennelle. Ecoutez donc.
J'avais un ami que je n'avais plus vu depuis
quelques années, mais à qui j'avais toujours gardé
une part de mon cœur. Dès mon arrivée ici, mon
oncle m'avait dicté pour lui une lettre étrange
où s'étalaient ses théories favorites. Mais cette
lettre, je l'avais déchirée pour lui en envoyer une
tout autre ; et mon ami n'avait aucune raison de
changer vis-à-vis de moi. Puis, nous cessâmes de
nous écrire ; je le perdis de vue. Qu'est-il arrivé ? Il
y a trois jours, comme je traversais la Perspective
Newsky, je le rencontre. Je m'arrête violemment
ému, je sens mes yeux se mouiller ; je lui tends
la main, si heureux, si heureux que je ne pouvais
articuler une seule parole. Il serre la main que je
lui tends. « Comment vas-tu, Adouiev? » me
dit-il d'un air aussi tranquille que si nous nous
étions quittés la veille. Puis il me dit : « Y a-t-il
longtemps que tu es ici? » s'étonne de ne m'avoir
pas encore rencontré à Pétersbourg, me demande

ce que je fais, où je travaille, et nonchalamment m'informe qu'il a lui-même une très bonne place, qu'il est enchanté de son service, de son chef, de ses amis, de tout le monde, de sa destinée... Et il se sauve : il n'a pas le temps, on l'attend à dîner. Entendez-vous? ma tante. Un ami qui me revoit au bout d'un si long temps, et qui ne daigne pas me sacrifier un dîner !

— Peut-être était-il réellement attendu, fit Lisaveta Alexandrovna, et les convenances...

— Des convenances contre l'amitié ? Vous aussi, ma tante! Mais il y a pis. Il me glisse dans la main sa carte avec son adresse et, après m'avoir dit qu'il m'attendra chez lui le lendemain soir, il s'en va. Je l'ai regardé longtemps, avec stupéfaction. Et c'est le compagnon de toute mon enfance, mon meilleur ami ! Il est joli, mon meilleur ami. Je finis pourtant par me dire que peut-être il avait voulu remettre au lendemain tous nos épanchements, pour y consacrer une soirée entière. « Soit, j'irai, » pensais-je. Le lendemain, je trouve chez lui une douzaine d'amis. Il me tend la main avec un peu plus de cordialité que la veille, c'est vrai, mais sans me dire une parole ; et voilà qu'il propose aussitôt de jouer aux cartes. J'ai répliqué que jamais je ne jouais; et je me suis assis, tout seul, sur un divan, convaincu qu'il allait laisser les cartes pour venir causer avec moi.

— Comment ! tu ne joues pas aux cartes ?

Il semblait stupéfait.

— A quoi donc passes-tu le temps ?

Une jolie question, n'est-ce pas ?... J'attends une heure, deux heures ; il joue toujours. Je finissais par m'impatienter. De temps en temps il se tournait vers moi, m'offrait un cigare ou une pipe : « C'est fâcheux que tu ne joues pas ;... tu dois bien t'ennuyer ; » et comme il voulait absolument m'amuser, il a imaginé, savez-vous quoi ? il a imaginé de me raconter à mesure ses coups de veine et de déveine. J'étais à bout ; je me suis approché de lui et lui ai demandé s'il ne pouvait pas me consacrer ce soir-là quelques minutes ; et mon cœur bouillait et ma voix tremblait. Il prit un air ébahi et, m'ayant jeté un coup d'œil tout drôle :

— Oui, me dit-il ; mais laisse-moi finir ma partie.

Alors j'ai pris mon chapeau pour m'en aller. Il m'a retenu :

— La partie va être finie à l'instant, et nous souperons.

La partie s'acheva enfin. Il vint s'asseoir près de moi et se mit à bâiller : ce fut le début de nos épanchements.

— Tu voulais me dire quelque chose ? demanda-t-il, mais d'un air si indifférent que, sans lui répondre, je le regardai avec un sourire triste.

Il sembla revivre et m'accabla de questions :

— Qu'as-tu ? As-tu besoin de quelque chose ?

ne pourrais-je pas t'être utile dans ton service ? »

J'ai répondu, en hochant la tête, que je n'étais point venu pour causer avec lui de service ni d'affaires, mais de choses que j'avais bien autrement à cœur, les heureuses journées de notre enfance, nos jeux, nos folles équipées! Croiriez-vous qu'il ne m'a pas seulement laissé finir :

— Tu es toujours le même rêveur.

Et il détourna aussitôt la conversation; ce sujet lui semblait évidemment puéril. Il s'enquit de nouveau de mes intérêts, de mes espérances, de ma carrière, absolument comme mon oncle. J'étais abasourdi; je ne pouvais admettre que le cœur d'un homme s'endurcît à ce point. Je tentai une dernière épreuve; comme il m'interrogeait sur mes affaires :

— Veux-tu que je te dise comment les gens m'ont traité ?

— Comment? interrompit-il effrayé, t'auraient-ils volé?

Il se figurait que je parlais de mes domestiques; car mon ami, sur ce point encore, ressemble à mon oncle : il n'admet pas d'autres chagrins. A quel degré un homme peut se pétrifier !

— Oui, répliquai-je; ils m'ont volé mon âme!

Et je lui dis mon amour, mes peines, le vide de mon cœur. Je commençais à m'échauffer, persuadé que mon récit allait fondre cette glace. Le voilà qui part d'un éclat de rire ! Je lève les yeux sur lui : il avait un mouchoir à la main ; il s'en était couvert la bouche pendant que je parlais ; mais à la fin il n'avait pu se retenir. Je m'interrompis, épouvanté.

— Assez! assez! fit-il, tu ferais mieux de prendre un verre de vodka ; et puis nous souperons... De la vodka, garçon! Allons! allons! viens, viens... Ha! Ha! Ha! Il y a un... Ha! Ha! Ha!... un excellent... Ha! Ha! Ha!... roast... beef.

Il prit mon bras ; mais je me dégageai et me sauvai loin de ce monstre... Voilà ce que sont les gens, ma tante.

Et Alexandre, ayant fini de parler, fit un geste de désespoir et s'en fut.

Demeurée seule, Lisaveta Alexandrovna plaignit son neveu ; elle eut pitié de ce cœur ardent et mal équilibré. Peut-être, avec une autre éducation, eût-il appris à juger sainement de la vie, il eût pu connaître et donner le bonheur, tandis que, victime de son aveuglement, de ses exagérations de sentiment, il se condamnait lui-même à souffrir. Comment lui montrer la bonne route ? Où la boussole libératrice ? Elle sentait qu'une délicate main d'amie pouvait seule soigner cette sensitive.

Même dans les choses d'amour elle parvenait à calmer l'inquiète exaltation de son neveu. Elle savait comment s'y prendre avec un cœur meurtri. Avec l'habileté d'un diplomate, elle fut la première à blâmer la conduite de Nadinka; à force de la lui montrer sous le jour le plus défavorable, elle persuada à Alexandre que cette jeune femme s'était toujours montrée indigne de tant d'amour. C'est ainsi qu'elle extirpa du cœur d'Alexandre la douleur qui le torturait pour la remplacer par un sentiment plus tranquille, sinon très légitime : le mépris. Petr Ivanovitch, au contraire, s'efforçait de justifier Nadinka ; et loin d'apaiser son neveu, il ne faisait que le désespérer davantage, en lui répétant sans cesse que l'homme qui avait pris sa place en était plus digne.

Contre les meurtrissures de l'amitié, Lisaveta Alexandrovna était sans action. Elle sentait que l'ami coupable aux yeux d'Alexandre, avait raison aux yeux du monde : mais, je vous demande un peu, comment expliquer cela à son neveu? Elle n'osa même pas essayer, et décida de recourir à son mari, persuadée, non sans raison, qu'il argumenterait congrûment sur l'amitié.

— Petr Ivanovitch, dit-elle un jour de sa voix la plus insinuante, j'ai une prière à t'adresser.

— Quoi donc?

— Devine.

— Non, parle ; tu sais que je n'ai rien à te refuser. C'est sans doute pour la villa de Peterhov? mais il est trop tôt pour y songer.

— Non, dit Lisaveta Alexandrovna.

— Quoi, alors ? Tu m'as dit que nos chevaux te faisaient peur ; veux-tu que j'en achète de plus paisibles ?

— Non.

— De nouveaux meubles ?

Elle fit encore signe que non.

— Je ne devinerai pas, dit Petr Ivanovitch. Tiens, prends plutôt un billet de banque et fais-en ce que tu veux ; c'est mon gain d'hier.

Et il tirait son portefeuille.

— Ce n'est point cela ; serre ton argent, dit Lisaveta Alexandrovna. Ce que j'ai à te demander ne te coûtera rien.

— Refuser l'argent qu'on vous offre, c'est absurde, dit Petr Ivanovitch en refermant son portefeuille. Que te faut-il donc ?

— Rien qu'un peu de complaisance.

— Tant que tu voudras.

— Imagine-toi qu'Alexandre est venu me voir avant-hier.

— Je pressens quelque chose de stupide, interrompit Petr Ivanovitch... Continue.

— Il est si désolé ! Je redoute un malheur pour lui.

— Que lui est-il encore arrivé ? A-t-il été de nouveau trahi en amour ?

— Non, en amitié.

— En amitié? De mal en pis. Comment donc?

Lisaveta Alexandrovna lui répéta le récit de son neveu. Petr Ivanovitch haussa les épaules.

— Que veux-tu que j'y fasse? Tu sais bien comme il est.

— Peut-être pourrais-tu lui témoigner quelque sympathie, le questionner sur l'état de son cœur.

— Ces questions-là, je te les laisse.

— Parle-lui au moins, et plus tendrement que tu n'as accoutumé de le faire; ne raille pas toujours ses sentiments.

— Tu veux que j'aille pleurer avec lui, peut-être?

— Ce ne serait pas un mal.

— Crois-tu qu'il s'en trouverait mieux?

— Oui..., et pas lui seulement, ajouta à demi-voix Lisaveta Alexandrovna.

— Que dis-tu? interrogea Petr Ivanovitch.

Elle ne répondait pas.

— Il commence à m'ennuyer ferme, ton Alexandre; j'en ai jusque-là !

— Pourquoi?

— Pourquoi? Voilà six ans que je suis à m'occuper de lui. Il faut le consoler, quand il pleure; il faut répondre aux continuelles questions de la mère.

— Que tu es malheureux! Je me demande comment tu feras de vieux os. C'est si rude! recevoir d'une vieille femme, chaque mois, une lettre

que d'ailleurs tu jettes au panier sans l'avoir lue,
ou t'entretenir avec ton neveu ! Bien sûr, cela te
dérange un moment de ton whist. Oh ! les
hommes ! les hommes ! Pourvu que tu aies un
bon dîner, du Château-Laffitte à cachet d'or et des
cartes, tu te moques du reste. Et s'il t'est, par
surcroît, donné de faire l'important ou de montrer ton esprit, c'est là tout le bonheur pour toi.

— Comme pour toi de faire la coquette, répliqua Petr Ivanovitch. A chacun ses plaisirs, je
suis content des miens. Que veux-tu de plus ?

— De plus ? Et le cœur. Tu n'en parles jamais !

— Voilà encore !

— Oui, tu es si intelligent ! Comment t'amuse-
rais-tu à de pareilles sornettes ! Gouverner les
hommes, regarder ce qu'ils ont dans la poche ou
à la boutonnière de leur habit, à la bonne heure !
Le reste, à quoi bon y songer ? Et tu voudrais que
chacun te ressemble. Un homme s'est rencontré
tendre, capable de ressentir et d'inspirer l'amour...

— Il est joli, l'amour qu'il a inspiré à cette...
comment donc ?... Véra, je crois ?

— Tu es heureux d'avoir cet exemple à citer.
C'est comme un jeu de la destinée : l'homme
tendre et noble se heurte toujours à quelque
froide créature... Pauvre Alexandre ! Je sais bien
que sa tête ne vaut pas son cœur ; et c'est pourquoi il apparaît si coupable à ceux qui sacrifient
le cœur à la tête et se dirigent par la seule raison.

— Avoue cependant que la raison a son importance, ou sinon...

— Je n'avouerai rien, je ne veux pas. La raison peut avoir son importance là-bas, à la fabrique ; mais tu oublies que nous avons aussi des sentiments.

— Oui, cinq sentiments, répliqua Adouiev : j'ai appris cela, jadis, dans mon catéchisme, et je le sais encore par cœur.

— Triste ! Désolant ! murmura Lisaveta Alexandrovna.

— Allons, ne te fâche pas. Je ferai tout ce que tu voudras ; dis-moi seulement comment ?

— Tu pourrais peut-être lui donner une petite leçon...

— Le gronder ? Cela me convient à merveille !

— Te voilà, tout de suite... Le gronder !.. Tu lui dirais doucement ce qu'on doit, de nos jours, attendre d'un ami ; que son ami n'est point si criminel qu'il le pense... Mais qu'ai-je besoin de te styler ? Tu es si intelligent, si rusé ?

Ces derniers mots renfrognèrent Petr Ivanovitch.

— Tu ne t'es donc pas assez épanché avec lui ? dit-il mécontent. Vous avez chuchoté, chuchoté ; et vous n'avez pas encore assez parlé de l'amour et de l'amitié... Voilà que je dois aussi m'en mêler, à présent.

— Ce sera la dernière fois ; j'espère qu'ensuite il n'aura plus besoin d'être consolé.

Petr Ivanovitch secoua la tête en signe de doute.

— Sais-tu s'il a de l'argent ? fit-il ; peut-être qu'il n'en a pas, et c'est pourquoi...

— Tu ne penses qu'à l'argent. Il aurait, lui, donné tout son argent pour une bonne parole de son ami.

— Je le crois aisément. Une fois, à son bureau, il a donné de l'argent à un employé qui lui avait dit de bonnes paroles... On a sonné ; c'est peut-être lui. Dis-moi encore : que dois-je faire ? Une remontrance ? et puis ?... lui offrir de l'argent ?...

— Quelle remontrance ? Tu gâterais l'affaire. Je t'ai prié de lui parler sur l'amitié, mais amicalement, cordialement.

Alexandre entra, salua sans rien dire, dîna de bon appétit, roulant des boulettes de pain entre deux bouchées et regardant sans cesse les carafes et les bouteilles. Le dîner fini, il prit son chapeau.

— Où vas-tu ? demanda Petr Ivanovitch. Reste avec nous.

Alexandre obéit sans mot dire. Petr Ivanovitch cherchait un moyen d'engager l'entretien délicatement. Enfin il commença d'un ton bref :

— J'ai appris, mon cher Alexandre, que ton

ami s'est comporté avec toi d'une façon peu franche et peu loyale.

A ces paroles inattendues, Alexandre vivement leva la tête, comme s'il eût reçu un coup, et jeta sur sa tante un regard de reproche. Pas plus que son neveu elle ne s'attendait à une aussi brusque entrée en matière ; elle baissa les yeux sur son ouvrage, puis regarda à son tour son mari. Mais lui, sous la double influence de la digestion et de l'assoupissement, ne sentit point le ricochet de ces regards.

Alexandre ne répondit que par soupir à peine perceptible.

— Effectivement, poursuivit Petr Ivanovitch, quel ami ! Il ne t'a plus revu depuis cinq ans, et il s'est tellement refroidi qu'à la première rencontre, au lieu de te serrer dans ses bras à t'étouffer, il t'a invité chez lui, t'a voulu faire jouer... et souper. Puis cet abominable homme, te voyant une mine des plus aigres, s'est mis en peine de tes affaires, de tes besoins. Voilà vraiment une insupportable curiosité ! De plus, est-il action plus noire ? il a eu l'aplomb de t'offrir ses services, son aide, qui sait ? peut-être même de l'argent. Et pas la moindre effusion ! Affreux ! Affreux ! Montre-nous-le donc, ce monstre ; amène-le vendredi à dîner. Sais-tu s'il joue gros jeu aux cartes ?

— Je ne sais pas, dit Alexandre en colère. Raillez bien, mon oncle ; vous avez raison et moi seul j'ai tort. Me fier aux gens, chercher quelque sympathie ! où ? Partout, autour de moi, je ne découvre que bassesse, mesquinerie, lâcheté ; moi seul je m'obstine dans ma foi juvénile au bien, à la constance.

Petr Ivanovitch commençait à balancer la tête en cadence.

— Petr Ivanovitch ! lui dit tout bas Lisaveta Alexandrovna en lui tirant la manche, tu dors !

— Comment ! je dors ? fit-il en se réveillant ; j'ai parfaitement bien entendu : le bien, la constance... Comment ! je dors ?

— Ma tante, dit Alexandre, ne dérangez pas mon oncle ; il ne dormirait pas, sa digestion serait troublée, et il en résulterait Dieu sait quoi ! Nous savons que l'homme est le maître de la terre ; mais il est aussi l'esclave de son estomac.

Je pense qu'il voulut sourire amèrement ; mais il n'eut qu'un sourire aigre.

— Sérieusement, continuait son oncle, dis-moi ce que tu souhaitais de ton ami : un sacrifice ? Le voir grimper à un mur ou se précipiter par une fenêtre ! Explique-nous au juste comment tu entends l'amitié.

— Maintenant, je n'ai plus besoin d'amitié. Les hommes se sont chargés de m'inculquer des notions raisonnables sur l'amitié comme sur l'amour... Je portais toujours sur moi des vers où je voyais la plus fidèle expression de ces deux sen-

timents tels que je les sentais, tels qu'ils devraient
être. Mais ce sont, je l'ai vu depuis, des mensonges,
des fictions imaginées par des gens qui n'avaient
point analysé leur cœur. Les hommes sont réfractaires à ces sentiments-là : au feu, ces mensonges !

Il sortit de sa poche un portefeuille d'où il tira
quatre pages d'écriture.

— Qu'est-ce donc ? demanda l'oncle ; fais voir.

— A quoi bon ? dit Alexandre.

— Lisez, lisez, pria Lisaveta Alexandrovna.

— Voici en quels termes deux écrivains français
contemporains ont parlé de l'amitié et du véritable
amour. Je pensais comme eux, je m'imaginais que
j'allais rencontrer dans la vie une créature telle,
qu'en elle... Mais quoi !

Il fit un geste de mépris et lut :

— « Aimer, non de cette amitié fausse et craintive qui s'accommode de nos convenances, qui se
satisfait autour d'une table chargée de mets, qui
tremble de se compromettre ; mais de cette amitié
généreuse qui rend le sang pour le sang, qui se
manifeste dans la lutte meurtrière, au fracas du
canon, sous les mugissements de la tempête, alors
que les amis s'embrassent avec leurs lèvres noires
de poudre, s'étreignent de leurs mains sanglantes... Et si Pylade est blessé à mort, Oreste, après
des adieux déchirants, termine d'un coup de lance
l'agonie douloureuse de son ami. Il jure de le

venger, tient son serment, essuie ses larmes et revient veiller le mort. »

Petr Ivanovitch avait son petit rire habituel.

— Qui vous fait rire? demanda Alexandre.

— L'auteur d'abord, s'il dit vraiment ces choses-là sérieusement et sincèrement ; et toi aussi, si tu entendais réellement l'amitié de la sorte.

— Vous ne trouvez cela que risible? interrogea Lisaveta Alexandrovna.

— Rien de plus. Si, pardon, je le trouve encore pitoyable. Alexandre ne saurait me contredire, lui qui reconnaissait tantôt qu'une telle amitié n'est que mensonge et fiction. C'est un progrès.

— Elle est mensonge parce que les hommes sont réfractaires à l'amitié telle qu'elle devrait être.

— S'ils y sont réfractaires, une telle amitié n'existe pas.

— On en a des exemples cependant.

— Des exceptions ; et les exceptions, presque toujours, ne prouvent rien. Ces étreintes sanglantes, ces terribles serments, ce coup de poignard !...

Et il se remettait à rire.

— Lis à présent ce qui touche l'amour, reprit-il. Tu m'as ôté le sommeil.

— Si cela peut vous égayer encore, écoutez, dit Alexandre

Il lut :

— « Aimer, c'est renoncer à vivre pour soi, à s'appartenir ; c'est entrer dans la vie d'un autre, concentrer sur un seul objet tous les sentiments humains : l'espérance et la crainte, la joie et la douleur. Aimer, c'est vivre dans l'infini. »

— Le diable sait ce que cela veut dire, fit Petr Ivanovitch. Quel fatras !

— Pas du tout, dit Lisaveta Alexandrovna ; c'est fort beau, à mon sens, et cela me plaît fort ; continuez, Alexandre.

— « Aimer, c'est se dévouer à un seul être, vivre et penser uniquement pour lui, trouver la grandeur dans l'humilité, le plaisir dans la douleur, et la douleur dans le plaisir ; aimer, c'est vivre dans un monde idéal... »

A ces mots Petr Ivanovitch secoua la tête.

— « ... Dans un monde idéal, poursuivait Alexandre, dont le rayonnement et la splendeur éteignent tout rayonnement et toute splendeur. Là, le ciel est plus bleu, la nature plus belle. Là, la vie et le temps se divisent en deux parties : la présence et l'absence ; en deux saisons : le printemps et l'hiver. A la présence correspond le printemps ; à l'absence, l'hiver : car la beauté des fleurs les plus belles, la pureté du ciel le plus pur, l'absence les ternit. Aimer c'est, dans l'univers entier, ne voir qu'un seul être, et concentrer dans cet être l'univers entier. Aimer, enfin, c'est

considérer chaque regard de l'objet aimé du même
œil que le Bédouin considère la goutte de rosée
qui va désaltérer ses lèvres ; c'est, en son absence,
tourbillonner au tourbillon des pensées noires,
c'est, en sa présence, balbutier sans pouvoir
exprimer une seule pensée ; c'est rivaliser à tous
les instants de sacrifices et d'héroïsme. »

— Assez ! assez ! cria Petr Ivanovitch. Je suis
à bout de patience. Tu voulais déchirer cela.
Dépêche-toi donc de le déchirer... C'est cela !

Il s'était levé de sa chaise et se promenait de
long en large dans la pièce.

— Fut-il véritablement une époque où l'on
pensait, où l'on agissait de la sorte ? Tout ce qui
s'écrit sur les paladins et les bergers n'est-il pas
mensonger et insultant pour eux ? Est-ce une idée
assez drôle, cette minutieuse analyse des misérables cordes de l'âme humaine ?... L'amour ! lui
prêter une telle signification !

Il haussa les épaules.

— Pourquoi remonter si loin, mon oncle ? dit
Alexandre. Cette force d'amour, je la sens en moi-
même, et je m'en enorgueillis. Mon malheur,
c'est de n'avoir pu rencontrer l'être digne de moi,
une force d'amour pareille à la mienne.

— La force d'amour ! répéta Petr Ivanovitch.
C'est absolument comme si tu disais la force de
faiblesse !

— Parce que tu ne la sens pas en toi, intervint

Lisaveta Alexandrovna, tu la nies chez les autres.

— Et toi, l'admets-tu? demanda Petr Ivanovitch en se tournant vers elle. Non, n'est-ce pas? tu veux rire. Alexandre est un enfant qui ne connaît ni les autres ni lui-même. Mais toi, ce serait honteux. Pourrais-tu estimer quelqu'un qui aimerait de la sorte? L'amour, est-ce cela?

Lisaveta Alexandrovna posa son ouvrage sur la table.

— Qu'est-ce donc? murmura-t-elle en lui prenant les mains pour l'attirer vers elle.

Petr Ivanovitch se dégagea doucement, jeta un furtif coup d'œil sur Alexandre qui s'appuyait à la fenêtre, le dos tourné, et reprit sa promenade à travers la chambre.

— Comment? fit-il. Tu ne le sais donc pas, comment on aime?

— On aime... répéta-t-elle, rêveuse.

Et elle se remit à son ouvrage.

Il régna un silence d'un quart d'heure. Petr Ivanovitch le rompit le premier.

— Que fais-tu maintenant? demanda-t-il à Alexandre.

— Moi! Rien.

— C'est peu. Lis-tu, au moins?

— Oui.

— Quoi?

— Les fables de Krilov.

— Bon livre ; mais on ne peut toujours lire le même.

— Je n'en lis pas d'autre. Dieu ! Dieu ! quel miroir de l'humanité ! Quelle ressemblance !

— On dirait que tu en veux aux hommes. Serait-ce l'amour de cette... comment donc ?... qui t'a fait ce que tu es ?

— J'ai oublié depuis longtemps cette bêtise. Dernièrement, j'ai revu en passant ces lieux où je fus tour à tour si heureux et si malheureux. Je croyais que le souvenir me briserait le cœur.

— Ton cœur s'est-il brisé ?

— J'ai revu la villa, le jardin, la petite grille, et mon cœur n'a pas seulement frémi.

— Tu vois bien ! qu'est-ce que je te disais ? Alors, pourquoi haïr les hommes ?

— Parce que je suis dégoûté de leur bassesse. Tant de lâchetés s'épanouissent, là où la nature a déposé de si beaux germes !

— Est-ce que cela te regarde ? Es-tu chargé d'améliorer la race humaine ?

— Si cela me regarde ! Ne suis-je donc pas éclaboussé par cette boue où pataugent les hommes ? Vous qui savez tout ce qui m'est arrivé, vous ne voulez pas que je leur voue haine et mépris ?

— Que t'est-il donc arrivé ?

— Trahison en amour ; oubli grossier en amitié. Et d'ailleurs, en général, c'est dégoûtant de

regarder les hommes et de vivre avec eux. Leurs
pensées, leurs paroles, leurs actions, tout se perd
dans le sable. Aujourd'hui, ils ont un but, ils y
courent en se bousculant ; bassesses, flagorneries,
humiliation, rien ne leur coûte ; demain, ils
oublieront les soucis de la veille, et se presseront
vers un autre but. Ce qui les charme aujourd'hui
les dégoûtera demain ; aujourd'hui, tout feu ;
demain tout glace. La chose odieuse que la vie
considérée de près ! Et les hommes !

Petr Ivanovitch avait pris un fauteuil et s'y était
endormi.

— Petr Ivanovitch ! lui dit Lisaveta Alexandrovna
en lui touchant légèrement l'épaule.

— Tu as le spleen ! fit Petr Ivanovitch en se
frottant les yeux. Travaille, occupe-toi et tu n'in-
jurieras plus les hommes, car tu verras qu'il n'y
a pas de quoi. Sont-ce des méchants, ceux que tu
connais ? Tous des gens comme il faut !

— Tous ressemblent aux bêtes de Krilov.

— Ainsi les Khozarov ?...

—Toute une famille d'animaux ! s'écria Alexandre.
L'un vous flatte par devant, fait l'aimable, et,
le dos tourné,... on m'a rapporté ce qu'il avait dit de
moi. L'autre pleure aujourd'hui avec vous sur
votre ruine, et demain il pleurera avec celui qui
vous aura ruiné. Aujourd'hui, il se rit d'un autre
avec vous, demain il se rira de vous avec cet
autre. Horrible !

— Et les Lounine?

— Encore une jolie famille! Lui, un âne bâté,
l'âne qui fait fuir le rossignol à trois mille lieues[1].
Elle, un vrai renard.

— Et les Sonine, qu'en dis-tu?

— Rien de bon à en dire. Qu'un malheur vous
arrive, Sonine aura toujours un bon conseil à vous
donner. Mais qu'on recoure à son aide, il vous
envoie promener sans vous offrir seulement à souper, comme le renard fit au loup. Comment il vous
cajolait quand il avait besoin de vous pour trouver
une place, vous le rappelez-vous? Aujourd'hui, si
vous saviez ce qu'il dit de vous!

— Et Volotchkov?

— Un misérable, et, de plus, un méchant, répondit Alexandre qui cracha.

— J'espère qu'il leur a dit leur fait! prononça
Petr Ivanovitch.

— Que devons-nous attendre des gens? demanda
Alexandre.

— Tout : l'amitié, l'amour, les tchini[2], l'argent.
Mais il faut que tu complètes ta galerie de por-
traits. Dis-nous quelle espèce d'animaux nous
figurons, ma femme et moi.

Alexandre ne répondit rien. Mais une furtive
lueur d'imperceptible ironie passa sur son visage.

---

[1] Fable de Krilov.
[2] Pluriel de *tchin,* grade.

Il sourit. Petr Ivanovitch remarqua et l'ironie et le sourire. Il regarda sa femme : Lisaveta Alexandrovna avait baissé les yeux.

— Et toi-même, ajouta l'oncle, quel animal représentes-tu ?

— Jamais je n'ai fait de mal aux hommes, répliqua Alexandre. J'ai dans mes rapports avec eux, accompli tous mes devoirs. Je les ai aimés de cœur ; je leur ai tendu mes bras grands ouverts. Eux, comment m'ont-ils traité ?

— Qu'il parle drôlement, hein ! fit observer Petr Ivanovitch à sa femme.

— Vous trouvez tout drôle ! répliqua-t-elle.

— Je n'exigeais rien des hommes, poursuivit Alexandre : ni magnanimité, ni sacrifices. Je ne leur demandais que ce dont la loi m'accorde le droit.

— Donc c'est toi qui as raison. Te voilà maintenant aussi sec qu'un poisson hors de l'eau. Veux-tu que je te replonge dans l'eau fraîche ?

Lisaveta Alexandrovna, s'apercevant que son mari prenait un air sévère, s'effraya.

— Petr Ivanovitch ! dit-elle tout bas, tais-toi.

— Non, il entendra la vérité. Je vais avoir fini. Dis, Alexandre, tantôt, quand tu daubais sur tes connaissances, traitant les uns de sots, les autres de méchants, n'avais-tu pas quelque remords ?

— Pourquoi, mon oncle ?

— Parce que ces animaux t'ont bien accueilli

pendant plusieurs années. Supposons qu'ils aient fait les hypocrites avec les gens dont ils attendaient peu ou prou. Mais de toi, que pouvaient-ils attendre? Qui les obligeait à t'inviter, à te recevoir obligeamment? Ce n'est pas bien, Alexandre; un autre n'en eût point médit.

Alexandre se troubla.

— J'attribuais leurs bonnes manières à votre recommandation, dit-il.

Son assurance de tantôt avait fait place à un embarras visible.

— Et puis, c'est l'habitude dans les relations mondaines, ajouta-t-il.

— Soit, fit Petr Ivanovitch. Causons alors des relations non mondaines. Je t'ai plus d'une fois démontré, — sinon convaincu — que tu avais été injuste pour ta... comment donc?... Sachegnka. Tu as été reçu chez elle, pendant un an et demi, comme chez toi. Tu passais là tes journées pleines et tu avais, par surcroît, l'honneur d'être aimé par cette jeune fille qu'aujourd'hui tu méprises. Ton mépris est-il fondé?

— Pourquoi m'a-t-elle trahi?

— C'est-à-dire pourquoi en a-t-elle aimé un autre? Nous avons aussi tiré ce point au clair. Crois-tu que si elle t'avait aimé jusqu'à ce jour, tu n'aurais point, toi, cessé de l'aimer?

— Moi? Jamais!

— C'est que tu te connais bien peu! mais reprenons. Tu prétends n'avoir point d'amis. Moi, j'avais toujours cru que tu en avais trois.

—Trois! protesta Alexandre. J'en avais un, autrefois ; mais il...

— Trois ! insista Petr Ivanovitch. Le premier en date est celui dont tu parles. Un autre, te revoyant après des années, aurait cherché à t'éviter ; lui t'a invité chez lui, et là, comme tu lui faisais triste mine, il s'est charitablement enquis de tes besoins, t'a offert ses services ; et, je te le répète, il ne t'aurait sûrement pas refusé de l'argent : or l'argent est, dans notre siècle, la pierre d'achoppement de la plupart de nos sentiments. Avoue-le, ton ami est un homme très convenable, quoique tu le traites de misérable.

Alexandre courbait la tête.

— Ton second ami, quel est-il? poursuivit Petr Ivanovitch.

— Quel est-il? fit Alexandre... mais personne.

— Ingrat ! Et Lisa?... Il ne rougit pas !... Et moi? pour qui me prends-tu?

— Vous? pour mon parent.

—– Joli titre, vraiment ! Je m'imaginais être pour toi quelque chose de plus. Tu fais voir là un trait de ton caractère que, sur les modèles d'écriture, on appelle *vil*, et dont Krilov, je crois, n'offre pas d'exemple.

— Vous m'avez toujours rebuté ! dit Alexandre timidement, et les yeux toujours baissés.

— Oui, quand tu voulais me sauter au cou.

— Vous ne faisiez que rire de moi et de mes sentiments.

— Pourquoi? dit Petr Ivanovitch.

— Vous m'espionniez à chaque pas.

— Est-ce tout? Moi, t'espionner! Va chercher ailleurs un espion de ma sorte! Pourquoi me serais-je imposé un tel embarras? J'ajouterais encore quelque chose, mais je crains que tu n'y voies un reproche.

— Mon petit oncle! fit Alexandre en s'approchant de lui les deux mains tendues.

— Reste où tu es, je n'ai pas fini, dit froidement Petr Ivanovitch... Le troisième, le meilleur de tes amis... J'espère que tu le nommeras toi-même.

Alexandre regarda son oncle comme pour demander: Qui est-ce donc?...

Petr Ivanovitch désigna sa femme du doigt.

— C'est elle.

— Petr Ivanovitch, intervint Lisaveta Alexandrovna, ne le tourmente pas, je t'en prie.

— Ne m'interromps pas.

— J'apprécie l'amitié de ma tante, balbutia Alexandre.

— Ce n'est pas vrai, tu ne l'apprécies pas; sinon tu n'aurais pas cherché au plafond l'ami dont je te parlais, et tu aurais pensé à elle. Si tu sentais le prix de son amitié, tu ne mépriserais plus les gens, rien que par respect pour sa dignité. A elle seule, elle aurait racheté pour toi les défauts de tous les autres. Qui donc a essuyé tes larmes ou pleuré avec toi? Qui donc a pris sa part, et quelle part! de toutes tes folies? Une mère n'aurait pas plus chaleureusement épousé tes intérêts. Si tu avais apprécié cette amitié, tu ne te serais pas permis tantôt ce sourire ironique; tu aurais compris qu'il n'y a ici ni loup ni renard, mais une femme qui te chérit comme une sœur.

— Oh! ma tante, s'écria Alexandre confondu et bouleversé, croyez-vous que je ne sente point tout cela, que je ne vous regarde pas comme une éclatante exception dans cette foule. Mon Dieu! je vous jure...

— Je vous crois, je vous crois, Alexandre, répondit-elle. N'écoutez pas Petr Ivanovitch. D'une mouche, il fait un éléphant. Il est trop ravi de pouvoir étaler son esprit. Arrête, au nom de Dieu, Petr Ivanovitch!

— Tout de suite;

«Encore un dernier récit... » [1]

Tu disais tantôt que tu accomplissais tous tes devoirs sociaux.

[1] Citation extraite du « Boris Godounov » de Pouchkine: « Encore un dernier récit, et ces mémoires seront finis. »

Alexandre ne répondit rien, ne leva pas les yeux.

— Dis-moi, aimes-tu ta mère?

Le jeune homme respira.

— Quelle question! fit-il. Qui pourrais-je aimer plus que ma mère ? Je l'adore! je donnerais ma vie pour elle.

— Fort bien. Tu sais alors qu'elle ne vit, qu'elle ne respire que pour toi, que chacune de tes joies, chacune de tes souffrances, est pour elle une joie, ou une souffrance. Depuis ton départ, elle ne calcule plus le temps par les mois et les semaines, mais par tes lettres. Depuis quand ne lui as-tu plus écrit ?

— A peu près trois semaines, murmura-t-il.

— Dis quatre mois! Comment qualifier ta conduite ?, Quel animal figures-tu? Krilov n'en cite pas de pareil: c'est pourquoi sans doute tu ne peux le nommer.

— Quel mal en est-il résulté? demanda Alexandre avec inquiétude.

— Ta vieille mère en est malade de chagrin,

— Est-ce vrai, mon Dieu?

— Non, ce n'est pas vrai! s'écria Lisaveta Alexandrovna.

Elle courut au bureau, y prit une lettre et la tendit à Alexandre :

— Elle n'est pas malade; très inquiète seulement.

— Tu le gâtes, Lisa, fit Petr Ivanovitch.

— Et toi tu le bourres. Alexandre s'est vu, par la force des choses, empêché provisoirement...

— Oublier sa mère pour une jeune fille !...

— Assez, je t'en prie, dit-elle vivement, en lui désignant Alexandre, qui, après avoir lu la lettre de sa mère, s'en couvrait le visage.

— Ne l'empêchez pas de me faire des reproches, ma tante ; j'en ai mérité de pires... Je suis un monstre, ajouta-t-il avec une grimace de désespoir.

— Calme-toi, Alexandre ; les monstres de ta sorte sont nombreux. Tes sottises t'ont fait perdre la tête et oublier ta mère pour un temps. Cela arrive à chacun. Mais ta mère n'est point comme toi. Elle ne voit que toi au monde, et se désespère. Mais il n'y a pas là de quoi te pendre. Permets-moi seulement de te dire, avec ton auteur favori :

> «Au lieu d'écouter les bavardes,
> Ne vaudrait-il pas mieux
> Tourner ton attention sur toi-même? »

..... et manifester un peu plus d'indulgence pour les faiblesses d'autrui? Sans quoi, vois-tu, ni toi ni personne ne pourriez vivre. J'ai dit, et je vais me coucher.

— Vous êtes fâché contre moi, petit oncle ! demanda Alexandre, sur un ton de profond repentir.

— Où prends-tu cela? Pourquoi me faire du mauvais sang? Me fâcher! Je n'y ai pas songé un moment. J'ai voulu simplement jouer le rôle de l'Ours dans *Le Singe et le Miroir*. L'ai-je bien joué, Lisa, hein?

Il voulut l'embrasser en passant, mais elle se déroba.

— J'ai cependant exécuté ponctuellement tes ordres, il me semble, lui dit Petr Ivanovitch; pourquoi donc... Ah! j'oubliais : ton cœur, Alexandre, quel est l'état de ton cœur?

Alexandre ne répondit pas.

— De l'argent, tu n'en as pas besoin?

— Non, petit oncle.

— Jamais il n'en demande, dit Petr Ivanovitch en refermant la porte derrière lui.

— Quelle opinion va prendre de moi mon petit oncle? demanda Alexandre après un silence.

— La même que par le passé, répondit Lisaveta Alexandrovna. Croyez-vous qu'il vous ait dit tout cela par fâcherie et sérieusement?

— Comment donc !

— Il n'a voulu que se poser en homme grave. Vous avez vu comme il a procédé méthodiquement, alignant devant vous ses arguments en bon ordre, d'abord les plus faibles, puis les plus forts, s'informant des raisons qui vous ont inspiré la haine de l'humanité, terminant par une vraie dissertation. Je suis sûre qu'il a déjà tout oublié.

— Quelle intelligence ! Quelle expérience de la vie et des hommes ! quel empire sur soi !

— Oui, beaucoup d'intelligence, beaucoup d'empire sur soi, disait Elisabeth pensive ; mais...

Elle acheva dans un soupir.

— Vous, ma tante, vous me mépriserez, maintenant. Il a fallu, croyez-le bien, des secousses bien fortes pour m'empêcher... Mon Dieu! ma bonne mère !

Lisaveta Alexandrovna lui tendit la main.

— Non, Alexandre, je ne cesserai point d'apprécier votre cœur, dit-elle. Toutes vos erreurs ont leur source dans vos sentiments; c'est pourquoi je les excuserai toujours.

— Ma tante, vous êtes une femme idéale !

— Une femme, tout bonnement.

Les reproches de Petr Ivanovitch n'avaient pas laissé d'impressionner Alexandre, qui, en présence même de sa tante, se prit à réfléchir profondément. Le calme que la douce influence de Lisaveta Alexandrovna avait fait renaître dans son cœur semblait l'abandonner de nouveau. Sa tante s'attendait à quelque pointe acérée, lui fournissait elle-même matière à de nouvelles épigrammes sur Petr Ivanovitch. Mais il demeurait sourd et muet; il semblait avoir reçu un seau d'eau froide sur la tête,

— Qu'avez-vous donc? pourquoi cette humeur noire ?

— Pour rien, ma tante. Je ne sais quelle souffrance me point le cœur. Mon oncle m'a dévoilé à moi-même; il m'a clairement expliqué ce que j'étais.

— Ne l'écoutez pas, il ne fait que se tromper.

— Ne cherchez pas à me consoler. Je me trouve en ce moment un monstre; ce mépris, cette haine que j'avais pour les hommes, je les sens pour moi. On échappe aux hommes; mais à soi-même, comment? Tout, les joies, les biens, les vanités de la vie et moi-même, tout est néant.

— Ce Petr Ivanovitch! soupira Lisaveta Alexandrovna; il suggère à tous des idées tristes.

— Il me reste la suprême consolation de n'avoir jamais ni trompé, ni trahi personne, en amour comme en amitié.

— Nul n'a su vous apprécier; mais, croyez-moi, vous trouverez un cœur qui comprendra le vôtre, j'en suis sûre; vous êtes encore si jeune! Oubliez; occupez-vous. Vous avez du talent; écrivez. Ecrivez-vous quelque chose, en ce moment?

— Non.

— Eh bien! écrivez.

— J'ai peur, ma tante.

— N'écoutez point Petr Ivanovitch. Causez ensemble de politique, d'agronomie, de n'importe quoi, mais pas de poésie. Il ne serait jamais sincère. Le public, lui, vous appréciera, vous verrez. Donc, vous allez écrire.

— Oui.

— Commencerez-vous bientôt ?

— Sitôt que je le pourrai. Je n'ai plus d'autre espoir.

Après sa sieste, Petr Ivanovitch revint auprès d'eux, tout habillé, son chapeau à la main, prêt à sortir. Comme sa femme, il engagea Alexandre à s'occuper, à travailler à son service et à écrire pour le journal des articles d'agronomie.

— J'essaierai, mon oncle, répondit Alexandre. Mais je viens déjà de promettre à ma tante...

Lisaveta Alexandrovna lui fit signe de s'arrêter; mais l'oncle s'en aperçut.

— Quoi? que lui as-tu promis?

— De m'apporter une partition nouvelle.

— Non! non! ce n'est pas cela. Qu'est-ce donc, Alexandre!

—D'écrire une nouvelle ou quelque autre chose.

— Tu n'as pas renoncé à la littérature d'imagination, dit Petr Ivanovitch en brossant sa redingote. Toi, Lisa, tu as tort de l'écarter de la bonne voie.

— Cela, je ne puis y renoncer, dit Alexandre.

— Qui te force à t'y entêter?

— Je ne saurais étouffer de plein gré une vocation grave, impérieuse. Une suprême lueur d'espoir me reste dans la vie, et vous voulez que je l'anéantisse? Si je laisse perdre ce que Dieu m'inspira, c'en est fait de moi à tout jamais.

— Que t'inspira-t-il ?

— C'est ce qu'il m'est impossible de vous expliquer, mon oncle ; il faut l'éprouver soi-même. Vos cheveux ne se sont-ils jamais dressés sur votre tête autrement que sous un peigne?

— Non, répondit Petr Ivanovitch.

— Vous voyez! Vos passions, parfois, s'agitent-elles en vous tumultueuses? Votre imagination crée-t-elle en bouillonnant des ombres sublimes qui demandent à prendre corps? Votre cœur eut-il jamais d'étranges battements?

— Singulier! singulier!... Où veux-tu en venir? demanda l'oncle.

— A ceci : l'homme qui n'a jamais rien senti de pareil, ne comprendrait jamais pourquoi je veux écrire, alors que jour et nuit, l'inspiration m'y sollicite...

— Mais tu ne sais pas écrire!

— Tais-toi, Petr Ivanovitch. C'est parce que tu ne sais pas écrire toi-même que tu veux en détourner les autres.

— Pardon, mon oncle : mais vous ne sauriez être juge en ces matières.

— Qui donc sera juge? Elle peut-être?

Il montrait sa femme.

— Elle te dit cela pour te faire plaisir, ajouta-t-il, et tu la crois?

— Vous aussi, mon oncle, dans les premiers temps de mon arrivée, vous me conseilliez d'écrire, d'essayer.

— Eh bien! tu as essayé. Tu n'as pas réussi; il ne te reste plus qu'à te tourner d'un autre côté.

— N'avez-vous jamais rencontré chez moi ni une pensée juste, ni un bon vers!

— Mais si! Tu n'es pas un sot. Et comment veux-tu qu'une pensée ingénieuse n'éclate point parmi quelques pouds [1] de vers signés d'un homme qui n'est pas un sot? Mais cela révèle de l'intelligence et non pas du talent.

— Oh! fit Lisaveta Alexandrovna d'un ton mécontent en s'agitant sur son fauteuil.

— Pour les battements de cœur, les frémissements, la douce tendresse et autres choses de ce genre, qui donc n'éprouve pas cela?

— Toi, d'abord, je pense, riposta sa femme.

— Cependant, tu te souviens bien de mon ravissement...

— Quand donc? Non, je ne m'en souviens pas.

— Cela arrive à tout le monde, poursuivait Petr Ivanovitch en se tournant vers son neveu. Qui donc n'est pas ému par le silence ou les ténèbres de la nuit, par... quoi encore?... les frissons de l'herbe, la verdure, un ruisseau, la mer?... Si les artistes étaient seuls à sentir ces choses-là, ils n'auraient pas de public pour les comprendre. Savoir les traduire par des œuvres, c'est tout autre chose, et qui exige du talent. Or, tu m'en

---

[1] Un *poud* vaut environ quinze kilogrammes.

parais dénué. Il ne se cache pas, le talent; le talent se fait jour dans tous les vers, dans le moindre coup de pinceau.

— Petr Ivanovitch, il se fait temps que tu partes! dit Lisaveta.

— Oui, tout de suite... Est-ce la renommée que tu cherches? Tu peux fort bien l'acquérir. Le directeur de ton journal ne tarit pas en éloges : il proclame que tes articles sur l'agriculture, excellents, parfaits, nourris de pensées, révèlent non un simple manœuvre, mais un écrivain consommé. J'en étais tout content : « Ah! pensais-je, les Adouiev ne sont pas sans tête! » Je ne manque pas d'amour-propre, comme tu vois. Tu peux également te distinguer dans ton service, y gagner le renom d'un bon rédacteur.

— Belle ambition! écrire sur les engrais!

— A chacun son lot: l'un vole dans l'empyrée, l'autre fouille le sol pour en extraire les trésors. Pourquoi mépriser cette fonction plus humble? elle a aussi sa poésie. De la sorte, comme tant d'autres, tu gagnerais un grade, tu amasserais une fortune par ton travail, tu ferais un bon mariage. Que demander de plus? Tu remplirais ta tâche ; ta vie s'écoulerait entre les honneurs et le travail: et c'est là, je crois, tout le bonheur. Regarde-moi, je suis conseiller d'État et, de plus, fabricant; si tu m'offrais d'échanger mon lot contre celui du plus grand poète, je refuserais, je te le jure.

— Écoute, Petr Ivanovitch, tu vas sûrement arriver en retard. Il est bientôt dix heures.

— Tu as raison. Au revoir... Voyez-vous cela ! Ils se figurent Dieu sait quoi, et se prennent pour des hommes extraordinaires, grommelait Petr Ivanovitch en s'en allant.

CHAPITRE II

Alexandre, rentré chez lui, s'assit dans un fauteuil et resta songeur. Il se remémorait tout son entretien avec son oncle et sa tante, et il éprouvait le besoin d'y réfléchir mûrement.

Comment, à son âge, se permettre de haïr, de mépriser les hommes ! Après avoir pénétré et jugé leur nullité, leur misère, leur infirmité, après avoir passé au crible toutes ses connaissances, voilà qu'il avait oublié de s'analyser lui-même. Quel aveuglement ! Et son oncle lui avait donné une leçon, comme à un écolier; il l'avait épluché, devant une femme encore ! Pourquoi ne s'était-il pas étudié lui-même ? Comme cette leçon devait avoir grandi Petr Ivanovitch, aux yeux de Lisaveta Alexandrovna ! Décidément, toujours et partout son oncle le dominait.

Qu'était-ce, alors, que cette supériorité de la jeunesse, de la fraîcheur, de la verdeur intellectuelle et sensitive, puisqu'un homme de quelque expérience, mais de cœur dur et froid, l'annihilait comme en se jouant? Quand la lutte serait-elle égale, quand la victoire lui sourirait-elle enfin? Il avait pour lui, semblait-il, le talent et l'abondance des forces morales; mais toujours l'oncle apparaissait comme un géant à côté de lui. Avec quelle sûreté Petr Ivanovitch le rétorquait, avec quelle légèreté il réfutait tous ses arguments! Comme il arrivait aisément à son but, plaisantant, bâillant, raillant ses sentiments, ses sincères effusions d'amour ou d'amitié, tout ce que les hommes d'âge envient d'ordinaire à la jeunesse.

A cette pensée, Alexandre rougit de honte. Il se promit de s'observer rigoureusement et, à la première occasion, d'avoir raison de son oncle. Il lui prouverait que nulle expérience ne saurait prévaloir contre les dons d'en haut, et que, de ses froides et méthodiques prédictions, pas une ne se réaliserait.

Il trouverait sa voie lui-même, il y marcherait d'un pas ferme et égal. Il n'est plus ce qu'il était voilà trois ans. Il a pénétré les mystères du cœur, observé le jeu des passions, découvert le secret de la vie, non sans souffrance; mais il s'est à jamais aguerri. Son avenir s'est éclairci; il s'est relevé, il a retrouvé ses ailes; il est un homme, et non plus un enfant. En avant, hardiment! Son oncle s'en apercevra, et jouera à son tour, lui, l'homme d'expérience, le rôle d'un pitoyable écolier. Petr

Ivanovitch verra, avec quelle surprise! que la vie,
l'illustration, le bonheur se rencontrent encore
ailleurs que dans cette misérable carrière qu'il
s'est choisie et qu'il voudrait, par envie, imposer
à son neveu. Encore, encore un effort viril, et la
lutte sera finie !

Alexandre renaissait à la vie. De nouveau, il se
créa un monde particulier, un peu plus compliqué
que le premier. Sa tante l'encourageait, mais secrè-
tement, lorsque Petr Ivanovitch dormait, ou s'en
allait à la fabrique ou au club anglais.

Elle interrogeait Alexandre sur ses travaux.
Comme il s'en trouvait ravi! Il lui disait le plan de
ses créations, et souvent il demandait un conseil
pour obtenir une approbation. Elle lui faisait parfois des objections, mais, plus souvent, des éloges.

Alexandre s'était accroché à son œuvre comme
à une dernière planche de salut.

— En dehors d'elle, disait-il à sa tante, rien
qu'une steppe nue, sans eau, sans verdure; la
nuit, le désert. Que serait ma vie, si ce dernier
refuge m'échappait! J'aimerais mieux mourir.

Et il travaillait infatigablement.

Parfois l'amour aboli lui revenait dans la mémoire; il s'excitait, sautait sur sa plume, accou-
chait d'une touchante élégie. Ou bien c'était la
bile qui affluait à son cœur, y réveillant la haine
et le mépris de l'humanité, assoupis pour un temps;
et des vers naissaient, virulents.

En ce temps-là, il méditait et écrivait une nouvelle. Il y dépensa un trésor d'observations, de
sentiments, toute sa peine et près de six mois de
temps. Enfin elle se trouva prête, revue, recopiée.
Sa tante était dans la joie.

La scène de la nouvelle n'était plus l'Amérique,
mais un village du gouvernement de Tanbov. Les
héros en étaient des hommes ordinaires, c'est-à-
dire des menteurs, des parjures, des misérables
en frac, des traîtresses en corset et en chapeau.
Tout y était convenable, à sa place.

— Je pense, ma tante, que je puis montrer cette
nouvelle à mon oncle.

— Oui, évidemment... mais, du reste... mais
peut-être il vaudrait mieux la publier sans lui.
Vous savez combien il s'est toujours montré réfractaire à ces choses-là: il vous dirait Dieu sait quoi !
Il trouve cela puéril.

— Non : autant le lui montrer, répondit Alexandre.
Fort de votre approbation et de ma conviction per-
sonnelle, je ne redoute personne : et je voudrais
qu'il pût voir...

A la vue du manuscrit, Petr Ivanovitch se ren-
frogna, en secouant la tête.

— Quoi donc ! auriez-vous écrit cela à vous
deux ? fit-il... C'est un peu long, et cette écriture
si fine ! Quel courage à écrire !

— Ne te dépêche pas de secouer ainsi la tête !
dit Lisaveta : commence par écouter. Alexandre,

lisez. Et toi, je t'en supplie, écoute attentivement, sans t'endormir, et prononce ensuite ton verdict. Tu trouveras partout des taches, si tu les cherches; mais use plutôt d'indulgence.

— L'indulgence! non, pourquoi? De la justice simplement, protesta Alexandre.

— Je vois qu'il faut m'exécuter. Je suis tout oreilles, soupira Petr Ivanovitch. Je te demande seulement de ne point lire immédiatement après le dîner, sans quoi je ne saurais répondre de ne point m'endormir. Et si je m'endormais, Alexandre, ne t'en prends pas à toi: il faut, malgré tout, que je fasse la sieste après mon dîner. Ensuite, si c'est bon, je le dirai franchement; sinon, je me tairai, et vous concluerez de mon silence tout ce qu'il vous plaira.

La lecture commença. Petr Ivanovitch ne s'assoupit pas une minute. Il écoutait, regardait, regardait Alexandre sans presque remuer les yeux; par deux foix, il eut un signe de tête approbatif.

— Tu vois, lui dit Lisaveta Alexandrovna, je te l'avais bien dit.

Il répondit par le même signe d'assentiment.

La lecture prit deux soirées consécutives. A la fin de la première, Petr Ivanovitch stupéfia sa femme en lui racontant toute la suite.

— D'où sais-tu cela? demanda-t-elle.

— Est-ce malin? L'idée n'est pas nouvelle. On a ressassé mille fois cela. Il serait même oisieux de pousser plus loin; mais nous verrons comment il l'a développée.

Le lendemain, comme Alexandre achevait la dernière page, l'oncle sonna. Le domestique parut.

— Prépare tout pour que je m'habille ! lui intima-t-il... Mes excuses, Alexandre, je suis pressé. Je dois aller au club pour le whist.

Et il s'en allait.

— Au revoir, leur dit-il. Ne m'attendez plus ce soir.

— Attends, attends ! s'écria Lisaveta Alexandrovna. Et la nouvelle, tu n'en dis rien ?

— D'après nos accords, je n'ai rien à en dire, dit-il.

Et il prenait la porte.

— Quel entêtement ! fit-elle. Oh ! oui, il est têtu ! Ne vous en émouvez pas, Alexandre.

— Quelle méchanceté ! songeait à part lui Alexandre. Il veut me plonger dans sa boue, m'attirer dans sa sphère. Mais qu'est-il ? Un vrai tchinovnik, intelligent, un fabricant, et rien de plus. Et moi, je suis un poète.

— Ta conduite est incompréhensible, Petr Ivanovitch, dit presque en pleurant Lisaveta Alexandrovna. Il faut que tu dises quelque chose. Je t'ai vu remuer la tête en signe d'assentiment : bien sûr, cela te plaisait. Mais par entêtement, tu ne veux pas en convenir. Tu te crois bien trop intelligent pour cela... Allons, avoue que cette nouvelle t'a plu !

— Mes signes de tête signifiaient que, par cette nouvelle, Alexandre une fois de plus montre qu'il n'est pas un sot ; mais qu'il a été un sot d'écrire cette nouvelle.

— Pourtant, mon oncle, un verdict de ce genre...

— Écoute : moi, tu ne me croirais pas ; à quoi bon discuter ? Prenons un arbitre. Je te propose ceci pour en finir : je vais me donner moi-même comme l'auteur de la nouvelle, et l'envoyer à un journaliste de mes amis ; nous verrons ce qu'il dira. Tu le connais, nul doute que tu ne te rendes à son jugement. C'est un homme expert.

— Bien ! nous verrons.

Petr Ivanovitch s'assit à son bureau, et écrivit quelques lignes qu'il montra ensuite à Alexandre.

— « Dans mes vieux jours, je me suis mis à la littérature. Que faire ? J'ai voulu acquérir du renom, et, là aussi, me distinguer : une folie ! Ci-joint le manuscrit de la nouvelle que j'ai écrite. Lisez-la, et, si elle vous plaît, publiez-la dans votre journal, en me la payant, bien entendu : vous savez que je n'ai pas l'habitude de travailler pour rien. Vous allez faire l'étonné, refuser de me croire : pour vous montrer que je ne mens pas, je vous autorise à signer de mon nom. »

Alexandre, convaincu que sa nouvelle serait

accueillie avec faveur, attendit tranquillement la réponse. L'allusion faite par son oncle à l'argent, avait même charmé le jeune homme.

— C'est fort sage, se disait-il. Ma mère se plaint de la baisse survenue dans les prix du blé : de longtemps elle ne pourra plus rien m'envoyer, et voilà que, très à propos, je vais toucher quinze cents roubles.

Cependant, trois semaines s'écoulèrent, et de réponse point. Enfin Petr Ivanovitch reçut, un matin, une lettre accompagné d'un paquet volu-mineux.

— Ah ! on l'a renvoyée ! dit-il à sa femme avec malice.

Il ne voulut ni décacheter la lettre, ni la montrer à sa femme, malgré la prière de Lisaveta Alexan-drovna. Mais le jour même, avant de se rendre au club, il s'en vint chez son neveu.

La porte était entrebâillée, il entra. Evsiei ronflait sur le plancher. La bougie était allumée, la cire avait coulé hors du bougeoir. Il jeta un coup d'œil dans l'autre chambre : il y faisait nuit noire.

— O province ! murmura-t-il.

Il réveilla Evsiei, et, lui montrant la porte ouverte et la bougie, le menaça de sa canne. Dans la pièce du fond, Alexandre était assis, ses mains sur la table, la tête sur ses mains, et dormait. Devant lui, une feuille de papier. Petr Ivanovitch regarda : des vers.

Il prit la feuille et lut ceci :

« Elle a fui, la saison splendide du printemps ;
A jamais se sont évanouis les mirages enchanteurs de l'amour ;
L'amour s'est endormi dans ma poitrine d'un sommeil de tombe ;
Il ne passera plus comme un feu dans mon sang.
　　　　Sur son autel abandonné,
J'ai depuis longtemps dressé une nouvelle idole,
　　　A qui j'apporte mes offrandes.
　　　Devant elle je prie, mais... »

— Et il s'est lui-même endormi... Prie donc, mon cher, ne te gène pas, dit tout haut Petr Ivanovitch. Tu vois bien que tes vers t'endorment toi-même ! Et tu as besoin d'une autre pierre de touche ?

— Ah ! fit Alexandre en s'étirant, vous en voulez décidément à mes œuvres. Soyez franc, mon oncle, pourquoi persécutez-vous ainsi le talent, alors que vous ne pouvez le méconnaître ?

— Par envie, tout bonnement, Alexandre. Je te fais juge. Toi, tu vas acquérir la renommée, les honneurs, et qui sait ? peut-être aussi l'immortalité. Moi, il faut me résigner à l'obscurité, me contenter de passer pour un travailleur utile. Cependant je m'appelle Adouiev comme toi ! Dis ce que tu voudras, je sens que tu me fais du tort. Que suis-je, moi ? J'aurai vécu mon siècle dans l'ombre, inconnu, tout à mes devoirs ; et moi qui m'en vantais ! N'est-ce pas là un triste sort ? Quand je serai mort, c'est-à-dire quand j'aurai cessé de sentir et de voir, la lyre sacrée du barde ne résonnera pas de mon nom. *Les siècles, la postérité, l'univers,* ne seront point remplis de ma gloire ; on ne saura point que le conseiller d'État Petr Ivanovitch Adouiev a passé sur la terre. Et je ne m'en consolerai pas dans ma tombe, si tant est que ma tombe et moi durions jusqu'à la postérité !... Mais toi, quelle différence ! Tandis *qu'ouvrant à grand bruit tes ailes, tu voleras dans l'empyrée,* je n'aurai, moi, d'autre consolation, sinon de penser que

«Dans la masse des travaux humains est une goutte de mon miel, »

comme dit ton auteur favori.

— Laissez-le donc tranquille, mon auteur favori ! Vous ne songez qu'à me railler !

— Comment ! te railler ! Aurais-tu cessé de goûter Krilov, depuis que tu as reconnu ton portrait dans sa ménagerie ? A propos, sais-tu que ta gloire à venir, ton immortalité, je les tiens dans ma poche... J'aimerais mieux y tenir ton argent, ce serait plus précieux.

— Quelle gloire ?

— La réponse à ma lettre.

— Donnez, donnez vite, je vous en supplie ! Que m'écrit-on ?

— Je ne l'ai pas lue ; lis toi-même, mais à haute voix.

— Vous avez pu vous retenir...

— Moi, cela ne me regarde pas.

— Comment, cela ne vous regarde pas ! Mais je suis votre neveu, pourtant. Vous n'êtes pas plus curieux !... Quelle froideur ! C'est de l'égoïsme, mon oncle.

— Peut-être, ou de l'entêtement. Du reste, je sais ce qu'elle contient, cette lettre. Lis.

Alexandre se mit à lire tout haut, tandis que Petr Ivanovitch frappait ses bottes à petits coups de canne.

« Que veut dire ce jeu, mon cher Petr Ivanovitch ! Vous écrivez des nouvelles ! Et vous pensiez tromper un vieux moineau comme moi? Si — Dieu vous en préserve ! — si c'était vrai, si votre plume s'était un moment détournée des chères lignes qu'elle trace d'habitude, chères vraiment, et dont chacune doit vous rapporter un ducat, si, vous interrompant d'aligner de respectables chiffres, vous aviez perpétré la nouvelle que j'ai sous les yeux, alors je me verrais obligé de vous dire que les produits fragiles de votre fabrique sont encore mille fois plus solides que ce produit-là. »

La voix d'Alexandre tomba tout à coup :

« Mais j'écarte cette supposition outrageante pour vous... », lut-il sur un ton craintif et presque à demi-voix.

— Je n'entends pas, Alexandre, lis plus fort, interrompit Petr Ivanovitch.

« Sans doute que vous vous intéressez à l'auteur de la nouvelle, poursuivit Alexandre sans élever le ton

de sa voix, et vous avez voulu savoir mon opinion.
La voici : l'auteur doit être un jeune homme ; il
n'est point un sot, mais il manifeste une bizarre
irritation contre le monde entier. Quelle expression de colère et de haine ! Quelque désillusionné,
probablement. Quand donc nos écrivains chan-
geront-ils ? Quel malheur qu'une fausse vision des
choses et de la vie fourvoie et perde tant de
capacités en proie à de vaines et stériles rêveries ! »

Alexandre s'arrêta pour reprendre haleine. Petr
Ivanovitch, ayant allumé un cigare, s'amusait à
lancer la fumée en volutes. Sa figure respirait,
comme à l'ordinaire, une tranquillité parfaite. Ce
fut d'une voix voilée, à peine distincte, qu'Alexandre
reprit sa lecture :

« La vanité, le romantisme, de précoces ten-
dances sentimentales, l'inertie intellectuelle, et,
comme résultante, la paresse, telles sont les
causes du mal. Le travail, la science, des occupations positives, voilà ce qu'il faut à notre jeunesse nonchalante et malade pour se ressaisir.. »

— Trois lignes suffisaient, dit Petr Ivanovitch
en consultant sa montre. Rédiger toute une dissertation en écrivant à un ami ! Quel cuistre ! Est-
il nécessaire d'aller plus loin, Alexandre ? Laisse
cela, c'est trop d'ennui. Je voudrais te dire quelque chose.

— Non, mon oncle. Je boirai le calice jusqu'à
la lie.

— Lis donc. A ta santé[1] !

« ... Cette orientation déplorable des capacités se révèle à chaque mot de la nouvelle que vous m'avez communiquée. Dites à votre protégé que la première loi de l'écrivain doit être d'écrire sans irritation comme sans préventions. Il observera les hommes et la vie d'un regard impartial, serein et clairvoyant, sous peine d'exprimer seulement son *moi*, qui n'intéresse personne. C'est là le défaut capital de cette nouvelle. La seconde et la plus essentielle des conditions requises pour bien écrire (mais je vous supplie de n'en rien dire à votre protégé, par égard pour sa jeunesse et pour son amour-propre d'auteur, le pire de tous), c'est le talent. Cette nouvelle n'en contient pas une parcelle. D'ailleurs la langue en est correcte et pure, le style suffisant... »

A peine Alexandre eut-il la force d'achever.

— Enfin ! disait Petr Ivanovitch ; c'est ce qu'il aurait dû dire depuis longtemps, au lieu de nous conter je ne sais quelles balivernes. Le reste, nous l'aurions bien compris tout seuls.

Alexandre avait laissé retomber ses bras ; muet, comme un homme assourdi par un fracas soudain, il regardait le mur sans rien voir.

Petr Ivanovitch lui prit la lettre des mains et lut ce post-criptum :

---

[1] Expression russe : grand bien te fasse !

« Si vous tenez absolument à publier cette nouvelle dans notre journal, je puis faire cela pour vous, dans les mois d'été où la copie n'abonde pas. Quant à le payer, inutile d'y songer. »

— Eh bien ! Alexandre ? comment es-tu ?

— Plus tranquille que je ne l'aurais cru, répondit Alexandre d'un air contraint. Je me sens comme un homme accablé de déceptions.

— Non, mais comme un homme qui s'abusait lui-même et voulait abuser les autres.

Alexandre n'entendit point cette réponse.

— Etait-ce encore un rêve trompeur ? Me suis-je donc abusé, là aussi ? murmurait-il. C'est dur ; mais je devrais être fait aux mécomptes. Seulement, je ne comprends point le pourquoi de ces impulsions qui me sollicitaient impérieusement à créer.

— Voilà ; on t'aura fourré dans la tête toutes ces impulsions, en oubliant d'y joindre la manière de s'en servir. Voilà bien longtemps que je t'ai dit cela.

Alexandre ne répondit que par un soupir, et se prit à songer. Puis, vivement, il ouvrit tous ses tiroirs l'un après l'autre, en sortit des cahiers, des feuillets, des bouts de papier et jeta le tout au feu, rageusement.

— N'oublie pas cela non plus, dit Petr Ivanovitch en lui tendant la page commencée qu'il avait trouvée sur la table.

— Au feu, aussi ! s'écria Alexandre avec désespoir.

— Tu n'oublies rien autre ? dit Petr Ivanovitch en furetant du regard autour de lui. Cherche, cherche encore : puisque tu t'es mis à cette besogne nécessaire, autant en finir d'un coup. Tiens, ce paquet, là-haut, sur l'armoire.

— Au feu, aussi ! dit Alexandre en prenant le paquet : ce sont des articles sur l'agronomie.

— Mais ne brûle pas, ne brûle pas cela ; donne donc, dit l'oncle en tendant la main : ce ne sont point des sornettes.

Alexandre ne l'écoutait pas.

— Non, dit-il ; j'ai anéanti mes nobles créations d'art, ce n'est pas pour faire de la littérature utilitaire ; jamais la destinée ne m'y forcera.

Et il lança le paquet dans la cheminée.

— C'était inutile, reprit Petr Ivanovitch, tout en remuant avec sa canne le fond du panier, sous la table, pour y trouver encore quelque chose à brûler.

— Et la nouvelle, Alexandre, qu'en ferons-nous ? Elle est restée chez moi.

— N'auriez-vous pas besoin de papier pour raccommoder un paravent ?

— Pas pour le moment. Mais veux-tu que je l'envoie prendre ? Evsiei !... Il s'est rendormi. C'est encore heureux qu'on ne lui ait point volé mon manteau à sa barbe. Evsiei, cours chez moi ;

demande à Wassili un gros cahier que j'ai dans mon cabinet, sur le bureau, et apporte-le moi ici.

Alexandre s'était assis, la tête appuyée sur une main, les yeux sur la cheminée. Le cahier fut apporté. Il considéra ce fruit d'un travail de six mois et resta pensif.

— Finissons-en, Alexandre dit l'oncle. Nous avons à causer d'autre chose.

— Au feu, aussi! cria le jeune homme en jetant le cahier dans la cheminée.

Ils se levèrent tous deux pour le voir brûler. Petr Ivanovitch ne cachait pas sa satisfaction; Alexandre, au désespoir, pleurait presque. Voici que la première feuille s'agita et s'éleva comme poussée par une main invisible; ses bords s'abaissèrent, se noircirent et soudain flambèrent; puis le second feuillet prit feu, puis le troisième; puis un paquet entier s'alluma d'un coup. Les feuillets suivants étaient encore blancs, mais, au bout de deux secondes, ils commencèrent à se noircir. Cependant Alexandre put lire encore: « Troisième chapitre. » Il se rappela le contenu de ce chapitre et un regret lui vint. Il s'empara des pincettes pour préserver ce dernier vestige de son œuvre.

— Peut-être encore..., lui murmurait à l'oreille une vague espérance.

— Attends un peu, dit Petr Ivanovitch, laisse-moi faire avec ma canne; avec les pincettes tu pourrais te brûler.

Il poussa le cahier dans le fond de la cheminée juste sur la braise.

Alexandre s'arrêta indécis. Le cahier était très épais et ne se laissait pas consumer. Ce fut d'abord une fumée très dense ; puis la flamme jaillit d'en bas et des côtés, laissant des taches noires et se dissimulant : il était encore temps de sauver quelque chose. Alexandre étendait déjà la main lorsque la flamme illumina le fauteuil, la table et le visage de Petr Ivanovitch : tout le cahier s'embrasait en bloc. Un moment après, il s'éteignit, ne laissant qu'un tas de cendres noires où se tordaient çà et là des petits serpents de feu.

— Tout est fini ! dit Alexandre en soupirant.

— Fini ! répéta l'oncle.

— Ouf ! fit Alexandre, me voilà libre !

— C'est la seconde fois que je t'aide à nettoyer ton appartement, dit Petr Ivanovitch. Je compte que cette fois...

— Sera la dernière, mon oncle.

— Ainsi soit-il ! dit l'oncle en lui mettant la main sur l'épaule. Il s'agit maintenant, Alexandre, de ne point perdre de temps ; écris bien vite à Ivan Ivanitch de te commander un article agricole. Après toutes ces sottises, tu dois te sentir tout disposé à écrire quelque savante dissertation...

— Je ne le puis, répondit Alexandre ! Non, mon oncle, je n'en ai pas la force. Tout est fini.

— Que vas-tu faire ?

— Ce que je vais faire? répéta Alexandre d'un air soucieux ; ce que je vais faire? Rien pour l'instant.

— Bon pour la province de flâner, mais ici... Pourquoi es-tu venu ici? C'est absolument inexplicable... Enfin parlons d'autre chose. J'ai à te demander un service.

Alexandre leva la tête et jeta sur son oncle un regard interrogateur.

— Tu connais, n'est-ce pas, mon associé Sourkov! demanda Petr Ivanovitch en approchant son siège du siège d'Alexandre.

Alexandre fit signe que oui.

— Oui! Tu as dîné quelquefois avec lui chez moi. As-tu compris quel oiseau c'était? Ce n'est pas un mauvais homme, mais un écervelé; de plus il est fou des femmes. Par malheur, Sourkov, comme tu as pu t'en rendre compte, n'est pas laid, c'est-à-dire qu'il est rose, potelé, bien pris dans sa taille, toujours frisé, parfumé, mis à la dernière mode : aussi va-t-il s'imaginant que toutes les femmes l'adorent. Tout cela, tu le comprends, me serait parfaitement égal ; mais voilà le malheur, dès qu'il s'amourache, il dépense l'argent. Ce ne sont que cadeaux, surprises, bons offices. Il commence par se pomponner, renouvelle ses équipages, ses chevaux, une vraie ruine. Il faisait la cour à ma femme. Je n'avais pas le souci d'envoyer un domestique chercher des places pour le théâtre:

Sourkov ne manquait jamais de nous apporter des billets. Avions-nous envie d'autres chevaux, de quelque bibelot rare, d'une villa? fallait-il nous frayer un passage à travers la foule? où qu'on l'envoyât, un homme d'or. On n'eût pas trouvé son pareil pour de l'argent. Quel garçon précieux! Je le regrette! Moi, je le laissais faire, cela m'arrangeait fort; mais j'ai vu qu'il ennuyait ma femme et je lui ai donné son congé... Lors donc qu'il se met à dépenser de l'argent, il a bientôt fait de manger sa part du produit de la fabrique, et il vient m'emprunter. Si je refuse, il menace de retirer son apport, prétendant que la fabrique ne lui sert de rien; il divague quand il est à sec. Il pourrait se marier: point du tout. Il est toujours à l'affût de liaisons distinguées, il lui faut des intrigues relevées, il va répétant qu'il ne peut vivre sans amour: un âne! un petit bonhomme qui frise la quarantaine et qui ne peut se passer d'amour.

Alexandre fit un retour sur lui-même.

— Et quel poseur! poursuivait Petr Ivanovitch. J'ai parfaitement deviné de quoi il retournait. Tout ce qu'il fait, c'est pour la galerie. Il veut qu'on le sache lié avec une telle, qu'on le voie avec telle autre dans sa loge, ou à la campagne, ou à son balcon, tard dans la soirée, ou en calèche, ou à cheval, ou voguant je ne ne sais où avec elle entre deux rives solitaires! Il s'ensuit que ses nobles

liaisons, — que le diable emporte! — lui coû-
tent bien plus cher que d'autres moins nobles.
L'imbécile! pourquoi tant se démener?

— Où voulez-vous en venir, mon oncle? demanda
Alexandre. Je ne vois pas de quel secours je puis
vous être.

— Tu le verras bientôt. Nous avons ici, depuis
peu de temps, une jeune veuve fort agréable, Julia
Pavlovna Tafaieva, qui revient de voyager. Nous
avons, nous deux Sourkov, connu beaucoup son
mari, mort depuis à l'étranger. Devines-tu?

— Je devine que Sourkov s'est amouraché de la
veuve.

— C'est cela, il en est fou. Et puis?

— Et puis? Je ne sais pas!

— Tu ne devineras jamais rien. Ecoute-moi. A
deux reprises déjà Sourkov m'a laissé voir qu'il
aurait bientôt besoin d'argent. J'ai vite compris ce
que cela signifiait; mais j'ignorais d'où soufflait le
vent, et je ne pouvais agir. J'ai donc cherché
pourquoi il en avait besoin. D'abord, il éludait
mes questions. Il finit par me déclarer qu'il voulait louer un appartement convenable sur la Liteinaïa. Il me souvint alors que Mme Tafaieva demeurait précisément dans cette rue, et j'allai voir;
c'était juste la maison en face qu'il voulait louer.
Il avait même déjà donné les arrhes. Je suis sous
le coup d'une catastrophe, si tu ne viens pas à
mon aide. Devine maintenant.

Alexandre leva le nez, regarda les murs, le plafond, et finit par arrêter ses yeux sur son oncle, mais sans dire un mot.

Petr Ivanovitch l'observait en souriant. Il ne détestait point de prendre les gens en défaut, et de le leur faire sentir.

— Tu ne trouves pas? Et tu te piques d'écrire des nouvelles!

— Petit oncle, j'ai deviné.

— Ce n'est pas malheureux!

— Sourkov vous a demandé de l'argent et comme vous en manquez, vous avez pensé que je...

Il n'acheva pas sa phrase et regarda avec stupéfaction son oncle qui éclatait de rire.

— Non, ce n'est pas précisément cela, dit Petr Ivanovitch. Crois-tu donc que je manque jamais d'argent? demande-m'en à n'importe quel moment, et tu verras. Voici: Mme Tafaieva s'étant rappelée à mon souvenir par l'entremise de Sourkov, je lui ai rendu visite: elle m'a invité à ses soirées; j'ai promis d'y venir, et aussi de t'amener. Je suppose que tu as compris à présent.

— Moi! fit Alexandre en ouvrant de grands yeux, oui, je comprends... à présent je comprends, bégayait-il.

— Et que comprends-tu?

— Tuez-moi plutôt, petit oncle; mais je ne comprends pas... Permettez. Peut-être que ses soirées sont agréables, et vous voulez me distraire de mon ennui?

— Voilà qui est parfait ! Je n'ai que cela à faire, n'est-ce pas, te mener à des soirées. Après quoi, il ne me restera plus qu'à te couvrir la bouche d'un mouchoir pour te préserver des mouches... Non, ce n'est pas cela. Voici de quoi il s'agit: il faudrait que Mme Tafaiera s'amourachât de toi.

Alexandre releva brusquement ses sourcils.

— Vous badinez, petit oncle, c'est pour rire !

— Quand il s'agit d'un badinage, tu le prends toujours au sérieux; mais quand on te parle sérieusement d'une chose toute simple, tu crois à la plaisanterie. Qu'y a-t-il là de si déraisonnable? Juge toi-même. Comme l'amour est de sa nature stupide... le bouillonnement du sang... l'amour-propre... Mais pourquoi discuter? Tu es persuadé que l'amour obéit à une aveugle fatalité, tu crois à je ne sais quelle affinité des âmes.

— Vous oubliez que maintenant je ne crois plus à rien. Mais vouloir qu'une femme s'éprenne ainsi du premier venu !

— La chose est possible, mais bien sûr pas avec toi. Ne tremble pas, je ne veux point te confier une mission si ardue. Je ne t'en demande pas tant: fais-lui la cour, sois empressé, empêche Sourkov de rester seul ave celle. Exaspère-le ; s'il dit un mot, dis-en deux ; s'il émet un avis, soutiens l'avis contraire. Combats-le sans répit, aplatis-le à tout propos.

— Pourquoi ?

— Tu ne comprends donc pas encore?... Voilà pourquoi, mon cher : il commencera par s'affoler de jalousie et de colère : puis il se refroidira, car il n'est pas long à changer, et c'est surtout de lui qu'il est amoureux. Et l'appartement deviendra inutile, et le capital ne sera pas retiré, et la fabrique continuera à marcher comme devant. Eh bien ! à présent, comprends-tu ? C'est la cinquième fois déjà que je lui joue un pareil tour. Jadis, quand j'étais garçon, et plus jeune, c'est ainsi que j'en usais avec lui, soit en opérant moi-même, soit en faisant agir quelqu'un de mes amis.

— Mais elle ne me connait pas ! dit Alexandre.

— C'est pourquoi je veux te présenter mercredi prochain. Tous les mercredis elle reçoit ses anciennes connaissances.

— Mais si elle n'est pas insensible à l'amour que lui témoigne Sourkov, mes attentions et mes prévenances ne suffiront point à l'effaroucher.

— Que dis-tu là ? Une femme comme il faut, en découvrant qu'elle a affaire à un sot, cessera de penser à lui ; surtout elle ne manquera pas, devant le monde, de satisfaire son amour-propre. Lorsqu'elle verra près d'elle un soupirant plus intelligent et plus beau, elle balancera, éconduira plus vite le premier. C'est pour cela que je t'ai choisi.

Alexandre s'inclina.

— Sourkov n'est pas redoutable, poursuivit l'oncle ; mais Mme Tafaieva reçoit fort peu de monde et il peut passer, dans ce petit cercle, pour un savant et pour un lion. Les femmes se prennent aisément aux seules apparences : il est sans rival dans l'art de rendre service, et alors on le souffre. Il est possible qu'elle joue à la coquette avec lui : et lui !... Les femmes, même les plus raisonnables, adorent qu'on fasse des folies pour elles, surtout des folies ruineuses ; mais la plupart du temps, ce n'est pas à qui les fait qu'elles donnent leur amour, c'est à quelqu'un autre. Beaucoup ne veulent point comprendre cela, et Sourkov est du nombre. Je te charge de le lui démontrer.

— Mais Sourkov ne doit pas se borner à la visite du mercredi ; si je le combats ce jour-là, qui le gênera les autres jours de la semaine ?

— Décidément il faut qu'on te mette les points sur les i. Courtise seulement cette femme, fais l'amoureux, et elle t'invitera non plus seulement le mercredi, mais le jeudi ou le vendredi. Tu redoubleras alors de prévenances ; moi je lui donnerai à entendre que je soupçonne quelque affinité entre elle et toi. Autant que j'ai pu en

juger, elle est nerveuse, aisément impressionnable ;
je crois que son cœur est prêt pour toute sympathie.

— Comment serait-ce possible ? dit Alexandre
pensif. Encore si je pouvais m'éprendre ; mais je
ne le puis plus.... Et je ne saurais réussir.

— C'est précisément grâce à la disposition
actuelle de son esprit que tu réussiras. Si tu tom-
bais sérieusement amoureux, elle l'aurait bientôt
vu, et s'amuserait de vous deux. Mais si, tout en
restant de glace au fond, tu la disputes à Sourkov,
alors... je le connais comme mes cinq doigts,..
alors se voyant supplanté, il cessera de dépenser
de l'argent sans profit : c'est justement ce que je
veux. Ecoute, Alexandre, j'attache à cette affaire
une grande importance. Si tu réussis... te rappelles-tu ces deux vases qui t'ont séduit à la fabrique ?... Ils seront tiens ; tu n'auras plus qu'à
acheter les socles.

— Permettez, mon cher oncle, pensez-vous
que je....

— Et pourquoi t'imposerais-tu des peines béné-
volement ? Perdre ton temps sans profit ! Point !
Les vases sont fort beaux... Dans notre siècle,
on ne fait rien pour rien. Si jamais je te rends un
service de ce genre, offre-moi un cadeau, tu verras
si je le refuse.

— La mission est singulière, dit Alexandre
hésitant.

— J'espère que, pour moi, tu voudras bien t'en charger. En échange, je suis prêt à t'obliger. Si tu manquais d'argent, ne t'adresse qu'à moi. A mercredi ! C'est une aventure qui te prendra un mois, deux au plus. Le moment venu, je te dirai ce que j'en penserai, et tu reprendras ta liberté.

— Soit, mon oncle, je consens... Mais je ne vous réponds pas du succès. Oh ! si je pouvais aimer, alors... Mais non !

— C'est fort heureux que tu ne le puisses pas ; sinon, les choses se gâteraient. C'est moi qui te réponds du succès. Adieu.

Il sortit, et Alexandre resta encore longtemps devant la cheminée à contempler ses chères cendres.

En voyant rentrer Petr Ivanovitch, sa femme lui demanda :

— Eh bien, Alexandre ? Que fera-t-il de sa nouvelle ? Va-t-il se remettre à écrire ?

— Non, je l'en ai guéri pour toujours.

Il lui dit le contenu de la lettre jointe à la nouvelle, et comment tout avait été jeté au feu.

— Tu es impitoyable, Petr Ivanovitch, dit Lisaveta Alexandrovna ; ou bien tu t'acquittes fort mal des missions dont tu te charges.

— Et toi, était-ce du bon sens, de l'exciter à gâter du papier ? Est-ce qu'il a du talent ?

— Non.

Petr Ivanovitch jeta sur sa femme un regard d'étonnement.

— Pourquoi donc, alors ?

— Tu n'as pas compris ?

Il demeurait silencieux, songeant malgré lui à l'entretien qu'il venait d'avoir avec Alexandre.

— Comment ne pas comprendre ? Ce n'est que trop clair ! reprit-il en la regardant fixement.

— Quoi ? dis-le.

— Quoi !... Quoi ?... Tu as voulu lui donner une leçon, plus délicatement, à ta façon.

— Il ne comprend pas ! voilà pourtant un homme intelligent ! Pourquoi se montrait-il, tout ces temps-ci, gai, vaillant, presque heureux ? Parce qu'il espérait. Eh bien ! je l'entretenais dans son espoir. Est-ce clair, maintenant ?

— Alors, c'était une ruse ?

— Une ruse permise, je crois. Toi, qu'as-tu fait de lui ? Tu l'as, sans pitié, dépouillé de sa dernière espérance.

— Voyons ! quelle dernière espérance ? Il lui reste encore beaucoup de sottises à commettre.

— Que va-t-il faire ? Il retombera dans sa tristesse et son oisiveté.

— Point du tout. Il aura mieux à faire. Je l'ai chargé d'une besogne.

— Laquelle ? N'est-ce point encore quelque traduction d'un article sur la pomme de terre ?

Le bel attrait pour un jeune homme, surtout lors-qu'il a de l'enthousiasme et du cœur ? Tout te semble bon qui occupe le cerveau.

— Non, mon amie ; il n'est pas question de la pomme de terre, mais d'une affaire qui touche la fabrique.

CHAPITRE III

Le mercredi arriva. Douze ou quinze personnes se trouvaient réunies dans le salon de Julia Bolovna. Un des groupes se composait de quatre jeunes femmes, de deux étrangers des plus barbus, amis de la barinia, et d'un officier en tenue. Plus loin se tenait assis sur une bergère un vieillard, évidemment un militaire retraité ; il avait deux touffes de poil gris sous le nez et force décorations à la boutonnière. Il causait avec un monsieur d'âge, et discutait sur les prochaines adjudications de monopoles.

Dans la pièce voisine, une vieille dame jouait aux cartes avec deux hommes. Derrière le piano, une toute jeune fille ; une autre, tout près, s'entretenait avec un étudiant.

Les Adcuiev firent leur entrée. Peu d'hommes se présentaient dans un salon avec autant de naturel et de tenue que Petr Ivanovitch. Derrière lui, Alexandre s'avançait d'un pas irrésolu.

Quel contraste en eux ! L'un, plus grand de la tête, distingué, la figure pleine, nature vigoureuse et bien équilibrée, offrait dans ses regards comme dans ses façons les marques de la plus parfaite assurance. Mais ni dans ses regards, ni dans ses paroles, ni dans ses mouvements, rien qui laissât deviner sa pensée ou son caractère, tant il savait recouvrir sa personne d'un vernis mondain, tant il savait se dominer. Il semblait que son moindre geste, son moindre coup d'œil fussent calculés d'avance. Le visage pâle et flegmatique de Petr Ivanovitch témoignait combien l'autorité despotique de sa raison laissait peu de liberté à ses désirs ; chez lui, le cœur battait ou ne battait pas suivant ce qu'ordonnait la tête.

Alexandre était en tout le contraire de son oncle. Sa complexion était faible et délicate, sa physionomie changeante, son allure lente et inégale : ses yeux mobiles décelaient de continuelles émotions ou des rêveries obsédantes. Il était bien pris dans sa taille, mais maigre et pâle, non point d'une pâleur native, comme Petr Ivanovitch, mais par suite de son agitation perpétuelle. Ses cheveux n'étaient point, comme ceux de son oncle, une épaisse forêt couvrant toute la tête, mais, rares au sommet, ils tombaient sur la nuque et les tempes en boucles minces, très fines, très soyeuses, et d'un blond lumineux.

L'oncle présenta son neveu.

— Mon ami Sourkov n'est pas là? demanda Petr Ivanovitch en promenant autour de lui des regards surpris : il vous oublie.

— Oh! non! et je dois lui savoir beaucoup de gré, répondit la barinia. Il m'honore de ses visites. Et vous n'ignorez pas qu'en dehors de feu mon mari, je ne vois personne.

— Où est-il?

— Il va venir. Il nous a formellement promis, à ma cousine et à moi, de nous procurer une loge pour le spectacle de demain : comme, à ce qu'on dit, la chose est impossible, il y a couru aussitôt.

— Et il réussira, je vous en réponds : il a du génie pour ces choses-là : où ni ami ni protection ne pourraient rien, lui m'en trouve toujours : où, avec quel argent, mystère.

Sourkov arriva enfin. Dans le moindre pli de ses vêtements, dans le moindre détail de sa mise, il affichait la prétention d'être un lion, de dépasser tous les gens à la mode et la mode elle-même. La mode imposait-elle l'habit déboutonné? Il mettait un habit déboutonné et ouvert au point qu'on eût cru voir les ailes d'un oiseau. Portait-on des cols rabattus? Il se commandait un col rabattu si bas, que dans son frac on l'eût pris plutôt pour quelque voleur évadé. Il fournissait lui-même à son tailleur des indications sur la coupe de ses habits.

Lorsqu'il parut chez Mᵐᵉ Tafaieva, il avait,

fichée dans sa cravate, une épingle d'une grosseur si démesurée qu'on eût dit d'un bâton.

— Les avez-vous, ces billets? lui demanda-t-on de tous les côtés.

Il allait répondre lorsqu'il aperçut les deux Adouiev. Il se tut, en les regardant d'un air étonné.

— Il a quelque pressentiment, dit tout bas Petr Ivanovitch à son neveu. Mais qu'est-ce donc? Ah! bah! il a une canne! Que veut dire ceci?

— Pourquoi cette canne? demanda-t-il à Sourkov, en la montrant du doigt.

— L'autre jour, en sautant de ma voiture, j'ai glissé, et depuis je boite un peu.

— Ce n'est pas vrai, souffla Petr Ivanovitch à l'oreille d'Alexandre. Regarde la pomme : vois-tu cette tête de lion en or? Avant-hier, devant moi, il s'est vanté de l'avoir payée six cents roubles à Barbier. Maintenant, il en fait parade : c'est un trait de son caractère. Combats-le, déloge-le de ses positions.

Par la fenêtre, Petr Ivanovitch lui montrait la maison en face.

— Allons, dit-il, songe à mes vases et remue-toi.

— Avez-vous un coupon pour le spectacle de demain? demanda Sourkov à Mᵐᵉ Tafaieva, en allant vers elle d'un pas solennel.

— Non.

— Me permettrez-vous alors de vous offrir celui-ci ? en imitant à s'y méprendre l'accent de Zagoretsky dans *Le chagrin d'avoir trop d'esprit* [1].

Un sourire agita les moustaches de l'officier. Petr Ivanovitch lança un coup d'œil à son neveu. Julia Pavlovna rougit.

Elle invita Petr Ivanovitch à partager sa loge.

— Je vous remercie infiniment, répondit-il ; mais je dois, demain, accompagner ma femme au théâtre... Me permettrez-vous de vous présenter à ma place un jeune homme...

Il désignait Alexandre.

— J'allais inviter aussi monsieur ; nous ne serons que trois, moi, ma cousine et...

— Il me suppléera près de vous, et au besoin suppléera encore ce luron, fit-il en montrant Sourkov.

Ensuite il dit, à voix basse, quelques mots à Mme Tafaieva, qui jeta, par deux fois, un coup d'œil sur Alexandre et se prit à sourire.

— Je vous remercie, dit alors Sourkov... Mais vous auriez dû me dire cela plutôt, avant que je n'eusse pris le coupon ; j'aurais laissé cet office à quelque autre...

— Ah ! s'écria vivement Julia Pavlovna, je vous sais un gré infini de votre obligeance. Je ne vous

---

[1] Célèbre comédie de Griboïedov.

ai point invité sachant que vous aviez toujours votre fauteuil; et je pensais que vous vous trouveriez mieux en face de la scène... surtout pour le ballet.

— Pas d'échappatoire, vous ne le pensez pas. Une place auprès de vous, je ne l'échangerais pour rien au monde.

— Mais... cette place, je l'ai déjà promise.

— Promise? A qui?

— A M. Régnier.

Elle désignait l'un des étrangers barbus.

— Oui, madame m'a fait cet honneur [1], dit l'autre.

Sourkov, bouche bée, le regarda vivement, et se retourna vers Julia.

— Je vais lui offrir mon fauteuil en échange, suggéra-t-il.

— Essayez.

L'homme barbu, à grand renfort de signes de ses mains et de ses pieds, fit entendre qu'il refusait.

— Je vous remercie, dit alors Sourkov à Petr Ivanovitch avec un coup d'œil oblique à l'adresse d'Alexandre. Je vous revaudrai cela.

— Ce n'est pas la peine de me remercier. Mais ne veux-tu point une place dans ma loge? Nous ne serons que deux, ma femme et moi. Et puis,

[1] En français dans le texte.

il y a longtemps que tu ne l'as vue. Tu pourras
lui faire la cour.

Sourkov, dépité, lui tourna le dos, Petr Ivano-
vitoh un moment après s'esquiva à l'anglaise. Julia
Pavlovna offrit à Alexandre un siège à côté d'elle ;
et, pendant une grande heure, ils causèrent. Sourkov, de temps en temps, leur adressait la parole ;
mais ses questions manquaient d'à-propos. Il
parlait d'un ballet, et on lui répondait : oui, alors
que la seule réponse eût été : non, et *vice versâ*.
Evidemment, on ne l'écoutait guère. Pour changer, il parla huîtres, assura en avoir mangé cent
quatre-vingts dans la matinée. On ne le regarda
même pas. Il fit encore quelques demandes, et
voyant qu'on ne lui prêtait pas la moindre attention,
il prit son chapeau et se mit à tourner autour
du fauteuil de Julia Pavlovna, pour montrer qu'il
était fâché et qu'il allait s'en aller. Mais elle ne
remarqua pas plus cela que le reste.

— Je me retire, dit-il enfin tout haut d'un air
mécontent. Adieu..

— Comment, déjà ! dit tranquillement Mme Tafaieva. Mais demain, j'espère, nous nous verrons
dans la loge, au moins une minute.

— Quelle inhumanité ! Une minute ! Vous
savez bien que je n'échangerais pas une place
auprès de vous contre une place au paradis !

— Si vous voulez parler du paradis du théâtre,
je vous crois aisément.

Sourkov n'avait plus envie de se retirer ; son mécontentement s'était dissipé au premier mot gracieux de la barinia. Mais tous l'avaient vu saluer, faire ses adieux ; il fallait partir, quoi qu'il en eût. Il s'en fut comme un petit chien qui aurait voulu suivre son maître et que l'on renverrait de force à son chenil.

Julia Paulovna avait vingt-trois ans. Ainsi que Petr Ivanovitch l'avait pressenti, elle était atteinte de névrose ; ce qui ne l'empêchait nullement de se montrer avenante, intelligente, gracieuse ; seulement, elle était timide, rêveuse, sentimentale comme la plupart des femmes nerveuses. Elle avait des traits fins et délicats, un regard modeste et songeur, souvent triste sans sujet, ou, si l'on veut, sans autre sujet que l'état de ses nerfs.

Elle considérait le monde et la vie sans enthousiasme ; elle avait cherché la raison d'être de son existence et ne l'avait point trouvée. Mais qu'on ne lui parlât point, même par hasard, de mort et de sépulcre ! Elle devenait toute pâle. Elle était seulement incapable de saisir le côté brillant et lumineux de la vie. Dans son jardin, dans le petit bois où elle errait, c'étaient les allées ombreuses et obscures qu'elle choisissait, indifférente aux plus riantes perspective. Au théâtre, elle aimait le drame toujours, la comédie rarement, le vaudeville jamais ! Elle fermait

II.   6

l'oreille aux joyeux flonflons, jamais une plaisanterie ne l'avait déridée.

Ses traits exprimaient parfois de la fatigue, mais une fatigue qui semblait due à l'ennui plus qu'à la souffrance. On voyait que cette jeune femme souffrait de quelque lutte intérieure, dont les crises la laissaient abattue ; longtemps elle demeurait silencieuse ; soudain, une gaîté la prenait, une gaîté inexplicable, et que l'étrange tempérament de Julia Pavlovna marquait de son sceau particulier ; nul autre n'eût trouvé drôle ce dont elle s'égayait alors. « Toujours les nerfs! ». Si l'on eût écouté les dames de ses amies, que ne disaient-elles pas !

— « *La destinée, la sympathie, une affinité mystérieuse, vague mélancolie, désirs sans objet* » ; et elles se poussaient le coude, malignement, elles soupiraient, et tout finissait par des aspirations multipliées de leurs flacons de sels.

— Comme vous m'avez comprise! dit Julia Pavlovna à Alexandre qui s'apprêtait à partir. Jamais un homme, pas même mon mari, n'avait jusqu'ici pénétré mon caractère.

Alexandre l'avait en effet comprise, par la simple raison qu'il avait un caractère identique. Aussi ne se possédait-il pas de joie.

— A revoir ! dit-elle en lui tendant la main.

— J'espère que dorénavant vous n'aurez pas

besoin de votre oncle pour trouver le chemin de ma maison ?

L'hiver venait. D'habitude, Alexandre dînait chez son oncle le vendredi. Mais quatre vendredis s'étaient déjà succédé, et il n'avait point paru, sans qu'il se montrât davantage les autres jours. Lisaveta Alexandrovna se fâchait, Petr Ivanovitch se taisait, et vainement retardait-on le dîner d'une demi-heure pour attendre le jeune homme.

Ce dernier, pourtant, n'était pas inactif. Il s'acquittait de la mission dont son oncle l'avait chargé. Depuis longtemps Sourkov n'allait plus chez Mᵐᵉ Tafaïeva ; il annonçait à tout venant qu'il avait rompu tout rapport avec elle, qu'il s'était affranchi de ses liens.

Un jour — c'était un jeudi — Alexandre, en rentrant chez lui, y trouva deux vases et un billet de son oncle, qui le remerciait de son amicale obligeance et l'invitait à dîner le lendemain, suivant l'usage. Cette invitation le rendit perplexe, comme si elle eût contrarié ses projets. Il descendit néanmoins chez son oncle le lendemain, une heure avant le dîner.

— Que t'arrive-t-il ? On ne te voit plus ! Nous aurais-tu oubliés ? lui demandèrent à la fois son oncle et sa tante.

— Alexandre, dit Petr Ivanovitch, tu as bien travaillé, mieux que je ne m'y attendais ! Il répétait : « Non, je ne saurais pas ! » jouait la modestie. Voilà longtemps que je désirais te voir : mais impossible de te joindre. Enfin, nous te sommes bien obligés. Et les vases, te sont-ils parvenus intacts ?

— Oui, mais je vais les renvoyer.

— Pourquoi donc? N'en fais rien; ils t'appartiennent de droit.

— Non, dit Alexandre décidé, je n'accepte pas ce cadeau.

— Soit, comme tu voudras. Ces vases feront plaisir à Lisa. Elle les prendra.

— J'ignorais, Alexandre, dit en riant Lisaveta Alexandrovna, que vous fussiez aussi apte à de semblables missions... Vous ne m'en aviez rien dit !

— C'est Petr Ivanovitch qui a tout fait, répondit le neveu d'un air confus. Je n'y suis pour rien; c'est lui qui m'a dicté toute ma leçon.

— Oui, oui ! vous n'avez qu'à l'écouter. Il ne sait pas, lui... Qu'il a été adroit ! Oh ! je te suis très reconnaissant! Quant à cet imbécile de Sourkov, il en est comme fou. Ah ! il m'a bien fait rire ! Voilà quinze jours, je le vois accourir ici, tout drôle. J'ai bien vite vu ce qu'il voulait; mais, sans avoir l'air de rien, je continue à écrire, comme si je ne savais rien. — « C'est toi ! lui dis-je. Que vas-tu me dire de bon? » Il sourit, affecte un grand calme ; et il avait presque les larmes aux yeux. — « Rien de bon, me répond-il;

je n'ai que de mauvaises nouvelles à vous apporter ». Je le regarde, en jouant la surprise. « — Au
sujet de qui ? — De votre neveu. — Mon Dieu !
quoi ? dépêche-toi, tu m'épouvantes ! » Alors son
calme l'abandonne : il se met à crier, à se démener sur sa chaise. Moi, je me borne à m'écarter
un peu, il vociférait tellement que je ne pouvais
dire un mot. — « Vous vous plaigniez vous-
même, criait-il, de son oisiveté, et vous lui
apprenez la paresse ! — Moi? — Oui, vous. Qui
donc l'a présenté à Julia ? » Car vous saurez que
ce garçon ne connaît pas une femme depuis deux
jours sans l'appeler par son petit nom. — « Où
est le mal ? » demandai-je. — « Le mal ? c'est
que votre neveu, du matin au soir, passe toutes
ses journées chez elle ! »

Alexandre rougit brusquement.

— « Quel mensonge ! pensais-je ; quelle ran-
cune ! Est-il possible qu'Alexandre, vraiment, ne
bouge plus de chez elle ! Je ne lui en ai jamais
demandé autant !... » N'est-ce pas vrai ? continuait
Petr Ivanovitch en considérant son neveu, d'un
regard froid et tranquille qui fut pour Alexandre
comme un feu brûlant.

— Oui, murmura-t-il : j'y vais quelquefois...

— Quelquefois ! c'est bien différent. Cela, je
t'en avais prié, mais non pas d'y aller tous les
jours. Je savais bien que Sourkov mentait.
Qu'irais-tu faire tous les jours. Tu t'y ennuierais.

— Non; c'est une femme très intelligente...
très instruite... Elle adore la musique..., balbutiait
Alexandre d'une voix presque indistincte.

Il se grattait un œil, quoiqu'il ne lui démangeât
point, lissait ses cheveux sur la tempe gauche,
tirait son mouchoir et s'essuyait les lèvres.

Lisaveta Alexandrovna l'examinait curieusement
à la dérobée; puis elle se détourna vers la fenêtre
et se prit à sourire.

— Tant mieux, reprit Petr Ivanovitch, tant
mieux que tu ne t'y sois pas ennuyé. Moi qui
avais peur de t'avoir causé quelque déplaisir!
Donc, j'ai dit à Sourkov : — « Merci de l'intérêt
que tu portes à mon neveu ; je t'en sais le plus
grand gré. Mais n'exagères-tu pas ? Le mal est
moins grand que tu veux bien le dire. — Comment ! le mal n'est pas grand ! Ton neveu est
d'âge à travailler, et il flâne. — Le mal n'est pas
grand pour toi, en tous les cas. Qu'est-ce que
cela peut te faire? — Comment ! Mais c'est qu'il
ourdit des intrigues contre moi ! — Encore un
grand mal ! » fis-je en riant. — « Dieu sait ce
qu'il va dire de moi à Julia ! Elle a maintenant
changé du tout au tout vis-à-vis de moi. Je donnerai une leçon à ce blanc-bec », — excuse-moi,
ce sont ses propres paroles — « je lui apprendrai
à se mesurer avec moi. Il a gagné la partie à force
de mensonges ; mais j'espère bien que tu sauras
l'engager... — J'essayerai, lui dis-je, j'essayerai.

Mais ce n'est peut-être pas vrai, ce que tu dis?
Quel dommage t'a-t-il causé?... » Alexandre, lui
as-tu donné des fleurs, à elle, ou quoi ?

Petr Ivanovitch s'interrompit pour attendre la
réponse. Alexandre resta muet. L'oncle reprit :

— « Comment! dit Sourkov, ce n'est pas
vrai ? Il lui porte tous les jours un bouquet. En
plein hiver, ce que cela doit lui coûter! Je sais
bien, moi, le sens de ces bouquets ». — Voilà
ce que c'est, pensais-je ; incorrigible, cet Alexandre; il fait mentir sa parenté: dépenserais-je
ainsi de l'argent pour quelqu'un, moi ? Je dis
à Sourkov: — « Es-tu bien sûr qu'il lui donne
des fleurs tous les jours? Attends ; je le lui deman-
derai à lui-même. Je verrai bien si tu as dit
vrai ». Et, bien sûr, il n'a pas dit vrai, car il est
impossible que tu...

Alexandre eût mieux aimé voir le sol s'ouvrir
sous lui. Petr Ivanovitch, fixant sur lui son impitoyable regard, attendait toujours la réponse.

— Quelquefois... en effet... je lui ai porté....
bégaya le neveu en baissant les yeux.

— Eh bien! oui encore, quelquefois, mais pas
tous les jours; car alors ce serait vraiment excessif. Dis-moi tout de même ce que t'ont coûté ces
cadeaux. Je ne veux pas que tu te ruines pour
moi : c'est bien assez de tes peines. Donne-moi
donc le compte, je t'en prie... Ce Sourkov m'a
longtemps rebattu de son verbiage.

— « On les voit toujours ensemble ; votre neveu accompagne Mme Tafaïeva à pied, en voiture, et ils ont une prédilection pour les promenades les plus solitaires ».

Alexandre, un peu ennuyé de ce détail, étendit les jambes, qu'il tenait repliées sous sa chaise et de rechef les replia.

— Moi je niais de la tête, poursuivit l'oncle. — « Comment admettre qu'ils se promènent ensemble chaque jour ? — Interrogez plutôt les gens. — Je préfère interroger Alexandre lui-même », répondis-je. Qu'y a-t-il de vrai ?

— Plusieurs fois... effectivement... je me suis promené avec elle.

— Oui, mais non pas tous les jours, bien sûr. Ce n'est point cela que je t'ai demandé. Je savais bien que Sourkov mentait. — « Et après ! lui ai-je dit. Quoi d'étrange ? Mme Tafaïeva est veuve ; elle n'a que des parentes. Alexandre est un garçon réservé, et non un gaillard comme toi » Il ne voulait point m'entendre. — « Non, ripostait-il. Vous ne me tromperez pas. Je sais ce que je sais. Votre neveu est toujours avec elle au théâtre. Parfois, j'ai toutes les peines à lui procurer une loge, et c'est lui qu'elle y invite... » En l'entendant se plaindre ainsi, je n'y pus tenir, et je partis d'un éclat de rire. « C'est pain béni pour toi, imbécile, dis-je à part moi. Quel luron, cet Alexandre ! Voilà un neveu exemplaire ! » Seulement, je suis au désespoir de t'infliger tant de corvées.

Alexandre était à la torture. De grosses gouttes de sueur inondaient son front. Il entendait à peine les paroles de son oncle, et n'osait regarder ni Petr Ivanovitch, ni Lisaveta Alexandrovna.

Sa tante eut pitié de lui. De la tête elle fit signe à son mari qu'il torturait Alexandre. Mais Petr Ivanovitch ne s'en émut pas.

— Imagine-toi, poursuivit-il, que Sourkov, par jalousie évidemment, m'a répété que tu étais amoureux fou de Mme Tafaïeva : — « Permets, lui ai-je dit, cela, je ne saurais le croire. Je suis bien sûr qu'après toutes ses mésaventures, mon neveu ne peut plus songer à tomber amoureux. Il a trop bien appris à connaître les femmes, il a pour elles un trop profond mépris... » N'est-il point vrai, Alexandre ?

Alexandre branlait désespérément la tête sans lever les yeux. Sa tante en souffrait pour lui.

— Petr Ivanovitch ! fit-elle, essayant de l'arrêter.

— Quoi ?

— Quelqu'un est venu tantôt de chez les Loukianov avec une lettre.

— Je sais, je sais... Où en étais-je ?

— Tu te remets à jeter de la cendre dans mes fleurs. Qu'est-ce que cela veut dire ?

— Qu'importe, ma chère ? On dit que la cendre fait du bien aux plantes. Je disais...

— Il est temps de passer à table, Petr Ivanovitch.

— Très bien. Fais servir. A ce propos, Surkov assure que tu dînes là-bas tous les jours, et que c'est là la raison qui nous prive de toi le vendredi. Mais le diable sait tous les mensonges qu'il a débités à ce sujet,.. Finalement, je l'ai congédié, tant il m'assommait. La meilleure preuve qu'il a menti, c'est que nous voici à vendredi et que tu es venu.

Alexandre croisa ses jambes l'une sur l'autre et inclina sa tête sur l'épaule gauche.

— Je te suis infiniment obligé, continua Petr Ivanovitch. Tu m'as rendu là un fier service. Sourkov, voyant bien qu'il n'avait plus rien à espérer, a quitté la place. « Elle se figure, m'a-t-il dit, que toute ma vie je soupirerai après elle : comme elle se trompe ! Dieu sait cependant ce que je lui réservais ! Je lui préparais un bonheur tel qu'elle n'aurait jamais rien pu rêver de pareil. Oui, je serais allé jusqu'au mariage, si elle avait su me retenir !... Tout est fini à présent. Ton conseil était bon, Petr Ivanovitch ; je veux maintenant épargner mon temps et mon argent... » Aujourd'hui, si vous voyiez son air piteux ! Il joue au petit Byron et ne me demande plus d'argent. Moi aussi, je répète après lui que tout est fini.

Tu as rempli toute ta mission, Alexandre, et avec quelle adresse! Ne t'en embarrasse donc plus : me voilà tranquille pour longtemps. Il t'est même loisible de cesser tes visites chez Mme Tafaïeva, car j'imagine sans peine quel ennui ce doit être. Pardonne-moi, je te prie; je te revaudrai cela un jour ou l'autre. Si tu as jamais besoin d'argent, ne manque pas de venir me trouver... Lisa, fais servir à dîner notre meilleur vin pour arroser l'heureuse conclusion de cette affaire.

Petr Ivanovitch sortit; Lisaveta Alexandrovna, furtivement, regarda deux ou trois fois son neveu, et, le voyant immobile et silencieux, sortit aussi pour donner un ordre.

Alexandre, assis, comme hébété, contemplait ses genoux. Il finit par lever la tête et jeter les yeux autour de lui: personne. Il respira. Puis il consulta sa montre : quatre heures. Vivement il saisit son chapeau, lança un geste d'adieu du côté de la chambre par où son oncle venait de sortir, gagna l'antichambre furtivement, sur la pointe des pieds, prit son manteau, s'élança dans l'escalier et se fit conduire chez Mme Tafaïeva.

Sourkov avait dit vrai. Alexandre aimait. Ce ne fut point sans quelque effroi qu'il reconnut en lui les premiers symptômes de cet amour, comme d'un mal contagieux. Il avait peur et honte: peur de s'abandonner de nouveau à tous les caprices

d'un cœur étranger et du sien propre, honte de
paraître amoureux devant les gens, et surtout
devant son oncle. Que n'eût-il pas donné pour
lui dérober ses sentiments! Après avoir, trois mois
à peine auparavant, si fièrement juré de renoncer
à l'amour, jusqu'à composer en vers, pour la mort
de ce sentiment, une épitaphe qu'il s'était empressé de lire à son oncle, après avoir si ouverte-
ment manifesté son mépris pour les femmes,
voici qu'il tombait de nouveau aux pieds d'une
femme! Quelle nouvelle preuve de son inconsé-
quence!... Dieu! quand donc secouerait-il le joug
tyrannique de son oncle? Sa vie ne s'épanouirait-elle
jamais librement, à l'aventure? Serait-elle éter-
nellement asservie aux prévisions de Petr Ivanovitch?

Cette idée le désolait. Il eût voulu fuir ce nou-
vel amour. Mais où le fuir? Et puis, combien il
différait de son amour pour Nadinka! Son premier
amour n'avait guère été que l'erreur malheureuse
d'un cœur qui veut être rassasié. Le cœur, à cet
âge, ne choisit pas: il s'ouvre au premier sentiment qui passe. Mais Julia! ce n'est plus la jeune
fille fantasque, ignorante de lui et d'elle-même et
de l'amour. C'est une femme, elle, de corps faible,
mais d'âme énergique et trempée pour l'amour; elle
est tout amour. Aimer est le grand point : c'est
un don, cela aussi, et Julia a le génie de l'amour...

Le voilà, l'amour qu'il rêvait, conscient, éclairé, ardent aussi, et réfractaire à tout ce qui n'est pas lui.

— Je ne halète plus d'amour cette fois, comme un fauve, pensait-il. En moi s'accomplit une œuvre plus grave et plus haute ; je prends conscience de mon bonheur, je l'analyse et le sens d'autant plus profond qu'il est plus apaisé. Avec quelle noble franchise Julia a cédé à son sentiment ! Il semble qu'elle attendait l'homme qui comprendrait l'amour ; et cet homme est venu, il a pris possession d'elle en maître légitime, et il a été accueilli d'emblée. Quelle consolation, quelle joie ! se disait Alexandre en se rendant chez Julia Pavlovna. Un être qui songe à moi, où qu'il se trouve, quoi qu'il fasse, qui rapporte toutes ses pensées, toutes ses actions à un seul objet : l'être aimé ! C'est comme si nous étions jumeaux ! Un jumeau fait taire ses sentiments propres, lorsque l'autre ne peut les partager. Il aime, il hait ce que l'autre aime et hait. Tous deux vivent dans la même pensée, les mêmes émotions. Ainsi, nous nous avons les mêmes façons de voir et d'entendre la vie[1], une seule intelligence, une seule âme !

— Barine, quel numéro de la Liteinaïa ? demanda le cocher.

---

[1] Mot à mot : un seul œil d'âme, une seule ouïe.

L'amour de Julia pour Alexandre était encore
plus profond. Elle-même n'en sentait point toute
la puissance. Elle aimait pour la première fois, ce
qui n'était rien, car on ne peut aimer d'emblée
pour la seconde fois, mais le mal, c'était que son
cœur, exalté, enflammé par les romans, appelait
non point seulement le premier amour, mais cet
amour romanesque qui se rencontre dans les
livres et non dans la nature, toujours pernicieux
par cela même qu'il est impossible à réaliser.
Cependant l'intelligence de Julia, ne trouvant point
dans ses lectures un salutaire aliment, retardait
sur son cœur. Elle ne pouvait, en aucune façon,
s'imaginer un amour calme, simple, sans orages,
sans tendresses excessives. Elle eût sur-le-champ,
cessé d'aimer un homme qui ne fût point *tombé à
ses genoux* en toute occasion, qui n'eût point juré
de l'adorer *de toutes les forces de son âme,* qui eût
osé ne pas *l'embraser de sa flamme,* un homme qui
n'eût point *vidé la coupe de la vie dans ses baisers et
dans ses larmes.*

Tel était le sujet de ses rêveries. Elles avaient
abouti à la création d'un monde à part; tout ce
qui se passait dans le monde ordinaire en dehors
des conditions de son monde à elle, lui révoltait le
cœur: elle en souffrait. Son faible organisme de
femme déjà maladive en recevait des secousses
parfois très fortes; et ces émotions répétées, en
surexcitant ses nerfs, la détraquaient tout à fait.

Voilà pourquoi tant de femmes sont enclines à une
mélancolie songeuse et sans cause apparente, à
une vision triste de la vie; voilà pourquoi cet
ordre harmonieux de l'existence humaine, si bien
réglé par des lois immuables, leur semble une
chaîne trop lourde, pourquoi en un mot, la réalité les effraie, les force à se créer un monde
semblable à celui de la fée Morgane.

Qui donc s'était appliqué à déformer ainsi le
cœur de Julia dans l'apathie de sa raison, qui?
Mais ce triumvirat classique de pédagogues qui,
à la voix des parents, surgissent pour façonner,
la jeune intelligence, pour lui enseigner la cause
et la fin de toutes choses, lui dévoiler le passé,
lui découvrir ce qui est autour d'elle, ce qui est
en elle-même. Besogne ingrate! Aussi avait-on
mis sur pied trois nations pour remporter cette victoire. Les parents de Julia s'étaient refusés à l'ins-
truire eux-mêmes; ils s'étaient crus quittes envers
elle en lui donnant pour maîtres, sur la recommandation autorisée de bons amis, le Français
Poulet, professeur de littérature française et autres
facultés, l'Allemand Schmidt, parce que c'est
la mode pour les jeunes filles d'apprendre l'allemand sans jamais le savoir; enfin le professeur
russe Ivan Ivanitch.

— Tous ces gens-là sont mal peignés, avait
objecté la mère, mal vêtus, plus malpropres que

des domestiques et pires qu'eux, et ils puent souvent le vin à plein nez.

— Mais comment se passer d'un professeur russe? Impossible, décida le père. Pourtant rassure-toi, je saurai bien choisir quelqu'un de convenable.

Voici le professeur français installé. Le père et la mère l'entouraient, empressés. Il était invité comme un hôte, il était traité avec respect : c'était un Français coûteux.

M. Poulet n'eut point de peine à enseigner Julia; grâce à sa gouvernante, elle savait déjà parler, lire et écrire le français presque sans fautes. Il n'eut guère à lui apprendre que le vers français. Il lui donnait des devoirs variés : décrire le lever du soleil, comparer l'amour et l'amitié, écrire une lettre de compliments à ses père et mère, exprimer ses regrets du départ d'un ami.

Justement Julia ne pouvait voir, de sa fenêtre, que le coucher du soleil, et encore seulement jusqu'à l'heure où il disparaissait derrière la maison du marchand Ghirine. Ses amies, elle ne les quittait jamais. L'amitié et l'amour, c'était la première fois que l'idée lui en venait; mais il eût bien fallu qu'elle lui vînt un jour ou l'autre.

Une fois à court de sujets, M. Poulet dut se décider à aborder enfin ce mémorable cahier qui porte en grosses lettres sur sa première page :

« *Cours de littérature française.* » Qui de nous l'a
oublié, ce cahier? Au bout de deux mois, elle sut
par cœur toute la littérature française, c'est-à-dire
le contenu du cahier. Au bout de trois autres
mois, elle l'avait oubliée; mais il lui en resta des
vestiges déplorables. Elle connaissait Voltaire, à
qui elle attribuait parfois les *Martyrs;* il est vrai
que, par contre, il lui arrivait d'appeler Château-
briand l'auteur du *Dictionnaire philosophique.* Montaigne était pour elle M. de Montaigne; mais elle
le citait volontiers à côté de Hugo. De Molière
elle disait: « Il écrit pour le théâtre. » De Racine
elle avait appris la fameuse tirade :

« A peine nous sortions des portes de Trézène... »

De la mythologie elle n'avait guère retenu que
la comédie qu'y jouaient Vulcain, Mars et Vénus.
Vulcain l'avait d'abord intéressée; mais en apprenant qu'il était boiteux et gauche, et de plus for-
geron, elle s'était aussitôt éprise de Mars. Elle
n'avait pas moins goûté l'histoire de Sémélé et
de Jupiter, et le bannissement d'Apollon, ses aven-
tures sur la terre. Elle accueillait toutes ces fables
sans y entendre autrement malice, sans leur soupçonner aucun autre sens que le sens littéral. Dieu
sait d'ailleurs si M. Poulet lui-même poussait plus
loin la clairvoyance. Lorsqu'elle voulut en savoir
davantage sur cette antique religion, il fronça les

sourcils et répondit gravement: « Des bêtises !
Mais cet imbécile de Vulcain devait avoir une
drôle de mine ! » Et il ajouta les yeux à demi fer-
més : « Qu'eussiez-vous fait à la place de Vénus ? »
Elle ne répondit pas : mais pour la première fois
de sa vie, elle devint rouge sans savoir pourquoi.

Pour parachever l'éducation française de Julia
Pavlovna, il l'initia pratiquement à la nouvelle
école littéraire, lui donnant à lire les livres dont le
monde retentissait alors, le *Manuscrit vert,* les *Sept
péchés capitaux,* l'*Ane mort,* et toute cette pléiade
de romans qui remplissaient de leur renommée la
France et l'Europe.

La pauvre enfant s'était plongée avidement dans
cet océan sans fond. Quels héros à ses yeux que
les Jules Janin, les Balzac, les Drouineau, et tant
d'autres non moins illustres ! Combien, devant ces
merveilleuses créations, pâlissaient les fables de
Vulcain ! Au regard de ces héroïnes, Vénus était
une simple ingénue. Et Julia dévorait avec ardeur
ces œuvres de la nouvelle école, qu'elle lit sans
doute encore maintenant.

Cependant le vieil Allemand, tandis que le Français poussait si loin l'instruction de la jeune fille,
n'était pas même parvenu à lui faire traverser la
grammaire. Il dressait avec un soin minutieux de
petits tableaux synoptiques des déclinaisons et
des conjugaisons, trouvait les plus ingénieuses
méthodes du monde pour graver dans l'esprit les

désinences des différents cas, expliquait comment la particule *zu* doit se rejeter à la fin de la phrase.

Lorsqu'on lui imposa la littérature, le malheureux s'effraya. On lui montra le cahier de son collègue francais ; mais il hocha la tête et répondit qu'il n'existait rien de semblable pour l'allemand ; qu'il ne connaissait guère que la *Chrestomathie de Haller*, où tous les écrivains se trouvent énumérés avec leurs œuvres. Mais on ne l'en tint pas quitte, on le somma de faire connaître à son élève, comme M. Poulet, les écrivains de son pays.

L'Allemand dut promettre. Il rentra chez lui fort préoccupé. Il ouvrit, ou plutôt enfonça son armoire, et en retira des bottes éculées, un demi-pain de sucre, une bouteille de tabac à priser, une carafe de vodka, une croûte de pain noir, un moulin à café brisé, un rasoir, du savon, une houppe à barbe dans un petit pot à pommade, de vieilles bretelles, un morceau de marbre à aiguiser les canifs, et d'autres menus objets de même nature. Derrière apparut enfin un livre, puis deux, quatre, cinq autres. Il les battit l'un contre l'autre : la poussière sortit en nuage comme une fumée et retomba sur la tête du pédagogue.

Le premier livre était les *Idylles*, de Gessner : « Bon ! » s'écria l'Allemand, qui se mit à relire même l'idylle de la *Cruche cassée*. Il ouvrit le second livre : *Almanach de Gotha pour l'année 1804*. Il le feuilleta. Il y lut les dynasties des différents

souverains de l'Europe, et des gravures représentant des donjons et des chutes d'eau : « Très
bon ! » fit-il. Le troisième livre était la Bible. Il
le remit de côté, secouant la tête et murmurant,
d'un air pieux : « Non ! » Puis ce furent les *Nuits
de Yung* : « Non ! » fit-il encore. Le dernier,
c'était *Weisse* lci l'Allemand, eut un sourire solennel : « Je le tiens ! » prononça-t-il. Comme on
lui disait qu'il y avait encore Schiller, Goëthe, et
d'autres, il hocha la tête et répéta avec obstination : « Non ! »

Les premières pages de Weisse firent bâiller
Julia Pavlovna; quant au reste, elle ne voulut
même pas l'écouter. Le seul profit qu'elle retira
des leçons de l'Allemand fut de savoir que la
particule *zu* se rejetait souvent à la fin de la
phrase.

Mais un professeur se montrait encore plus
consciencieux que son collègue allemand : c'était
le Russe. C'était presque avec des larmes dans
la voix qu'il assurait à Julia Pavlovna que le subs-
tantif et le verbe représentaient telle ou telle partie
du discours, l'adverbe telle autre : tant et si bien
qu'elle finit par le croire et retint par cœur toutes
les parties du discours. Elle savait même énumérer
les préfixes et suffixes, toutes les conjonctions,
toutes les prépositions. Lorsque le professeur lui
demandait gravement quels étaient les signes de
l'épouvante ou de la surprise, elle répondait

immédiatement et machinalement : « Ah ! Oh !
Eh ! Hélas ! Bah ! Oh ! Ha ! Eh bien ! Hé, Hé !... »
Et le professeur ne se sentait pas de joie.

Elle fit connaissance avec quelques-unes des
règles de la syntaxe, mais sans pouvoir jamais les
comprendre tout à fait ; elle eut des fautes d'or-
thographe qu'elle garda jusqu'à la mort.

En histoire, elle sut qu'il avait jadis existé un
Alexandre de Macédoine, lequel livra beaucoup
de batailles, fut extrêmement valeureux ; et,
certes, extrêmement beau. Quant à l'œuvre de ce
prince, et à l'esprit de son temps, ni elle ni son
professeur n'y songèrent.

Lorsqu'on demanda à ce professeur la littérature russe, il apporta force vieux bouquins dé-
chirés : Kantémir, Soumarokov, Lomonossov, Der-
javine, Ozerov. Chacun s'étonna ; on ouvrit le
premier, on le flaira, on le rejeta, et l'on voulut
quelque chose de plus neuf. Alors le professeur
se procura les œuvres de Karamsine. Mais après
la nouvelle école française, goûter Karamsine !
Julia Pavlovna lut la *Pauvre Lise*, quelques pages
du *Voyage* et rendit le volume.

De longs entr'actes séparaient ces leçons ; mais
l'élève ne reçut aucun aliment sain et salutaire
pour son âme. Déjà son entendement s'émoussait,
son cœur battait plus vivement, lorsque survint,
fort à propos, un petit cousin, un officier, qui lui
apporta quelques chapitres d'*Onéghine* et le *Pri-*

sonnier du Caucase. Julia Pavlovna sut bientôt
Onéghine par cœur : c'était son livre de chevet.
Du reste son cousin, pas plus que ses profes-
seurs, ne put lui expliquer le sens et la portée de
cette œuvre. Tatiana devint son modèle ; elle
récitait en pensée, à son amant idéal, les vers
passionnés de cette héroïne, ses lettres à Onéghine ;
et son cœur ne cessait de battre fortement,
comme dans une douloureuse attente. Son imagination était toujours à l'affût d'un Onéghine, ou
de quelque autre héros des maîtres de la nouvelle
école : un jeune homme pâle, mélancolique, désabusé.

Un Italien, un Français encore, parfirent son
éducation. Ils donnèrent de l'harmonie à sa voix
et à ses mouvements, lui apprirent la danse, le
chant, un peu de piano ; mais de musique, point.

A dix-huit ans, pour ses débuts dans le monde,
elle apparut dans les salons, pâle d'une pâleur
touchante, la taille svelte, de petits pieds, le
regard toujours pensif.

Elle fut remarquée par Tafaiev, un homme
doué de tous les attributs d'un fiancé, c'est-à-dire
un rang élevé, une fortune en proportion, la
croix au cou, un homme, en un mot, qui ferait
son chemin. On n'aurait su dire de lui qu'il était
seulement un homme simple et bon. Oh non ! Il
était chatouilleux sur le point d'honneur, jugeait
fort sainement la situation actuelle de la Russie,

discernait ce qui, au double point de vue matériel et scientifique, manquait à l'État et passait à juste titre, dans son entourage, pour un homme d'intelligence et d'énergie.

Par quel contraste naturel fut-il si profondément remué à la vue de cette jeune fille pensive et pâle ? Dans les salons il fuyait les cartes pour se plonger dans la muette contemplation de cette ombre gracieuse qui voltigeait devant lui. Lorsque, par hasard, Julia Pavlovna fixait sur lui ses yeux rêveurs, lui, l'intrépide lutteur des discussions mondaines, il perdait contenance devant la craintive jeune fille. Plus d'une fois, il voulut lui parler, et ne le put. Il finit par s'en lasser, et résolut d'agir plus efficacement, par l'entremise de parentes âgées.

Ce qu'on lui dit de la dot le satisfit.

— « Nous faisons la paire, pensait-il. Je n'ai que quarante-cinq ans, elle en a dix-huit. Avec nos deux fortunes associées, on pourrait vivre dix. Elle est d'un extérieur très séduisant ; je suis, moi, ce qu'on appelle un homme. Elle a, me dit-on, reçu une éducation parfaite. Parfait ! Moi aussi, j'ai jadis appris le latin et l'histoire romaine. Aujourd'hui encore, je me rappelle ce... ce consul... comment donc ? Que le diable l'emporte ! et l'histoire de la Réforme, et ces vers : *Beatus ille*... qu'est-ce qui vient donc après ? Que le diable m'emporte ! J'ai tout oublié. Mais n'apprend-on point tout cela pour l'oublier? Ce qu'on en fait, c'est à seule fin que les gens, à votre mine, voient que vous avez étudié! Et comment ne pas oublier? Si quelqu'un venait débiter ces histoires-là dans le monde, on aurait bientôt fait de l'éconduire. Décidément, nous faisons la paire ».

Et Julia Pavlovna, à peine au sortir de l'enfance, se buta à la pire réalité : un mari ordinaire. Qu'il rappelait peu les héros de ses rêves et des poètes !

Elle végéta cinq ans dans ce triste sommeil, ainsi qu'elle appelait le mariage sans amour. Et voici que subitement, lui apparaissait, avec la liberté, l'amour. Elle sourit, ouvrit ses bras pour les ardentes étreintes, et s'abandonna à sa passion comme on se laisse emporter au galop d'un cheval. On vole, oubliant les distances. On respire avec ivresse, on sent une fraîcheur délicieuse, une extase ravit l'âme. On est comme un homme qui vogue et qui se laisse entraîner par le courant sans s'en apercevoir. Le soleil le réchauffe, des rives verdoyantes défilent devant ses yeux. La vague joyeuse caresse l'avant du bateau, et doucement murmure, et le pousse plus loin, toujours plus loin, lui montrant le chemin par la direction de son courant. Et il s'en va à la dérive, sans prendre le temps de se demander comment finira le voyage : sera-ce le cheval qui vous jettera à l'abîme, sera-ce le bateau qui vous brisera contre les rochers ?... Le vent emporte vos pensées, vos paupières se ferment, le vertige vous étreint, irrésistible. Julia n'y résistait pas ; jusqu'au bout elle s'abandonnait. Les heures poétiques de la vie sonnaient pour elle. Elle goûtait les émotions violentes : elle se forgeait des tourments et des voluptés infinis. Elle se livrait à l'amour comme on se livre à l'opium, et buvait à longs traits le poison.

L'attente, déjà, l'agitait. Elle se tenait à la fenêtre, et chaque seconde accroissait son impatience. Elle effeuillait une rose-thé : énervée, elle jetait par terre les pétales, et son cœur se serrait douloureusement. Pour se distraire, elle s'interrogeait. Viendra-t-il ? ne viendra-t-il pas ? Elle appliquait tout son esprit à résoudre ce problème, et selon les réponses que lui suggérait son imagination, elle souriait ou devenait plus pâle.

En voyant Alexandre descendre de voiture devant le perron, elle se sentit défaillir. Quel regard passionné elle lui jeta ! Quelle joie éclaira soudain sa physionomie ! On aurait juré qu'ils ne s'étaient point vus depuis un an, et ils s'étaient quittés la veille. Sans prononcer une parole, elle lui indiqua, du doigt, la pendule sur le mur. Mais à son premier mot d'explication, aussitôt convaincue, elle lui pardonna, oublia sa peine et ses impatiences.

Elle lui tendit la main, et ils s'assirent tous deux sur la bergère. Longuement ils causèrent; longuement ils se regardèrent dans les yeux, en silence. Tous deux, assurément, auraient oublié le dîner, si le valet ne fût venu les avertir.

Quel bonheur! Jamais Alexandre n'eût osé même rêver des élans aussi . sincères, aussi entiers. L'été se passa en promenades à deux hors de la ville. Ils fuyaient la foule, tandis qu'on se pressait aux concerts, aux feux d'artifice, eux s'en allaient tout seuls, les mains unies, bien loin du bruit. L'hiver, Alexandre arrivait à l'heure du dîner, et ils demeuraient là, devant la cheminée, jusqu'à la nuit. Parfois, ayant fait atteler le traîneau, ils traversaient au galop les rues toutes noires et revenaient bien vite continuer leurs interminables causeries près du samovar. Tout spectacle, toute pensée, éveillait chez eux des impressions identiques.

Alexandre tremblait de rencontrer son oncle. Il rendait parfois visite à Lisaveta Alexandrovna; mais elle ne put jamais tirer de lui un aveu formel. Il ne passait là que de courts instants, dans une peur de voir entrer Petr Ivanovitch, qui n'eût point manqué de lui faire quelque scène importune.

Etait-il heureux? « Oui et non, » eût-on dit d'un autre dans sa position; « non » de lui. L'amour chez lui commençait par la souffrance.

Par moments, il oubliait le passé, croyait au bonheur possible, à l'amour de Julia Pavlovna. Mais, d'autres fois, un trouble le prenait soudain au milieu de ses plus ardentes effusions ; et il sentait grandir son amour avec une angoisse infinie. Il lui semblait que celle-là aussi allait bientôt le trahir, que la destinée susciterait quelque cataclysme imprévu qui anéantirait le monde resplendissant de son bonheur. Il se répétait que les instants de plaisir devaient fatalement se payer par des souffrances, et il retombait dans son désespoir.

Cependant le second hiver se passa, l'été revint, et leur amour persistait. Julia Pavlovna s'attachait de jour en jour davantage au jeune homme. Ni trahison, ni cataclysme : mais il survint tout autre chose. Alexandre se fit à l'idée d'un bonheur sans fin.

— Notre passion est moins brûlante, songeait-il parfois en considérant Julia Pavlovna ; mais elle est, par contre, plus profonde, peut-être éternelle. Oui, assurément, éternelle. Je te comprends enfin, o destinée ! Tu veux me dédommager de mes tortures passées, et m'ouvrir un port tranquille après tant de vicissitudes !... Le voilà, sous mes yeux, l'asile du bonheur... Julia ! pensa-t-il tout haut.

Elle tressaillit.

— Qu'avez-vous ? demanda-t-elle.

— Rien.

— Non, dites-moi, vous aviez quelque pensée.
Alexandre s'obstinait. Elle insista.

— Je songeais, répondit-il enfin, qu'une chose
nous manque pour goûter un bonheur parfait.

— Quoi donc? fit-elle avec inquiétude.

— Rien ! une idée folle.
Julia Pavlovna se troubla.

— Oh ! ne me tourmentez pas ainsi. Parlez
vite !

Alexandre parut méditer. Puis, à demi voix,
comme se parlant à lui-même, il murmura :

— Avoir le droit de ne pas la quitter, ne
fût-ce qu'un moment, de ne plus rentrer chez
moi la nuit, de vivre toujours et partout avec elle,
la posséder légalement. Je voudrais qu'elle n'eût
plus à rougir ou à pâlir en m'appelant son ami...
et pour toute la vie... et pouvoir m'en glorifier à
tout jamais.

Il parlait, en ce style noble, lentement, scandant
les mots. Il en vint enfin au mot de mariage.
Julia Pavlovna tressaillit, puis fondit en larmes.
Elle lui tendit les bras avec une expression d'infinie
tendresse : et tous deux se sentirent revivre ;
tous deux aussitôt s'entendirent. Il fut décidé
qu'Alexandre s'ouvrirait à sa tante, lui deman-
derait des conseils et son appui dans cette grave
conjoncture.

Dans l'emportement de leur joie, ils ne savaient

que faire. La soirée était merveilleuse. Ils se firent conduire quelque part hors de la ville, dans une solitude. Ils cherchèrent une éminence et restèrent toute la soirée assis à regarder le soleil couchant. Ils se plongèrent dans leurs projets d'avenir ; ils s'enfermaient dans un étroit cercle d'amis ; ils ne recevraient ni ne feraient de visites inutiles.

De retour chez Julia Pavlovna, ils étudièrent par avance l'ordonnance future de la maison ; ils en vinrent à parler de la distribution des pièces et de leur décoration. Alexandre proposa de transformer le cabinet de toilette en un cabinet de travail pour lui-même, de manière à se trouver toujours à proximité de la chambre à coucher.

— Quels meubles voudriez-vous dans ce cabinet ? demanda-t-elle.

— Je les souhaiterais en noyer, et garnis de velours bleu.

— Oui, ce sera bien ainsi, et puis, si peu salissant ! Pour un cabinet d'homme, les couleurs sombres sont préférables, les couleurs claires passent trop vite avec la fumée. Là, dans le passage qui conduira de votre cabinet à la chambre, j'arrangerai une manière de bosquet. Sera-ce charmant ! J'y ferai mettre une chaise, pour venir m'asseoir, à lire ou à broder, en vous regardant...

— Bientôt je n'aurai plus à vous dire adieu ainsi, lui dit Alexandre en la quittant.

Elle lui couvrit la bouche de sa main.

Le lendemain, Alexandre s'en fut trouver Lisaveta Alexandrovna pour lui révéler ce qu'elle savait depuis longtemps et lui demander aide et conseil. Justement, Petr Ivanovitch venait de sortir.

— C'est parfait, dit-elle après l'avoir écouté. Vous n'êtes plus un enfant; vous pouvez analyser vos sentiments et disposer de vous. De la prudence, seulement; ne vous hâtez point; assurez-vous bien que vous connaissez véritablement cette femme.

— Ah! ma tante, si vous saviez!... Quelle vertu !

— Par exemple !

— Elle m'aime tant !

— C'est beaucoup, à la vérité; mais cela ne suffit pas pour le mariage.

Elle émit à ce propos des maximes générales sur le mariage, sur les rapports du mari et de la femme.

— Attendez seulement encore un peu, ajouta-t-elle; l'automne s'approche, les gens vont rentrer. J'irai alors rendre visite à votre fiancée; nous lierons connaissance et je m'emploierai de mon mieux à cette affaire. En attendant, continuez à vous voir: je suis certaine que vous serez le plus heureux des hommes.

Cet événement réjouit fort Lisaveta Alexandrovna. Les femmes adorent arranger des mariages. Elles ont bien parfois la conscience que l'union projetée ne peut pas, ne doit pas aboutir: mais elles aident tout de même. Pourvu qu'on arrive jusqu'à la noce! C'est au ménage à se débrouiller ensuite comme il l'entendra. D'où leur vient cette manie? Dieu le sait.

Alexandre pria sa tante de taire la chose à son oncle avant qu'elle ne fût conclue.

L'été passa, puis l'automne, qui fut triste, et l'hiver revint. Les entrevues d'Alexandre et de Julia Pavlovna n'étaient pas moins fréquentes. Les journées, elle les comptait par les heures et les minutes qu'il lui consacrait. Elle ne perdait pas une occasion de le voir.

— Allez-vous à votre service demain matin? lui demandait-elle un jour.

— Oui, à onze heures.

— Eh bien! venez ici à dix heures: nous déjeunerons tête à tête. Mais si vous n'y alliez pas du tout! Ne pourrait-on point se passer de vous demain?

— Comment! Et la patrie! et le devoir! disait Alexandre.

— Voilà qui est parfait? Mais ne pouvez-vous avouer que vous aimez et qu'on vous aime? Est-ce que votre chef n'a jamais été amoureux ? S'il a un cœur, il vous comprendra. Ou encore, apportez votre ouvrage ici. Qu'est-ce qui vous empêche de travailler ici ?

D'autres fois, elle ne voulait point lui permettre d'aller au théâtre. Aller chez des amis, c'est ce qu'elle n'eût pas souffert. Lorsque Lisaveta Alexandrovna lui fit sa première visite, Julia Pavlovna n'en revenait point de la voir si jeune et si belle. Elle se l'était figurée toute pareille à la plupart des tantes, vieille et laide ; et voilà qu'elle se trouvait en face d'une beauté de vingt-six ou vingt-sept ans. Elle fit, du coup, une scène à Alexandre et ne le laissa plus que rarement se rendre chez son oncle.

Mais sa jalousie et sa tyrannie étaient grandement dépassées par celles d'Alexandre. Il savait par expérience qu'il n'avait à redouter d'elle ni trahison, ni refroidissement : pourtant il était jaloux, et combien jaloux ! Non de cette jalousie, fille d'un amour excessif, cette jalousie qui pleure et gémit et souffre et frissonne d'effroi à la seule pensée de la perte du bonheur ; mais une jalousie froide et méchante. Il tourmentait la pauvre Julia Pavlovna par amour, plus que les autres ne tourmentent par haine.

Un soir, par exemple, il se figurait que devant ses invités, elle le regardait trop peu et distraitement, et voilà qu'il la considérait fixement

comme un fauve, et promenait autour d'elle
des yeux affolés; et s'il la voyait causer avec
un jeune homme, malheur ! Il n'était pas besoin
que ce fût un jeune homme, ni même un homme ;
parfois une femme, un objet. Aussitôt les pointes, les soupçons, les reproches de pleuvoir.
Julia Pavlovna devait s'excuser, faire oublier
son crime par maint sacrifice, par une extrême
humilité, s'engager à ne plus causer avec un tel,
à ne plus s'asseoir auprès de tel autre. Et elle s'ex-
posait ainsi aux sourires mauvais, aux chuchote-
ments des médisants qui l'observaient. Elle rou-
gissait de honte, puis pâlissait et se voyait déjà
compromise.

Recevait-elle une invitation, elle n'osait répondre
avant d'avoir cherché et interrogé du regard
Alexandre ; si peu qu'il fronçât les sourcils, elle
refusait aussitôt, pâle et tremblante. Parfois, il
disait oui : elle s'apprêtait, s'habillait, prenait
déjà la porte, lorsque brusquement, par caprice,
Alexandre disait non. Elle faisait dételer, se désha-
billait. Et c'était lui alors qui, lui demandant
pardon, la suppliait de partir : ne pouvait-elle
se rhabiller, faire atteler de nouveau?...

Il était jaloux, non point seulement des beaux
gars, des hommes d'esprit et de talent, mais
même des monstres et de tous ceux enfin dont la
physionomie ne lui revenait pas. Un matin, Julia
reçut la visite d'un monsieur fraîchement débar-

qué à Pétersbourg de la province où elle avait ses parents. Il n'était plus jeune, il n'était pas beau, il ne parlait que des récoltes et du Sénat ; il ennuya Alexandre, qui s'en fut dans la pièce voisine. Il n'y avait vraiment pas de quoi se montrer jaloux. Le visiteur fit enfin ses adieux.

— On m'a dit que vous étiez chez vous le mercredi. Me permettrez-vous de me joindre à vos invités ?

Julia sourit ; elle allait répondre affirmativement, quand soudain, de la chambre voisine, on entendit un murmure plus distinct qu'un cri : « Je ne veux pas ! »

— Je ne veux pas ! dit vivement Julia au visiteur avec un frisson.

Mais la pauvre femme supportait tout, s'enfermait au logis, ne voyait personne, passait ses journées seule à seul avec Alexandre.

Ils continuaient à se repaître de la volupté d'aimer. Lorsqu'ils eurent épuisé les distractions faciles et connues, Julia en inventa de nouvelles. Quel génie elle y déploya ! Mais elles finirent par s'épuiser aussi. Les répétitions amenèrent l'ennui: pas un lieu de la ville qu'ils n'eussent visité ensemble, pas une pièce qu'ils n'eussent entendue, pas un livre qu'ils n'eussent lu et jugé. Ils s'étaient maintenant assimilé les sentiments et les vues, les qualités et les défauts l'un de l'autre : rien qui les empêchât de réaliser leur rêve.

Leurs effusions étaient devenues moins fréquentes, jusqu'à demeurer parfois toute une heure
sans échanger un mot. Mais Julia trouvait du
bonheur même dans ce silence. De temps à
autre, elle adressait quelque demande à Alexandre : il répondait par oui ou par non, et elle s'en
contentait ; s'il restait silencieux, elle le regardait
d'un air grave ; alors il lui souriait et Julia rede-
venait heureuse. Mais s'il arrivait au jeune homme
de ne sourire ni ne répondre, Julia épiait ses
moindres gestes, ses moindres coups d'œil, les
interprétait à sa manière, et les reproches de
commencer.

Ils ne parlaient plus de l'avenir, car maintenant Alexandre n'y pouvait plus songer sans une
confusion inexplicable, et il évitait soigneusement
d'y faire allusion. Il se perdait dans de longues
rêveries : le cercle magique dont l'amour enser-
rait sa vie se brisait par places, et il se rappelait
tantôt les visages de ses amis, leurs joyeuses
équipées, tantôt les bals resplendissants avec
leurs bataillons de jolies femmes, tantôt son
oncle toujours affairé, ou bien ses propres occupations délaissées.

Il se trouvait un jour dans ces dispositions
d'esprit chez Julia. La tourmente au dehors faisait
rage ; la neige frappait de ses flocons les vitres
des fenêtres, et, dans la cheminée, le vent sifflait
sa plainte lamentable. On n'entendait dans le

salon que les tics-tacs réguliers de la pendule,
et, parfois, un soupir de Julia. Alexandre, ne
sachant que faire, parcourut des yeux toute la
pièce, puis il consulta la pendule. Deux heures
encore à rester là !... Il se mit à bâiller. Ses
regards se fixèrent sur Julia. Debout, adossée à
la cheminée, son visage pâle incliné sur son
épaule, elle le considérait : mais ses regards
n'étaient ni soupçonneux, ni interrogateurs : ils
exprimaient la tendresse, l'amour, la joie. Visiblement, elle se laissait aller à ses sentiments
secrets, à ses rêves délicieux. Elle avait les nerfs
si malades, que le simple frisson de l'amour la
secouait douloureusement : le plaisir était chez
elle inséparable de la peine.

Alexandre lui répondit par un coup d'œil sec
et inquiet. Il alla à la fenêtre, et regarda au
dehors, en tambourinant légèrement des doigts
sur le carreau. De la rue s'élevait un bruit de
voix mêlé au fracas des voitures. Toutes les fenêtres étaient éclairées; derrière leurs vitres ruti-
lantes, des ombres noires se profilaient.

L'imagination d'Alexandre lui montrait, là-bas
où la lumière resplendissait plus vive, une foule
animée et joyeuse, les discussions ardentes et
légères, l'échange des pensées variées; là-bas,
on devait vivre bruyamment et gaîment. Et plus
loin, derrière cette autre fenêtre éclairée faible-
ment, un honnête travailleur vaquait à une tâche

raisonnable. Alexandre fit un retour sur lui-même. Il songea que, depuis deux années, son existence se traînait oisive et sotte ; deux années à retrancher de son siècle ; deux années perdues à l'amour. Alors il s'emporta contre l'amour.

— Et quel amour ! pensait-il. Une inerte somnolence. Une femme qui s'est abandonnée à ses sentiments, sans lutte, sans résistance, sans effort, comme une victime ! Une femme sans énergie, sans caractère, qui a jeté son amour à la tête du premier venu. Si elle ne m'avait pas connu, elle eût aussi bien aimé Sourkov. Que dis-je ? elle l'aimait déjà ! Elle s'en défend, mais je l'ai bien vu. Qu'il en survienne un plus habile, plus entreprenant que moi, c'est lui qu'elle aimera. C'est tout simplement immoral. Est-ce l'amour ? Où est cette affinité des âmes que prônent les âmes sensibles ?... Ne nous sentions-nous pas attirés l'un vers l'autre ? Ne semblait-il pas que nous allions pour jamais nous fondre l'un dans l'autre ? Et voilà... Le diable sait ce que c'est, murmurait-il avec dépit.

— Que faites-vous là ?. A quoi pensez-vous ? demanda Julia.

— A rien, répondit-il dans un bâillement.

Il fut s'asseoir sur le canapé, loin d'elle, entourant du bras un coussin brodé.

— Venez donc ici, plus près.

Il resta immobile et muet.

— Qu'avez-vous donc? poursuivit-elle en s'approchant de lui. Savez-vous que vous êtes aujourd'hui insupportable ?

— Je ne sais, fit-il d'un air mécontent ; — j'ai quelque chose... comme si...

Il n'eût su que répondre à Julia ni à lui-même, il ne s'expliquait pas encore ce qui se passait en lui.

Julia s'assit près d'Alexandre et parla de l'avenir. La joie lui revint bientôt ; elle évoquait la riante image de leur vie à deux ; elle plaisantait même et termina par ces tendres paroles :

— Et vous serez mon mari ! Voyez..., lui disait-elle en lui montrant tout ce qui l'entourait, tout cela sera bientôt vôtre ; vous règnerez dans ma maison comme dans mon cœur. Aujourd'hui, libre encore, je puis faire ce que je veux, aller où je veux ; mais bientôt je ne pourrai plus faire un pas sans votre aveu. Je serai enchaînée à votre volonté. Mais l'adorable chaîne ! Je voudrais qu'elle fût forgée sur l'heure... J'ai toute ma vie rêvé d'un tel homme et d'un tel amour, et voici que mon rêve se réalise, voici que mon bonheur est proche. J'ai peine à m'y faire... Savez-vous quoi ? Il me semble que c'est un songe... ou peut-être le dédommagement de tous mes maux passés.

Ces paroles affectèrent péniblement Alexandre.

— Et si j'allais cesser de vous aimer ? fit-il soudain, en donnant à sa voix une intonation badine.

— Je vous arracherais les oreilles ! répliqua-t-elle en lui en prenant une.

Puis cette plaisanterie la rendit songeuse ; elle soupira.

Comme Alexandre se taisait :

— Mais qu'avez-vous donc ? insista-t-elle. Vous ne dites rien ; vous m'écoutez à peine ; vous regardez d'un autre côté...

Elle se rapprocha encore de lui, et, lui mettant une main sur l'épaule, lui parla presque en chuchotant, de leurs premières relations, de leur amour à son début avec ses symptômes et ses premières délices. L'émotion la suffoquait presque ; deux taches roses coloraient ses pommettes. Ses yeux brillaient ; puis ils s'éteignirent par degrés et se fermèrent à demi. Sa poitrine se soulevait avec force. Elle parlait d'une voix à peine distincte, jouait avec les boucles soyeuses de la chevelure d'Alexandre, s'interrompait pour plonger ses yeux dans ses yeux. Lui, d'un mouvement insensible, dégagea peu à peu sa tête, tira de sa poche un petit peigne et arrangea ses cheveux qu'elle avait défaits. Elle se leva et fixement le regarda.

— Que vous est-il arrivé, Alexandre ? fit-elle au comble de l'inquiétude.

— Quelle serinette ! le sais-je moi-même ? pensait-il sans répondre.

— Vous avez du chagrin ? questionna-t-elle d'une voix craintive et soupçonneuse.

— Dites plutôt de l'ennui ! songeait-il à part lui, un ennui qui se tourne en chagrin dont je meurs. Voilà un mois déjà qu'un ver a pénétré dans mon cœur et le ronge. Que faire ? Ah ! mon Dieu ! Et elle vient me parler d'amour, de mariage ! Comment lui rendre la raison !

Julia se mit au piano et joua des morceaux qu'il aimait. Mais il était si absorbé qu'il n'écoutait même pas. Elle sentit ses mains faiblir, se leva, s'enveloppa d'un châle et se laissa tomber dans l'autre coin du canapé.

Alexandre saisit son chapeau.

— Où allez-vous ? demanda-t-elle avec étonnement.

— Chez moi.

— Il n'est pas onze heures !

— Une lettre à ma mère... voilà longtemps que je ne lui ai pas écrit.

— Comment, longtemps ! Vous lui avez écrit avant-hier.

Il se tut, ne sachant que dire. Il avait bien réellement écrit, et il l'avait dit en passant à Julia, puis oublié, mais l'amour n'oublie aucun détail. Aux yeux de la jeune femme, rien de ce qui touchait à l'objet aimé n'était indifférent. Dans l'esprit de l'être qui aime, une toile très compliquée se tisse de menues observations, de réflexions subtiles, de souvenirs recueillis sur tout ce qui entoure l'être aimé, sur les événements de sa sphère, sur les influences qu'il subit. En amour, il suffit d'un mot, d'une allusion... que dis-je? d'un regard, d'un imperceptible mouvement des lèvres, pour en induire une hypothèse qui se transforme aussitôt en certitude, et, partant, pour se forger des plaisirs ou des souffrances également chimériques. La logique des amoureux, parfois fausse, parfois étonnamment juste, a vite fait d'édifier tout un système de conjectures et de soupçons; mais la force de l'amour, plus vite encore, détruit tout jusqu'à la base : un sourire, une larme, trois mots peut-être, et tous les soupçons s'évanouissent. C'est une vigilance que rien ne peut endormir, que rien ne peut mettre en défaut. Un amoureux pensera à ce que tout autre n'imaginerait sans doute pas même en rêve; au contraire, il ne verra point ce qui se passe à côté de lui : il est tantôt clairvoyant jusqu'à la seconde vue, tant frappé d'aveuglement.

Julia sauta de son divan comme une chatte, et, prenant la main d'Alexandre :

— Que veut dire ceci? Où allez-vous?

— Rien, vraiment, rien; j'ai sommeil, seulement. J'ai peu dormi la nuit dernière.

— Comment, peu dormi! Vous m'avez dit vous-même que vous aviez dormi neuf heures de suite, et que vous en aviez encore mal à la tête.

Alexandre venait de commettre une nouvelle maladresse.

— J'ai mal à la tête, en effet, dit-il un peu confus. Il faut que je me retire.

— Vous m'avez dit après dîner que votre mal de tête s'était dissipé.

— Quelle mémoire, mon Dieu ! C'est insupportable, à la fin. Mettons que j'ai tout simplement le désir de rentrer chez moi.

— Vous n'êtes donc pas bien. ici ? Qui est-ce donc qui vous attend chez vous ?

Elle fixait sur lui un regard méfiant, en hochant la tête. Il réussit cependant à l'apaiser et partit.

— Qu'adviendrait-il si je m'abstenais aujourd'hui d'aller chez Julia ? se demanda Alexandre le lendemain à son réveil.

Il fit trois tours dans sa chambre.

— Eh bien ! non, je n'irai pas ! dit-il, résolu... Evsiei, mes habits pour sortir !

Il fut se promener par la ville. Que c'est bon, que c'est gai de flâner tout seul dans les rues ! On va où l'on veut, on s'arrête à loisir, on parcourt les affiches, on lance à travers les vitres un coup d'œil dans les magasins ; on entre ici ou là. Que c'est bon ! La belle chose que la liberté ! Oui, la liberté, décidément, c'est le droit de se promener seul.

Alexandre frappait de sa canne les dalles du

trottoir, saluait joyeusement ses connaissances. En traversant la Morskaïa, il aperçut à une fenêtre un visage familier. L'ami lui fit de la main signe de venir. Il fit halte : « Tiens ! c'est Dumay ! » Il entra, dîna, demeura jusqu'au soir, puis s'en fut au théâtre et ensuite souper. Il n'eût point voulu rentrer au logis, sachant bien ce qui l'y attendait.

Effectivement il trouva chez lui une demi-douzaine de billets sur sa table; dans le vestibule dormait un valet qui avait reçu l'ordre de ne point revenir sans avoir vu Alexandre. Les billets contenaient des questions, des reproches, ils portaient des traces de larmes. Le lendemain il fallut se justifier. Il s'excusa sur son service, et les choses finirent par s'arranger.

Trois jours après, de part et d'autre, les mêmes scènes se reproduisirent, puis d'autres, et d'autres encore. Julia maigrissait, ne sortait plus, ne recevait plus, et ne disait plus mot parce qu'Alexandre avait paru irrité de ses observations.

Une quinzaine se passa. Alexandre prit jour avec des amis pour une noce à tout casser. Le matin du jour choisi, il reçut un billet de Julia : elle le priait de passer avec elle la journée entière et de venir de meilleure heure ; elle se sentait souffrante, énervée, toute triste. Alexandre s'emporta : pourtant il se rendit chez elle, pour lui dire que ses affaires l'empêchaient de lui tenir compagnie.

— Dîner chez Dumay, aller au théâtre, courir les montagnes, voilà des affaires bien graves assurément! soupira-t-elle.

— Que veut dire cela? demanda-t-il d'un ton mécontent. Vous m'espionnez, je crois! Je ne saurais le supporter.

Il se leva et voulut sortir.

— Restez, écoutez, dit-elle, nous causerons.

— Je n'ai pas le temps.

— Asseyez-vous une minute.

Il s'assit avec une grimace sur le bord d'une chaise. Elle le regardait, les mains jointes, inquiète, comme cherchant à lire sur sa figure une réponse à la question qu'elle allait lui faire.

— Dépêchez-vous, je n'ai pas le temps, fit-il sèchement.

Elle eut un soupir.

— Vous ne m'aimez plus! dit-elle en hochant la tête.

— Toujours la même chanson! répondit-il en brossant son chapeau avec son coude.

— Une chanson dont vous avez assez! répliqua-t-elle.

De nouveau il se leva, et se promena de long en large dans la pièce. Il l'entendit sangloter.

— Il ne manquait plus que cela! fit-il presque avec rage, en s'arrêtant devant elle. Vous ne m'avez pas encore assez torturé?

— Moi, vous torturer? dit-elle en sanglotant de plus belle.

— Non, vrai, c'est intolérable, reprit Alexandre en se dirigeant vers la porte.

— Cela ne m'arrivera plus! cela ne m'arrivera plus! s'écria-t-elle en s'essuyant les yeux. Regardez, je ne pleure plus : mais ne me quittez pas; asseyez-vous.

Elle se forçait à sourire; mais les larmes ne cessaient de lui couler sur les joues. Une pitié prit Alexandre, qui s'assit et se mit à faire aller ses jambes, machinalement. Il s'interrogea longuement, et finit par conclure qu'il n'aimait plus Julia. Pourquoi? Dieu le savait. Julia l'aimait de jour en jour davantage, n'était-ce point cela? Dieu! quelle contradiction! Toutes les conditions du bonheur, il les tenait : aucun obstacle, aucun sentiment qui le détournât d'elle; et pourtant il se sentait refroidi. Oh! la vie! Mais comment apaiser Julia? Se dévouer! Vivre avec elle d'interminables, de fastidieuses journées! Faire l'hypocrite! Non, il ne savait pas feindre. User de franchise! C'était se résoudre aux reproches, aux larmes, c'était se torturer, elle et lui. Etait-ce possible, d'un autre côté, de lui exposer les idées de son oncle sur l'amour? Sans preuve, elle pleurait déjà : que serait-ce s'il avouait! Comment faire alors?

Julia, le voyant silencieux, lui prit la main et le

regarda fixement. Lentement il se détourna en
retirant sa main à mesure. Non seulement Julia
n'avait plus aucun attrait pour lui, mais le simple
contact de sa main lui donnait maintenant un frisson désagréable. Elle avait beau redoubler de
tendresse: lui, sans répondre, s'assombrissait, de
plus en plus glacial.

Brusquement, d'elle-même, elle retira sa main.
Elle se révoltait à la fin, rendue à elle-même
par sa fierté de femme, par son amour-propre
offensé, par la honte: elle se redressa et rougit.

— Laissez-moi! dit-elle.

Bien vite, sans faire une observation, il prit la
porte et partit. Mais lorsque le bruit de ses pas
eut cessé de se faire entendre, elle lui courut derrière.

— Alexandre Fédoritch! Alexandre! cria-t-elle.
Il revint.

— Où allez-vous?

— Ne m'avez-vous pas dit de vous laisser?

— Vous êtes trop heureux de saisir ce prétexte
pour vous en aller. Restez.

— Je n'ai pas le temps.

Elle lui prit la main, et de nouveau des paroles
chaudes et tendres et suppliantes s'exhalèrent avec
des larmes. Mais pas un regard, pas un mot
d'Alexandre qui témoignât la moindre sympathie,
il croisait et décroisait ses jambes, il était de
bois. Tant de froideur exaspéra Julia. Elle se répan-

dit en menaces et en reproches. Qui eût reconnu
en elle cette femme douce et maladive? Ses tresses dénouées pendaient en désordre ; ses yeux
brillaient d'un feu sauvage, ses joues étaient brû-
lantes, ses traits étonnamment changés.

— Qu'elle est laide ! songeait à part lui Alexandre.

— Oh ! je me vengerai, dit-elle. Vous croyez
qu'on peut ainsi se jouer de la vie d'une femme,
s'insinuer dans son cœur par des flatteries et des
mensonges, la dominer et l'abandonner ensuite,
alors qu'elle ne saurait plus oublier ! Non, je ne
vous laisserai point, je vous accompagnerai partout ; nulle part vous ne m'échapperez. Je vous
suivrai dans votre village, je vous suivrai à l'étranger, partout et toujours. Je ne veux point renoncer à mon bonheur. Ce que sera ma destinée, peu
m'importe à présent ; je n'ai plus rien à perdre ;
mais je vous perdrai avec moi ; je me vengerai.
Sans doute j'ai quelque rivale : sinon m'auriez-
vous délaissée? Oh ! je la découvrirai, et vous verrez ce que j'en ferai. Plus de bonheur pour vous
dans la vie ; que j'aurai du plaisir à apprendre
votre mort ! Ou plutôt je vous tuerai moi-même !
criait-elle dans un accès de rage folle.

— Que tout cela est insensé ! pensait Alexandre
avec un haussement d'épaules.

En le voyant si froid devant les menaces, Julia
prit subitement un ton doux et triste.

— Ayez pitié de moi ! dit-elle en le regardant ;

ne m'abandonnez pas. Que devenir maintenant?
Je ne supporterai pas la séparation, je mourrai. Songez que les femmes entendent l'amour autrement
que les hommes. Le nôtre est plus tendre, plus
puissant : pour nous, pour moi surtout, l'amour
est tout. D'autres aiment la coquetterie, le monde,
le mouvement, les plaisirs : moi je n'ai jamais pu
m'y faire, je suis d'un autre caractère; j'aime la
solitude, le silence, les livres, la musique; mais je
vous aime, vous, plus que tout le reste.

Alexandre ne dissimulait pas son impatience.

— Soit! ne m'aimez pas, reprit-elle. Mais tenez
votre parole : épousez-moi : ce que je veux, c'est
que vous ne me quittiez pas... Vous serez libre
d'agir à votre guise : vous pourrez même aimer
qui bon vous semblera, pourvu que, de temps à
autre, je vous voie... Au nom de Dieu, prenez pitié
de moi !

Elle fondit en larmes et ne put continuer. Epui-
sée par son émotion, elle tomba sur le canapé, les
yeux clos, la bouche convulsée par un rictus. Elle
avait une attaque de nerfs. La femme de chambre lui prodigua des soins. Quand Julia reprit ses
sens, elle promena ses regards autour d'elle.

— Où est-il? demanda-t-elle.

— Parti.

— Parti! répéta-t-elle d'une voix sombre.

Et elle resta longtemps assise sans prononcer
une parole, sans faire un mouvement.

Le lendemain, Alexandre reçut un grand nombre de lettres : il ne se montra pas, ne répondit pas. Le surlendemain, le troisième jour, même chose. Julia écrivit à Petr Ivanovitch, Lisaveta Alexandrovna lui inspirant de l'antipathie : elle le priait de venir la voir pour une affaire importante.

Petr Ivanovitch la trouva gravement malade, presque mourante. Il demeura deux heures avec elle et s'en fût ensuite chez Alexandre.

— Quel hypocrite ! dit-il.

— Qu'y a-t-il ! demanda Alexandre.

— Voyez-vous ? Comme s'il ne s'agissait pas de lui ?... Il était tout à fait incapable d'inspirer de l'amour à une femme, et voilà qu'il la rend folle.

— Je ne comprends pas, mon oncle.

— Qu'est-ce donc que tu ne comprends pas ? Tu comprends à merveille. Je viens de chez Mme Tafaïeva, elle m'a tout dit.

— Comment ! fit Alexandre confus, elle vous a tout dit ?

— Tout. Comme elle t'aime, heureux mortel ! Tu te plaignais continuellement de ne pas rencontrer une passion : console-toi, en voilà une. Elle est affolée, jalouse, elle pleure et s'emporte... Mais pourquoi, diantre ! me mêler là-dedans ? Tout une matinée perdue pour cette femme ! Il me fallait encore cela ! Moi qui m'attendais à quelque

que affaire d'importance ;... qu'elle voulait peut-
être engager son domaine au conseil de tutelle;
elle m'en avait jadis touché un mot! Voilà toute
l'aubaine !

— Pourquoi aller chez elle ?

— Elle m'a appelé. Elle s'est plainte de toi.
N'as-tu pas honte de la négliger ainsi ? Quatre
jours sans paraître! La pauvre en meurt. Va,
cours chez elle sans tarder !

— Que lui avez-vous dit ?

— Ce qui se dit en pareil cas : que tu l'aimes,
toi aussi; que, depuis longtemps, tu cherchais un
cœur tendre; que tu adores les *chaleureuses expansions*; que, pas plus qu'elle, tu ne peux te passer
d'amour. Mais en vain lui disais-je toutes ces belles
choses, son inquiétude restait la même. Tu vas y
retourner, j'espère. Je l'ai engagée à ne point te
garder tout le temps dans ses robes, à te laisser
courir un peu, sous peine de vous ennuyer l'un
et l'autre, et le reste de l'antienne. Alors, la voilà
qui se met à rire, à bavarder gaiement, elle m'ap-
prend que vous allez vous marier, que ma femme
est mêlée à la chose. Moi qui n'en savais pas le
premier mot! Drôles de gens! Bah! tant mieux si
la chose aboutit. Celle-ci, du moins a quelque
fortune, de quoi vivre tous deux à votre aise. Je
lui ai assuré formellement que tu ferais honneur à
ta promesse. Et c'est ainsi qu'aujourd'hui déjà j'ai

voulu reconnaître le service que tu m'as rendu :
j'ai dit à cette femme combien ardemment, combien tendrement tu l'aimais.

— Qu'avez-vous fait là, mon oncle ? s'écria
Alexandre, dont le visage changea de couleur.
Je... mais je ne l'aime plus... Je ne veux pas
l'épouser.... Je me sens de glace pour elle...
J'irais plutôt me noyer que de...

— Bah ! bah ! bah ! fit Petr Ivanovitch en jouant
l'étonnement. Ne me disais-tu pas — tu t'en souviens bien ? — que tu méprisais le genre humain,
et surtout les femmes, que le monde entier n'avait
pas un cœur qui sût t'aimer ? Que me disais-tu
encore ? Que Dieu me le rappelle !

— Au nom de Dieu, assez, mon oncle ! Pourquoi
à vos reproches joindre une leçon ? Croyez-vous
que j'en aie besoin pour comprendre... Oh ! les
hommes ! les hommes !

Il partit subitement d'un éclat de rire.

— Voilà qui est parfait ! dit l'oncle en riant
aussi. Je savais bien qu'un jour ou l'autre tu te rail-
lerais toi-même. Tu as fini par y venir.

Et tous deux d'éclater encore de rire.

— Maintenant, reprit Petr Ivanovitch, dis-moi
donc ce que tu penses de cette... comment donc...
Pachegnka ?... la dame à la verrue... ?

— Oh ! mon oncle, vous manquez de générosité !

— Point : c'est un simple renseignement que
je te demande. La méprises-tu encore ?

— Laissons cela au nom de Dieu; vous feriez mieux de me tirer de cette terrible situation, vous, si sage, si expérimenté.

— Des compliments! des flatteries!... Non; marie-toi.

— Jamais de la vie. Aidez-moi, je vous en conjure!

— Vois-tu?... Heureusement que j'avais depuis longtemps deviné tes fredaines.

— Comment, depuis longtemps?

— Oui, je savais ta liaison dès le début.

— Ma tante vous aura dit, sans doute...

— C'est moi, au contraire, qui le lui ai dit. C'était bien difficile, en effet! Tu le portais écrit sur ton visage... Ne te désole pas, je t'ai déjà tiré d'embarras.

— Comment? quand donc?

— Ce matin. Rassure-toi. Mme Tafaïeva ne t'inquiètera plus.

— Comment vous y êtes-vous pris? Que lui avez-vous dit?

— Il serait long, et ennuyeux, de te le répéter.

— Peut-être lui avez-vous dit de moi pis que pendre. Elle me haïra, me méprisera.

— Qu'importe? Qu'il te suffise que je l'aie calmée. Je lui ai remontré ton incapacité d'aimer, et la vanité de ses transports amoureux.

— Et elle?...

— Elle?... Elle est maintenant enchantée de ta trahison.

— Comment! enchantée? dit Alexandre songeur.

— Oui, elle s'en réjouit.

— Et elle n'a manifesté ni regret ni chagrin? Elle a pris la chose avec indifférence? Mais c'est stupéfiant!

Il se promenait à grands pas dans la chambre, très inquiet.

— Indifférente, enchantée! répétait-il... Je veux aller la voir!

— Voilà bien les hommes! dit Petr Ivanovitch, et voilà bien le cœur. Vivez par le cœur, et Dieu vous bénisse! Ne tremblais-tu point, tantôt, qu'elle ne t'envoyât chercher? Ne criais-tu pas à l'aide? Et te voici affolé, maintenant, de voir que la douleur de te perdre ne l'ait pas tuée!

— Indifférente, enchantée; répétait Alexandre en marchant à grands pas sans écouter Petr Ivanovitch. Elle ne m'aimait donc pas? Pas une larme! pas un cri! Il faut que je la voie.

L'oncle haussa les épaules.

— Que voulez-vous, mon oncle? Je ne puis la quitter ainsi, dit-il en prenant son chapeau.

— Soit! retournes-y. Mais tu ne pourras plus t'en arracher. Et alors ne viens plus me chercher, je ne m'en occuperai plus. Ce que j'en ai fait aujourd'hui, c'est uniquement parce que j'ai dans

ce qui t'arrive ma part de responsabilité. Mais
c'est bien fini... Eh bien, qu'as-tu encore à bais-
ser le nez ?

— J'ai honte de vivre, soupira Alexandre.

— Et surtout de travailler... En voilà assez.
Viens donc nous voir aujourd'hui : à table nous
rirons un brin de ton aventure, et nous irons
ensuite nous promener jusqu'à la fabrique.

— Que je suis petit et vil ! dit Alexandre. Je
n'ai donc pas de cœur ? Je fais pitié...

— C'est la faute de l'amour... un passe-temps
aussi stupide ! interrompit Petr Ivanovitch. Que
ne le laissais-tu à un Sourkov ! Toi, qui es jeune
et vaillant, un but plus sérieux te sollicite. Tu as
assez couru les femmes.

— Mais, votre femme, vous l'aimez, vous, mon
oncle.

— Evidemment : je me suis accoutumé tout à
fait à elle. Mais ce n'est pas une raison pour rester sans rien faire. A revoir. Tu viendras, n'est-ce
pas ?

Alexandre, toujours assis, se plongeait dans une
triste songerie. Derrière lui s'approcha Evsiei, la
main dans une botte.

— Daigneriez-vous regarder, Monsieur ? demanda-t-il avec une grimace de contentement.
Quel cirage ! Une fois brossée, c'est un vrai
miroir... Et ce cirage ne coûte que vingt-cinq
kopeks.

Alexandre revint à lui ; il regarda machinalement la botte, puis Evsiei.

— Va t'en, imbécile ! cria-t-il.

— Si on en envoyait au village..., continuait Evsiei.

— Va-t-en ! Va-t-en ! cria Alexandre presque en pleurant. Tu me tortures, avec tes bottes. Tu ne vois donc pas que tu me pousseras à la tombe ! Tu... es un barbare !

Evsiei s'esquiva bien vite dans le vestibule.

CHAPITRE IV

— Pourquoi Alexandre ne vient-il plus nous voir? Voilà trois mois qu'il n'a point paru, dit un jour Petr Ivanovitch à Lisaveta Alexandrovna en rentrant d'une course.

— Je désespère de le revoir jamais, répondit-elle.

— Que lui est-il arrivé? Serait-il encore amoureux?

— Je ne sais.

— Est-il bien portant?

— Oui.

— Si tu lui écrivais? J'ai à lui parler. Des promotions ont eu lieu dans son service, et il n'a pas même l'air de s'en douter. Je ne comprends rien à une telle négligence.

— Je lui ai écrit, je l'ai invité plus de dix fois. Il prétend n'avoir pas le temps; mais je sais pertinemment qu'il passe sa vie à jouer aux dames

ou à pêcher à la ligne avec je ne sais quels
originaux. Si tu allais le voir toi-même : tu saurais
à quoi t'en tenir.

— Pourquoi? Dépêchons-lui plutôt le domestique.

— Alexandre ne viendra pas.

—. Essayons.

On envoya le domestique, qui fut bientôt de
retour.

— Eh bien ! est-il chez lui? interrogea Petr Ivanovitch.

— Oui, monsieur, chez lui. Il m'a chargé de
vous saluer.

— Que faisait-il?

— Couché sur le divan.

— Comment, à cette heure ?

— Il paraît qu'il est toujours couché.

— Dormait-il?

— Non. Je le croyais d'abord ; mais ses petits
yeux étaient ouverts et daignaient regarder le
plafond.

— Viendra-t-il? reprit Petr Ivanovitch après un
haussement d'épaules.

— Non. « Salue de ma part mon oncle, m'a-t-il
dit ; prie-le d'agréer mes excuses. Et vous, Madame,
il m'a recommandé de vous saluer.

— Et après?.. C'est inouï. Vit-on jamais un être
pareil? Qu'on ne dételle pas : puisqu'il le faut abso-

lument, je vais aller le voir; mais ce sera la dernière fois.

Petr Ivanovitch trouva son neveu allongé sur le divan. A la vue de son oncle, Alexandre se mit sur son séant.

— Que te sens-tu? demanda Petr Ivanovitch.

— Rien! répondit le jeune homme dans un bàillement.

— Que fais-tu à présent?

— Rien.

— Et tu peux croupir dans cette oisiveté?

— Je le peux.

— J'ai appris aujourd'hui qu'Ivanov est déplacé.

— Oui, déplacé.

— Qui le remplacera.

— On dit que c'est Itchinko.

— Et toi?

— Moi? rien.

— Comment, rien!... Pourquoi pas toi ?

— C'est un honneur qu'on ne juge pas à propos de me faire! Qu'y puis-je? Je n'en suis pas digne évidemment.

— Voyons, Alexandre. Il faut te remuer... voir le directeur.

— Non, dit Alexandre en secouant la tète.

— Je vois que tout t'est bien égal.

— Tout m'est bien égal.

— Songes-tu qu'on t'oublie pour la troisième
fois?

— Soit. Cela m'est égal.

— Songes-tu que tu devras recevoir des ordres
de ton subordonné d'hier, et te lever à son entrée
dans le bureau pour lui rendre le salut?

— Soit. Je me lèverai et je saluerai.

— Et l'amour-propre?

— Je n'en ai plus.

— Cependant il y a quelque intérêt dans ta vie.

— Aucun. Autrefois, oui. Maintenant, non.

— Pas du tout. Quand un intérêt disparaît, un
autre le remplace. Pourquoi demeurer ainsi
désœuvré, tandis que les autres?... Enfin, tu aurais
tort: tu n'as pas trente ans.

Alexandre ne répondit que par un haussement
d'épaules.

Petr Ivanovitch n'eût pas demandé mieux que
d'en rester là. Un pareil enfantillage! Mais il
savait qu'à son retour sa femme le questionnerait.
Il poursuivit donc en rechignant.

— Tu devrais choisir une distraction quelconque:
le monde, la lecture.

— Nulle envie, mon oncle.

— Les mauvaises langues glosent déjà sur toi.
On va répétant que l'amour te rend fou, que tu
n'as plus la conscience de tes actes, que tu recher-
ches la société d'originaux. Moi, à ta place, rien
que pour ces motifs, je sortirais.

— Qu'on glose !

— Alexandre, parlons sérieusement. Cela n'est rien. Il t'est loisible de saluer ou non, d'aller dans le monde ou de vivre seul; il importe fort peu. Mais tu dois comme les autres, te faire une carrière. Y penses-tu ?

— Si j'y pense ! Mais elle est toute faite !

— Comment ?

— Je me suis tracé un cercle d'activité dont je ne veux point sortir; je suis ici mon maître; la voilà, ma carrière.

— Ce n'est que de l'oisiveté.

— Peut-être.

— Tu n'as pas le droit de flaner ainsi tant que tu as des forces. As-tu déjà accompli ta tâche ?

— Oui. Personne n'oserait me taxer d'oisiveté. Le matin, je vais à mon bureau.

— Il n'est personne qui ne tende à un but: l'un se fait un devoir de travailler tant qu'il en a la force; l'autre veut gagner de l'argent, un troisième des honneurs. Toi, pourquoi ferais-tu exception?

— Les honneurs? L'argent? Oh ! l'argent, surtout, parlons-en. A quoi sert l'argent, dites-moi? Ne suis-je pas nourri et vêtu ! Que faut-il de plus?

— Vêtu fort mal en ce moment, remarqua Petr Ivanovitch. Et c'est là tout ce que tu souhaites?

— Tout.

— Et le luxe des jouissances intellectuelles et morales, et l'art ? commença Petr Ivanovitch sur le même ton que jadis Alexandre. Tu es né pour aller haut et loin ; de nobles tâches te sollicitent. Tu les a donc oubliées, tes hautaines aspirations !

— Je les ai rejetées, répliqua Alexandre d'un air dégagé. Mais, mon oncle, vous me tancez bien vertement ; ce n'est point ainsi que vous m'eussiez parlé autrefois. Et puis, vos remontrances, à quoi bon? Vous vous en souvenez, que j'eus de hautes ambitions : qu'en est-il advenu?

— Oui, oui, je m'en souviens, que tu voulais d'abord être ministre, puis écrivain ; mais en voyant quel long, quel douloureux chemin on doit parcourir avant d'arriver à une situation élevée, et qu'il faut du talent pour devenir un écrivain, alors tu reculas. Que de gens s'en viennent à Pétersbourg gonflés d'orgueilleuses prétentions ! Cependant ils n'y voient pas plus loin que leur nez : qu'ils se mettent à noircir du papier, ce sera — regardez ! — chose pitoyable. Je ne dis pas cela pour toi ; tu t'es montré capable d'une œuvre, et qu'avec le temps tu pouvais prétendre à la réputation : mais c'est si ennuyeux d'attendre ! C'est tout de suite que nos désirs veulent être réalisés : sinon nous baissons le nez.

— Je ne veux plus tendre à dominer. Tel je suis, tel je resterai. Me déniera-t-on le droit de choisir une occupation qui me plaise ? Qu'importe qu'elle dépasse ou non mes forces ? Si j'accomplis exactement ma tâche, nul ne peut me blâmer. Que, même en dépit de toute justice, on me refuse toute valeur, je ne saurais m'en émouvoir. Vous m'avez dit vous même que les destinées modestes ont leur poésie, et vous venez aujourd'hui me reprocher d'avoir choisi la plus modeste ? Qui m'empêchera de descendre, si bon me semble, l'échelle sociale pour me fixer à l'échelon de mon choix ? De visées plus hautes, je n'en ai pas ; je n'en veux pas avoir : entendez-vous ?

— Certes oui, j'entends : je ne suis pas sourd. Mais quels pitoyables sophismes !

— Qu'importe ? J'ai trouvé une place et je m'y tiendrai tout mon siècle. Je fraye avec des hommes simples : que leur intelligence soit obtuse, il ne m'en chaut. Je joue aux dames, je pêche à la ligne avec eux, et je m'en vante. Vous dites qu'il m'en cuira, que je serai sevré de distinctions, d'argent, d'honneurs, de considération, de tout ce qui pour vous a tant de prix. Soit, je me résigne pour toujours.

— Mon cher Alexandre, tu veux jouer l'indifférence et la tranquillité. Mais tes paroles, malgré toi, trahissent ton irritation intérieure ; il semble que tu parles, non avec des mots, mais avec des larmes. La bile te tracasse, et tu ne sais sur quoi l'extravaser : et c'est parce que tu te sens le seul coupable.

— Soit.

— Que désires-tu donc ? On désire toujours quelque chose.

— Qu'on me laisse dans ma médiocrité, pour y vivre tranquille et sans soucis.

— Est-ce une vie !

— Et la vôtre, est-ce une vie ? Non assurément !

— Tu voudrais façonner la vie à ton gré. Ce serait, j'imagine, une existence admirable : bien sûr ce ne seraient qu'amants et amis errant dans des bosquets de roses.

Alexandre ne répondit rien.

Petr Ivanovitch se tut. Il examina son neveu ; il avait maigri, ses yeux étaient caves, ses joues et son front sillonnés de rides précoces. Il eut peur. Il ne croyait guère aux douleurs, aux angoisses purement morales ; mais il craignit que cette apathie ne dissimulât quelque trouble de l'organisme. « Il pourrait arriver que le petit perde la raison, et alors allez donc l'annoncer à la mère ! C'est du coup que la correspondance reprendrait de plus belle. Et la vieille qui ne manquerait certes pas d'accourir ! »

— Eh bien, Alexandre !.. dit-il. Mais tu es un désillusionné, je vois !

Et il pensait à part soi : « Comment le rendre aux idées qu'il aimait. Si j'entrais dans ses vues ! »

— Écoute-moi, Alexandre, reprit-il. Tu te

laisses aller beaucoup trop. Ce n'est pas bien. Secoue ton apathie. D'où te vient-elle ? Serait-ce que j'ai parfois émis des théories irréfléchies sur l'amour et l'amitié ? Ce n'était qu'un jeu, uniquement destiné à maîtriser tes élans impétueux fort mal à leur place dans notre époque positive, et surtout ici, à Pétersbourg, où tout, les modes commes les passions, les plaisirs comme les travaux, s'étale, se tarife, se mesure uniformément. Serait-il donné à un seul d'enfreindre l'ordre commun ? Est-ce que vraiment tu t'imagines que je sois dénué de sentiment, et réfractaire à l'amour ? L'amour, ah ! c'est quelque chose d'admirable. Quoi de plus saint que l'union de deux âmes, ou bien l'amitié... Je suis profondément convaincu que le sentiment est de sa nature, immuable, éternel...

Alexandre se mit à rire.

— Qu'as-tu ? demanda Petr Ivanovitch.

— Vos paroles sont si étranges ! mon oncle. Voulez-vous envoyer chercher des cigares ? Nous fumerons. Vous disserterez et j'écouterai.

— Mais qu'as-tu donc ?

— Rien. Vous avez pensé m'attraper, vous qui jadis m'appeliez un jeune homme point sot du tout. Vous vouliez jouer avec moi comme avec une balle : c'est offensant. Je ne puis pas, indéfiniment, rester un petit garçon. L'école m'a sans doute quelque peu profité... Comme vous péroriez !... N'ai-je donc pas des yeux ? Vous teniez le miroir, je n'avais qu'à regarder.

— « Je me suis embarrassé là d'une ennuyeuse affaire, pensait Petr Ivanovitch. Renvoyons-le à ma femme... » Viens donc chez nous, dit-il, ma femme a un grand désir de te voir.

— Impossible, mon oncle.

— Est-ce bien de l'oublier ?

— C'est sans doute très mal. Mais pour Dieu, excusez-moi ; ne comptez point sur moi ces temps-ci. Attendez encore un peu, et j'irai vous voir.

— Soit, comme tu voudras.

Petr Ivanovitch fit un geste de désespoir et sortit. De retour chez lui, il dit à sa femme qu'il abandonnait Alexandre à ses caprices ; il avait fait tout son possible, et, désormais, il se désintéressait de lui.

Alexandre, après avoir laissé là Julia, s'était précipité dans le tourbillon des plaisirs bruyants. Il répétait volontiers ces vers de notre célèbre poète :

Allons là-bas, où souffle la joie,
Où bruit le tumulte des fêtes tapageuses,
Où l'on ne vit pas, où l'on dépense sa vie et sa jeunesse,
Au milieu des gais passe-temps,
Autour d'une table joyeuse.
Absorbé pour une heure dans ce bonheur mensonger,
Je m'accoutumerai aux humbles rêves,
Je me réconcilierai, grâce au vin, avec la destinée,
Je ferai taire les soucis de mon cœur.
Je retiendrai le vol de mes pensées ;
Je ne laisserai pas mes yeux s'égarer
Sur le doux rayonnement des cieux...

Il vient, le chœur des compagnons, et avec eux la coupe inévitable. Ils portent leurs regards sur la liqueur mousseuse, et les fixent ensuite sur leurs bottes vernies. « Arrière les soucis ! arrière les chagrins ! s'écrient-ils en buvant. Gaspillons, anéantissons, pulvérisons la jeunesse et la vie ! Hourrah ! » Verres et flacons volent en éclats sur le sol.

Dans ces fêtes bruyantes, dans les plaisirs de cette vie facile, Alexandre puisa pour un temps l'oubli de sa peine et de Julia. Mais le retour régulier de divertissements toujours pareils, ces mêmes dîners aux restaurants, ces mêmes figures aux yeux troubles, ce même verbiage incohérent des convives ivres, et avec tout cela, la fatigue et un perpétuel dérangement d'estomac, il n'y avait rien là qui pût lui convenir. La faiblesse de son organisme et l'hypocondrie de son âme l'éloignèrent de ces amusements. Il dit adieu aux gais passe-temps de la table joyeuse, et s'enferma dans sa chambre.

Il y retrouva ses livres un moment négligés. Mais le volume tombait de ses mains, mais sa plume rechignait à l'inspiration. Dans Schiller, dans Gœthe, dans Byron, il ne voyait que le côté noir de l'âme humaine : son côté lumineux lui échappait.

Qu'il était heureux, jadis, dans cette chambre ! Il n'y était pas seul alors : une belle vision lc hantait, le jour, pendant son travail ; la nuit, à son chevet. Là vivaient avec lui les rêves. L'avenir s'enveloppait d'un brouillard qui lui présageait, non pas l'orage, mais l'aube sereine, et derrière cette buée aurorale se cachait quelque chose, le bonheur sans doute.

Et maintenant... non seulement sa chambre est vide, mais l'univers entier est vide; l'effroi, le chagrin sont dans son âme. Il se remémore sa vie, il interroge son cœur et son cerveau; et il s'épouvante de ses illusions perdues, de ses espoirs évanouis : plus un rêve, ici ni là, plus une espérance rose, tout a sombré dans le passé. La buée s'est dissipée, et devant lui, s'étale, comme une steppe, la réalité nue. Dieu ! quel espace sans fin, quelle vue désolée et sinistre ! Le passé, mort; l'avenir, mort. Plus de bonheur, tout n'est que chimère; et pourtant, il faut vivre !

Ce qu'il voulait, il n'eût su le dire ; mais que de choses il ne voulait pas !

Le front serré comme dans un étau, il ne pouvait dormir : ses pensées l'obsédaient, lourdes, ininterrompues.

A quoi se prendre? Pas d'espoir riant; l'avenir, il le voyait. Des honneurs ? La lutte sur le chemin des honneurs ? A quoi bon ? Pour vingt ou trente pauvres années, se cogner à l'existence comme un poisson à la glace qui, l'hiver, enchaîne

le fleuve ! Est-il si doux de se voir saluer jusqu'à
terre par des gens qui pensent : « Que le diable
l'emporte ! »

L'amour ? Il le sait par cœur; et déjà il ne
peut plus aimer. Et il revoit Nadinka, non point
candide, mais fatalement parjure; dans le décor
de la villa, des arbres, des fleurs, il revoit cette
petite vipère de Nadinka, son sourire hypocrite,
son masque de passion et d'impudeur : mais c'est
pour un autre, non pour lui qu'elle est là.

Il soupire, et pense :

« L'amitié ? autre bêtise... C'est fini de tout. Et
il faut vivre ! »

Il ne croyait plus à personne, à rien. Les jouissances, il les goûtait sans fièvre, comme on goûte,
sans appétit, un mets savoureux, persuadé
d'avance que le dégoût s'en suivrait, que le vide
de l'âme n'en serait pas comblé. Le sentiment ?
Il avait un sourire sardonique en songeant aux
serments des amoureux :

— « Attendez un peu de temps, et rappelez-
vous : après les premières joies surgira la jalousie;
puis ce sera la comédie des raccommodements et
des pleurs. Réunis, vous vous haïrez; séparés
vous redoublerez de larmes : de nouveau rejoints,
ce sera bien pis. Folie ! Et voilà ce qu'on nomme
amour et fidélité, ce que tous, l'écume aux lèvres
ou les larmes de désespoir dans les yeux, s'obs-

tinent à appeler le bonheur ! Et votre amitié...
« Jetez un os à des chiens, et voyez ce qu'il en
adviendra [1]. »

Il tremblait d'exprimer un désir, sachant bien
que le sort ne nous donne ce que nous souhaitons
qu'après nous avoir leurrés, harassés, humiliés et
salis, comme on jette un croûton de pain à un
chien en lui ordonnant de ramper vers ce croûton, de le fixer, de le saisir dans la poussière, de
le tenir d'aplomb sur le bout du nez, de se dresser sur l'arrière-train, immobile jusqu'au com-
mandement de : *Pille !*

Si le bonheur n'était pour lui que chimère, le
malheur n'était que trop réel ; il le savait embus-
qué sur son chemin, implacable, inéluctable. Le
malheur ! Nous le voyons devant nous, imminent : les maladies, la vieillesse, la gêne, et qui
sait ! le dénûment peut-être. Tous ces *coups du
sort,* comme disait sa tante au village, le guet-
taient. Et quelles consolations ? Avortée, sa haute
destinée poétique ! Il haletait sous ce pesant fardeau qu'on appelle le devoir. Restaient ces
pitoyables pis-aller : l'argent, le confort, les
tchins ; quelle misère ! Triste, l'analyse de la vie !
Qu'est-elle, à quoi sert-elle, la vie ?

Il gémissait, n'entrevoyant aucune solution à
ces doutes torturants. L'expérience n'avait fait

[1] Krilov.

que le fatiguer, sans rien ajouter à sa vie, sans purifier l'air qu'il respirait, sans lui apporter la lumière.

Il se prit à songer à ses anciens amis et s'assombrit encore. Tous, excellents administrateurs, ou bons pères de famille, avaient su organiser leur existence; tous, sans envie comme sans vains désirs, marchaient dans les chemins battus et certains... « Moi seul... Mais que suis-je ? »

Et il s'interrogeait lui-même. Aurait-il pu devenir un administrateur? un chef d'escadron? se serait-il fait à la vie de famille? Et il reconnaissait que rien de tout cela ne l'eût satisfait; et un démon intérieur lui soufflait sans répit qu'il était né pour de tout autres et plus hautes destinées. Mais quoi? La renommée littéraire? Il l'avait tentée, inutilement. Que faire? Il ne pouvait se répondre. Le dépit le rongeait. Il pleurait des larmes de désespoir, de rage, d'envie, de ces larmes qui ne soulagent pas. Il regrettait, avec quelle amertume ! de n'avoir point écouté sa mère, et d'avoir quitté son district.

— Elle savait, ma bonne mère, tous les maux que me gardait l'avenir, pensait-il. Là bas, nulle de ces fermentations houleuses, rien de cette vie compliquée. Là bas, comme ici, j'eusse éprouvé les passions et les sentiments, l'amour-propre, l'orgueil, l'ambition, quoique dans de moindres proportions. J'eusse été le premier de mon district. Oui, tout est relatif. L'étincelle du feu divin qui, plus ou moins, brûle en chacun de nous, aurait allumé en moi un invincible foyer, pour s'éteindre bientôt dans l'oisiveté ou s'aviver dans l'amour de ma femme et de mes enfants. Ma vie n'eût pas été empoisonnée. Elle se fût écoulée paisible, droite, unie, proportionnée à mes forces... L'amour? il eût fleuri mon existence : Sofia m'eût toujours aimé doucement. J'aurais gardé toute foi, cueilli les roses sans me blesser aux épines, et sans rival — ignoré jusqu'à la jalousie.

« Pourquoi donc, entraîné invinciblement loin de là, suis-je venu livrer un combat si inégal? Comme je comprenais bien la vie et les hommes, alors ! Ainsi ferais-je maintenant. Que n'attendais-je pas alors de la vie ? Que n'en attendrais-je pas encore aujourd'hui ? Que sont devenus les trésors de mon âme? Je les ai éparpillés, j'ai donné la franchise de mon cœur, et ma passion première : qu'ai-je obtenu en échange ? Un morne désenchantement. J'ai reconnu que tout est mensonger et éphémère; que c'est folie de compter sur les autres et sur soi-même; et j'ai fini par avoir peur et de moi-même et des autres. Perdu dans cette analyse, éclairé par elle, je n'ai pu me résigner aux bagatelles de la vie et leur demander le bonheur, comme font mon oncle et tant d'autres. Et me voilà maintenant !... »

Il ne recherchait plus que l'oubli, le repos, le
sommeil de l'âme. La foule humaine, le bruit des
cohues le dégoûtaient : il les fuyait, et le dégoût
le suivait.

L'air joyeux, dispos, toujours affairé des gens
le surprenait. Il lui semblait étrange de ne point
les voir errer, comme lui, somnolents et désolés.

« O sots ! pensait-il souvent, qui se rencontrent
pour disserter de la pluie ou du beau temps, au
lieu de s'entretenir de soucis et de souffrances, à
moins qu'il ne s'agisse de quelque mal à la jambe
ou ailleurs, d'un rhumatisme, d'une sciatique ; o
brutes ! que préoccupe seul le corps, au détriment
de l'âme ! »

Parfois pourtant cette réflexion profonde lui
venait.

« Ces misérables sont si nombreux, et moi seul...
Est-il possible que tous s'abusent, tandis que
moi?... »

Il se disait que peut-être lui seul s'abusait ; et il
n'en était que plus malheureux.

Il ne voyait plus ses anciennes connaissances.
Après sa conversation avec Petr Ivanovitch, il
s'enfonça plus profondément encore dans son
apathie somnolente. Son âme s'isola tout à fait,
comme assoupie. Il vivait dans une indifférence
abrutie et oisive.

— « Vivre n'importe comment, se disait-il,
pourvu que la vie se passe ! Chacun est libre

d'entendre la vie à sa façon, et après, quand tu mourras... »

Il recherchait la conversation d'hommes bilieux, à l'esprit aigri, au cœur pétrifié, trouvant dans leurs récriminations contre la destinée un calmant à sa propre agitation. Ou bien il fréquentait des individus qui ne lui ressemblaient ni par l'esprit ni par l'éducation ; c'est ainsi qu'il goûtait surtout la société de ce Kostiakov, que Zaiezjalov avait voulu jadis mettre en rapports avec Petr Ivanovitch.

Le vieux Kostiakov demeurait aux Sables. Il s'en allait dans les rues en casquette vernie et en robe de chambre serrée aux hanches, en guise de ceinture, par un mouchoir de poche. Chez lui vivait une cuisinière avec laquelle il jouait, le soir, au *koziri* [1]. Aux incendies, il était là le premier, il partait le dernier. Entendait-il, en passant près d'une église, des chants funèbres, il entrait, jouait des coudes pour arriver au cercueil, jetait un regard sur le visage du mort et suivait le cortège jusqu'au bord de la fosse. Tristes, gaies, toutes les cérémonies l'attiraient. Il ne s'intéressait pas moins aux événements extraordinaires de la rue, — rixe, mort accidentelle, effondrement d'un plafond — et il savourait les détails qu'en donnaient les journaux. De plus, il lisait des livres

---

[1] Jeu de cartes.

de médecine pour apprendre, disait-il, ce qu'il y a dans l'homme.

En hiver, Alexandre et lui jouaient aux dames ; en été, ils s'en allaient, hors de la ville, pêcher à la ligne.

Le vieux Kostiakov ne cessait de jaser tout le long du jour. Aux champs, il parlait pain et semailles ; au bord de la rivière, poisson et navigation ; dans la rue, il émettait des réflexions sur les maisons, leur construction, leurs matériaux, leur revenu : de choses abstraites, jamais un mot. La vie lui semblait bonne pourvu que la poche fût bien garnie.

Un pareil homme n'était guère à redouter pour Alexandre, qui lui-même étouffait soigneusement en lui tout germe d'aspirations spirituelles, comme un ermite cherche à repousser la tentation. Dans son service, il était taciturne. Rencontrait-il une figure de connaissance, il lâchait deux ou trois mots, alléguait le manque de temps et s'éloignait. Par contre, il voyait son ami Kostiakov tous les jours. Quand il ne passait point la journée chez Alexandre, Kostiakov l'emmenait chez lui pour y manger les *tschi*[1]. Il lui apprenait à faire la *nastoïka*[2], le *solianka*[3], et les *roubtsi*[4]. En sortant

[1] Potage aux choux.
[2] Espèce de liqueur.
[3] Ragoût de choux.
[4] Tripes.

de table, tous deux se rendaient à quelque village des environs ou aux champs.

Kostiakov connaissait à peu près tout le monde : il parlait aux moujiks de leur bien-être, il plaisantait avec les babas : c'était vraiment le bavard que Zaiezjalov avait annoncé à Petr Ivanovitch, Alexandre le laissait babiller à sa guise, silencieux lui-même la plupart du temps.

Il sentait déjà que ses souvenirs du monde délaissé perdaient de leur acuité. Son âme, comme un verger abandonné, était muette et sauvage. Il marchait à grands pas vers l'anéantissement moral. Quelques mois encore, et adieu... Mais voici ce qui arriva.

Un jour, Alexandre et Kostiakov pêchaient à la ligne. Le vieux, en bonnet de cuir et en veston, fumait, immobile, sa courte pipe, les yeux comme figés sur la batterie des lignes qu'il venait de tendre, les unes dormantes, les autres à flotteurs et à grelots ; il surveillait aussi la ligne d'Alexandre, car celui-ci, debout contre un arbre, regardait d'un autre côté.

— Attention, Alexandre Fedoritch, le poisson mord, dit à voix basse Kostiakov.

Alouiev laissa tomber sur la rivière un coup d'œil distrait.

— Non, répondit-il. Vous aurez mal vu. Une vague sans doute.

— Regardez, regardez ! insista Kostiakov. Il

mord, vrai comme j'aime Dieu ! Il mord... Ha !
Ha ! tirez à vous, tenez bon !

Effectivement le flotteur plongeait, entraînant
le scion et la ficelle. D'un mouvement brusque
Alexandre saisit le scion, puis la ficelle.

— Doucement ! pas ainsi ! que faites-vous ? cria
Kostiakov en prenant à son tour la ficelle. Dieu !
quel poids ! Pas si vite ! Amenez-le, amenez... à
droite, puis à gauche... ici, sur la rive. Reculez-
vous encore un peu... parfait !... maintenant, tirez
à vous... doucement... ainsi... ainsi...

Un brochet énorme apparut. Il se tordait, faisant chatoyer sa cuirasse d'argent, battant l'eau
de sa queue, éclaboussant les deux pêcheurs.

Kostiakov pâlit d'émotion.

— Quel brochet ! dit-il presque avec effroi.

En se baissant pour le saisir, il s'embarrassa dans
les lignes et tomba, sans perdre de vue le brochet
qui frétillait à fleur d'eau.

— Tirons-le sur le rivage ; là... bon !... Frétille,
frétille, tu es à nous. Comme il se tortille ! un
vrai diable. Dieu ! quel poisson ! quel poisson ! Ah !

— Ah ! répéta derrière eux quelqu'un.

Adouiev tourna la tête. A deux pas de lui, un
vieillard avait au bras une jeune personne, gracieuse et svelte, la tête nue, une ombrelle à la
main. Légèrement inclinée en avant, elle avait
l'air de s'intéresser au manège de Kostiakov, sans
faire attention à Alexandre.

Celui-ci, désagréablement surpris par cette apparition inopinée, lâcha la ligne. Le brochet replongea dans l'eau, que sa queue éparpilla une dernière fois, entraîna la ligne et disparut en un clin d'œil.

— Alexandre Fedoritch ! qu'avez-vous fait ? criait Kostiakov furieux.

Il repêcha la ligne, qu'il secoua vivement et retira de l'eau. Ni brochet, ni hameçon.

Blême de rage, il se retourna du côté d'Alexandre, lui désigna le bout de la ligne, fixa sur lui, sans parler, ses yeux courroucés, et cracha par terre.

— Dieu me damne, si l'on me reprend encore à pêcher avec vous, grogna-t-il enfin, en s'en allant vers ses lignes.

La jeune fille, remarquant les regards d'Alexandre, devint rouge et se recula. Le vieillard, son père évidemment, salua Adouiev qui lui rendit son salut d'un air sombre, posa sa ligne, fit dix pas et fut s'asseoir au pied d'un arbre, sur un banc.

— Impossible même ici, de trouver le repos, songeait-il. D'où sort cet Œdipe avec son Antigone ? Encore une femme. Je ne leur échapperai donc jamais ! Dieu ! quelle foule partout !

— Pêcheur ! vous ! grommelait Kostiakov, en lançant sur Alexandre, de temps à autre, un regard chargé de colère. Vous ! prendre du poisson ! Allez donc vous asseoir sur un tapis, à attraper des souris. Du poisson ! Il ose pêcher à la ligne !

Avoir le poisson aux mains et le laisser se sauver ! Encore un peu, vous l'aviez à la bouche ; par malheur il n'était point cuit. Je m'étonne que vous ne le laissiez pas partir quand vous l'avez dans votre assiette.

La jeune fille avait eu le temps de reconnaître à quel point Alexandre différait de Kostiakov. Ils n'avaient rien de commun, ni la mise, ni la tournure, ni les façons, ni l'âge. Elle crut démêler sur le visage d'Alexandre des traces de méditation et même de chagrin.

— « Pourquoi m'a-t-il évitée ? C'est surprenant. Je ne suis pourtant pas, il me semble, d'un extérieur à mettre les gens en fuite. »

Elle se redressa avec orgueil, fronça, puis releva les sourcils, et décocha au jeune homme un coup d'œil peu bienveillant. Elle se sentait déjà indisposée contre lui.

Ayant pris le bras de son père elle passa altière devant Adouiev, à qui le vieillard adressa un nouveau salut. Quant à elle, elle ne daigna pas tourner la tête.

— Qu'il voie bien qu'on ne songe pas du tout à lui ! se disait-elle, tout en le regardant du coin de l'œil pour savoir s'il avait les yeux sur elle.

Alexandre était immobile et hautain.

— Il ne m'a pas même regardée ! se dit-elle. Quelle insolence !

Le lendemain Kostiakov, sans plus songer à son

serment, entraîna de nouveau Alexandre à la pêche.

Les deux premiers jours, rien ne vint déranger leur solitude. Alexandre avait commencé par promener autour de lui un regard d'inquiétude : personne. Il se rassura. Le second jour, il pêcha une perche de belle taille, ce qui lui rendit presque l'estime de Kostiakov.

— Mais ce n'est pas le brochet, dit l'autre avec un soupir. Tenir en mains son bonheur, et n'avoir point su en profiter ! C'est une aubaine qui ne se recommence pas. Et moi, rien, toujours rien, six lignes et rien.

— Faites donc tinter les grelots ! lui souffla un moujik qui, passant par là, s'était arrêté curieux. Le poisson viendra peut-être à l'Angelus.

Kostiakov le regarda avec colère.

— Tais-toi, malotru, moujik, dit-il.

Le moujik s'en alla.

— Grosse bête ! moujik ! Va-t-en plaisanter avec ton frère, animal, je te dis moujik !

S'attaquer à un pêcheur qui vient de manquer son coup, quelle témérité !

Le troisième jour, ils venaient de tendre leurs lignes et contemplaient l'eau sans rien dire, lorsqu'un frôlement se fit entendre derrière eux. Alexandre se retourna, et tressauta comme piqué d'un moustique. Le vieillard et la jeune fille étaient là.

Adouiev leur lança un coup d'œil oblique et répondit à peine au salut du vieillard. Mais cette visite, semblait-il, ne le surprenait pas trop ; d'ordinaire il s'en allait pêcher en toilette négligée : cette fois, un paletot neuf, une cravate bleue, ses cheveux soigneusement peignés, lui donnaient l'air d'un vrai pêcheur d'églogue. Après avoir salué tout juste, il fut s'asseoir sous l'arbre.

— Voilà qui passe toute mesure, se disait-elle avec dépit.

— Excusez-nous ! fit Œdipe à Adouiev. Nous vous dérangeons sans doute.

— Non... je me sens las.

Le poisson mord-il demanda à Kostiakov ? l'insinuant vieillard.

— Comment pourrait-il mordre, lorsqu'on ne fait que parler ? Un maraud qui passait tout à l'heure s'est permis de bavarder : et, depuis, pas l'ombre d'un poisson. Et vous, monsieur, vous semblez demeurer près d'ici.

— Oui ; dans cette villa à balcon.

— Et vous la payez cher ?

— Cinq cents roubles pour l'été.

— Hé ! Hé ! elle est belle, la villa. Elle a dû coûter pour le moins trente mille roubles à son propriétaire.

— A peu près.

— Oui... C'est votre fille ?

— Ma fille.

— Très bien ; une bonne barichnia. Faites-vous des promenades ?

— Oui. A la campagne, il faut bien se promener.

— En effet : comment ne pas se promener. Un si beau temps ?...

— Et la pêche ? cela ne va donc pas, aujourd'hui ?

— Rien à mes lignes. Mais la sienne, voyez ! Il a une chance, lui ! C'est fâcheux qu'il ne s'y intéresse pas. S'il voulait s'en donner la peine, nous ne retournerions jamais bredouille. Un brochet pareil !

Il soupira et se tut.

Les visites du vieillard et de sa fille se multipliaient, et Adouiev les trouvait dignes d'attention. Il échangeait parfois quelques mots, avec le père : avec la fille toujours rien. Cette indifférence la dépita, puis l'offensa, puis lui fit de la peine. S'il eût voulu l'entretenir, la courtiser, elle l'eût sans doute dédaigné : mais c'était le contraire. Le cœur humain est fait de contradictions : c'est par elles qu'il révèle son existence.

Antigone dut renoncer à ses projets de vengeance.

Un jour, Alexandre, assis sur le banc après avoir, selon son habitude, posé sa ligne sur un buisson, examinait le père et la fille, qu'il voyait de profil. Rien de particulier chez le père : blouse blanche, pantalon de nankin, chapeau bas à larges bords. Mais la fille ! Avec quelle grâce elle s'appuyait au bras du vieillard. Ses blondes tresses ondulant sur les joues volaient parfois au souffle léger de la brise, découvrant à Alexandre la pureté des lignes du visage et la blancheur du cou. La même brise complice moulait la mantille de soie sur les contours graciles du buste, et laissait voir un pied mignon. Pensive, elle regardait l'eau.

Longuement Alexandre la contempla : mais il sentit un frisson fièvreux. Il se détourna de la tentation, et se mit à abattre avec sa ligne des têtes de fleurs. « Ah ! je sais ce que c'est, pensa-t-il. Si je me laissais aller, cela irait tout seul. L'amour est là, mais c'est bête, l'oncle a raison. »

— Me permettez-vous de pêcher ? demanda d'une voix timide, la jeune fille à Kostiakov.

— Comme il vous plaira, mademoiselle ! répondit le pêcheur en lui offrant la ligne d'Alexandre.

— Voilà donc un compagnon pour vous, dit le père à Kostiakov, en les laissant pour continuer sa promenade au bord de l'eau... Et toi, Lisa, reprit-il en se tournant vers sa fille, sois attentive, et tâche de prendre du poisson pour le souper.

Il y eut un silence de quelques minutes.

— Pour quoi donc votre ami est-il si sombre ? demanda à voix basse Lisa à Kostiakov.

— C'est que l'avancement lui passe sous le nez pour la troisième fois, mademoiselle.

— Comment ? reprit-elle, fronçant les sourcils et hochant la tête. « Non ce n'est pas cela, » pensait-elle.

— Vous doutez, mademoiselle. Dieu me damne !... Souvenez-vous du brochet ; c'est pour cela qu'il l'a lâché.

« Ce n'est pas cela, ce n'est pas cela ! songeait-elle, affermie dans son opinion ; « je sais bien pourquoi il a laissé partir le brochet. »

Et tout à coup :

— Ha ! Ha ! voyez ! s'écria-t-elle. Ça mord ! ça mord.

Elle tira la ligne : rien.

Kastiakov examina la ligne.

— Il s'est décroché, déclara-t-il ; le ver, gobé. Quelque grosse perche, sans doute. Vous ne savez pas pêcher, mademoiselle. Vous ne lui avez pas laissé le temps de s'enferrer.

— Il faut donc savoir ?

— Comme en tout ! dit Alexandre, distraitement.

Elle tressaillit, et se retourna vivement, en lâchant, à son tour, la ligne, qui glissa dans l'eau.

Alexandre avait les yeux ailleurs.

— Et comment arriver à savoir ? continua-t-elle avec un léger tremblement dans la voix.

— En s'exerçant souvent.

— Ah ! Ah ! pensait-elle, toute joyeuse ; cela signifie : en venant ici plus souvent. J'entends.

Bien... je viendrai ici plus souvent; mais je vous punirai, monsieur l'effarouché, de toutes vos impertinences. »

C'est ainsi qu'elle interpréta les paroles d'Alexandre. Lui ne souffla plus mot de la journée; mais il songeait : « Elle verra là-dedans Dieu sait quel sens; elle coquettera, fera des grâces... c'est bête. »

A partir de ce moment le vieillard et la fille revinrent tous les jours. Parfois Lisa arrivait seule avec sa bonne. Elle apportait sa broderie, ses livres; et, assise sous l'arbre, elle semblait se soucier fort peu de la présence du jeune homme. Elle pensait piquer ainsi son amour-propre, et, disait-elle, le tourmenter. Avec la bonne, à voix très haute, comme si Adouiev n'eût pas été là, elle s'entretenait de sa maison, de son intérieur. Lui ne la regardait pas, ou, si leurs yeux se rencontraient, la saluait froidement, mais sans dire un mot.

Devant son échec, elle changea ses batteries, cherchant à engager une conversation, prenant la ligne d'Alexandre. Celui-ci sembla s'humaniser un peu. Mais il s'observait toujours, et ne se départait point de sa prudence. Était-ce par calcul, ou plutôt par l'effet de ses anciennes blessures que rien ne pouvait, disait-il, cicatriser? Il lui marquait dans ses façons comme dans ses conversations, une froideur visible.

Le vieillard fit un jour apporter le samovar au bord de l'eau. Lisa versa le thé. Mais Alexandre refusa avec obstination, prétextant qu'il ne prenait pas de thé le soir.

— « Tous ces thés... ne vont pas sans amener des rapports suivis... Je n'en veux pas, » pensait-il.

— Comment! dit Kostiakov; vous en avez pris hier quatre tasses.

— Je ne bois pas en plein air.

— Tant pis pour vous ! déclara Kostiakov. Du thé comme cela ! Du thé fleuri ! Du thé qui vaut sûrement quinze roubles au moins ! Voulez-vous, mademoiselle, m'en donner encore une tasse !... C'est un petit verre de rhum qui n'irait pas mal là-dedans !

On envoya chercher du rhum.

Le vieillard invita Alexandre à venir chez lui. L'autre refusa net. Lisa fit une grimace; elle voulut l'interroger sur les motifs de sa réserve excessive. Mais elle eut beau user de ruse pour ramener l'entretien sur ce sujet, Alexandre déploya encore plus d'astuce à se dérober.

Ce mystère attisait chez Lisa la curiosité et peut-être aussi un autre sentiment. Une ombre d'inquiétude passait sur son visage jusqu'alors serein comme un ciel d'été. Souvent elle regardait Alexandre avec une expression de mélancolie, puis elle songeait en soupirant : « Vous êtes malheureux, peut-être trompé ! Ah ! que je saurais vous rendre heureux, vous servir, vous aimer, vous protéger contre l'adversité ! »

C'est ainsi que pensent la plupart des femmes, ainsi qu'elles séduisent quiconque ouvre l'oreille à leurs chants de sirènes. Adouiev ne voulait rien voir, s'entretenait avec elle comme avec un ami, comme avec son oncle. Nul indice de cette tendresse qui se glisse dans les rapports d'homme à femme, et les distingue de l'amitié. On dit pourtant que l'amitié est impossible entre un homme et une femme, que ce qu'on appelle amitié n'est qu'un commencement ou un reste d'amour ou l'amour lui-même : mais les relations qui unissaient Alexandre à Lisa eussent donné à penser qu'une telle amitié pût exister.

Une seule fois il laissa voir, au moins en partie, sa pensée à la jeune fille.

Il avait pris sur le banc et ouvert le livre apporté par elle : une traduction française de *Child-Harold*. Il hocha la tête, soupira et referma le volume.

— Vous n'aimez pas Byron ? Byron, un si grand poète... il ne vous plaît pas ?

— Je n'ai pas ouvert la bouche et déjà vous m'attaquez.

— Pourquoi hocher la tête ?

— Pour rien. Je regrette que vous lisiez ce livre.

— Vous le regrettez... pour le livre, ou pour moi ?

Il ne répondit pas.

— Pourquoi donc, je vous prie, ne pourrais-je pas lire Byron ? reprit-elle.

— Pour deux raisons, répondit-il au bout d'un moment.

Il posa sa main sur la main de Lisa, pour la convaincre mieux, ou peut-être parce que cette main était blanche et douce. Il parla d'abord d'une voix basse, mesurée, puis, laissant son regard errer sur la chevelure de Lisa, sur son buste, sur sa taille, il éleva bientôt et élargit le ton.

— La première, c'est que vous lisez Byron en français, perdant ainsi la beauté et la puissance de sa forme. Regardez, quel style froid, sec, décharné. Ce n'est plus que la poussière du grand poète. La seconde, c'est qu'il pourrait toucher dans votre âme une de ces cordes qui, d'un siècle, n'auraient point vibré.

Ici, il pressa fortement la main de Lisa, comme pour donner plus de poids à ses paroles.

— A quoi bon, pour vous, lire Byron ? Votre existence est sans doute destinée à s'écouler doucement, sans éclat, comme ce ruisseau. Voyez. Il est petit et peu profond ; il ne reflétera jamais tout le ciel, ni même un nuage entier ; gaiment il court, sans ravin qui l'encaisse, sans

roche qui l'arrête ; à peine une brise parfois vient
rider sa face ; il ne réfléchit guère que les
arbustes qui le bordent, un étroit pan de ciel, un
lambeau de nuée. Telle sans doute coulerait votre
existence ; tandis que vous aspirez aux orages,
aux émotions inutiles. Vous voulez voir la vie et
les gens à travers un verre noirci. Laissez donc !
Ne lisez point ; regardez le monde en souriant, ne
scrutez point les lointains horizons. Vivez au jour
le jour. N'approfondissez pas le côté triste des
choses. Sinon...

— Sinon ?...

— Rien, dit Alexandre comme revenant à lui.

— Oui, dites-le moi... Je devine que vous
avez éprouvé...

— Où est ma ligne ? Excusez-moi !... mais il
est temps que je parte.

Il semblait inquiet de s'être épanché avec tant
d'imprudence.

— Non, encore un mot, dit Lisa. J'imagine que
le poète doit éveiller la sympathie du lecteur.
Byron est un grand poète : pourquoi n'aurait-il
pas ma sympathie ? Suis-je trop sotte, trop bornée
pour le comprendre ?

Elle avait l'air offensée.

— Nullement. Sympathisez avec ce qui touche
plutôt votre cœur de femme. Rien de plus. Sinon
craignez de terribles secousses.

Il fit un signe de tête désespéré, comme pour

laisser voir qu'il était lui-même une victime de
ces secousses.

— L'un, poursuivit-il, en vous offrant une
fleur, vous délectera de son parfum et de sa
beauté; mais l'autre vous en montrera seulement
le venin : et alors, adieu le parfum et la beauté.
Il vous fera regretter que le poison soit là, sans
songer qu'il est le parfum de la fleur. Distinguez
entre ces deux hommes : ils n'ont pas droit à la
même sympathie. Ne cherchez point le venin.
N'analysez point l'essence des choses. Ne tentez
pas une expérience inutile : le bonheur n'est pas
au bout.

Il s'était arrêté, qu'elle l'écoutait encore, songeuse et confiante.

— Parlez ! parlez ! dit-elle avec une docilité
d'enfant. Je suis disposée à vous écouter des
jours entiers, à vous obéir en tout.

— A moi ? répondit Alexandre très froidement.
Pardon ! Ai-je le droit de vous diriger ? Excusez-
moi. Lisez donc à votre aise... *Child-Harold*, un
livre merveilleux... Byron, un grand poète...

— Je vous en prie, ne raillez pas ainsi. Dites,
que faut-il lire ?

Ainsi mis en demeure, Alexandre, avec la gravité d'un pédagogue, énuméra des livres d'histoire et de voyages. Elle lui coupa la parole : ses
années de pension, dit-elle, l'avaient à jamais
rassasiée de cette littérature. Il cita alors Walter

Scott, Cooper, des Français, des Anglais, deux
ou trois Russes, s'étudiant à mettre adroitement
en lumière son intruction et son goût. Par la
suite, ils n'eurent plus d'entretien de ce genre.

Alexandre voulait la fuir.

— Que m'importent les femmes? disait-il. Je
ne puis plus aimer. J'ai passé le temps.

— C'est bon ! C'est bon ! répliquait Kostiakov.
Mariez-vous donc et vous verrez. Jadis je ne songeais qu'à pourchasser les jeunes filles et les babas;
mais quand il s'est agi d'épouser... un coin qui
vous entre dans la tête ! On eût dit que quelqu'un
me poussait à me marier !

Et Alexandre ne fuyait plus la jeune fille. Les
anciennes rêveries lui revenaient. Son cœur battait plus fort. Sa pensée évoquait souvent la taille,
le pied, la chevelure de Lisa.

De nouveau la vie lui souriait. Depuis trois
jours, c'était lui-même qui traînait Kostiakov à la
pêche.

— « Voilà que de nouveau, comme autrefois...
Mais je serai ferme. »

Et il courait à la rivière.

Tous les jours Lisa guettait, impatiente, l'arrivée de ses amis. Elle versait à Kostiakov une
tasse de thé fortement chargé de rhum, et, par
cette ruse ou cette politesse, assurait peut-être la
régularité des parties de pêche. Arrivaient-ils en
retard, Lisa allait avec son père au devant d'eux.

Le mauvais temps les retenait-il chez eux, c'étaient, le lendemain, de longues récriminations contre le temps et contre eux-mêmes.

Alexandre délibéra, et décida qu'il devait cesser pour un temps ses visites. Dans quel but, il ne le savait pas lui-même. D'une semaine entière il ne retourna pas à la pêche, ni Kostiakov non plus. Ils partirent enfin.

Ils étaient à une verste de l'endroit où ils pêchaient d'habitude, lorsqu'ils rencontrèrent Lisa et sa bonne. En les voyant, la jeune fille fit un ah! et, confuse, rougit. Alexandre lui adressa un salut des plus froids; quant à Kostiakov, il se mit à bavarder:

— Nous voilà. Vous ne nous attendiez plus, hé! hé! hé! je vois, et point de samovar. Nous ne nous sommes plus vus depuis un long, long temps, mademoiselle. Et le poisson! Moi, plus d'une fois, j'ai voulu venir; mais Alexandre! impossible de l'entraîner. Il ne quitte plus son fauteuil — je veux dire son divan.

Elle adressa, du regard, un reproche à Alexandre.

— Qu'est-ce que cela veut dire?

— Quoi?

— N'avoir point paru de toute la semaine! Pourquoi?

— Pour rien. Je n'avais pas envie de venir.

— Pas envie! répéta-t-elle avec étonnement.

— Non. Et après?

— « Se peut-il vraiment qu'il n'eût pas envie de venir? » semblait-elle se demander à part soi... Je voulais envoyer papa en ville, chez vous, reprit-elle ; mais je ne savais pas où vous demeuriez.

— En ville, chez moi! Pourquoi?

— Belle question, répondit-elle avec dépit. Pourquoi? Pour savoir s'il ne vous était rien arrivé, si vous n'étiez pas malade.

— Qu'est-ce que cela vous fait?

— Ce que cela me fait? Oh! mon Dieu!

— Comment, mon Dieu?

— Comment? vous oubliez que j'ai vos livres... dit-elle, troublée... Passer toute une semaine sans venir!

— Il est donc indispensable que je vienne tous les jours!

— Absolument.

— Pourquoi?

— Pourquoi! pourquoi!

Elle le regardait tristement, et répétait:

— Pourquoi! Pourquoi!

Il fixa ses yeux sur elle. Quoi! des pleurs, de la confusion, de la joie, des reproches! Il la trouva pâlie, un peu maigrie, les yeux rougis.

— « Déjà! pensa-t-il. Je ne m'y attendais pas si tôt. » Et il se mit à rire.

— Vous demandez pourquoi? Ecoutez-moi, poursuivit-elle.

Ses yeux avaient une expression résolue. Elle allait évidemment dire quelque chose de grave. Mais elle vit venir son père.

— A demain! lança-t-elle. J'ai à vous parler. Aujourd'hui, j'ai le cœur trop plein ; je ne le puis. Mais venez demain. N'est-ce pas que vous ne nous oublierez pas ?

Et sans attendre une réponse elle se sauva.

Son père, ayant porté ses regards sur Lisa, puis sur Alexandre, hocha la tête. Adouiev, les yeux sur la jeune fille, semblait regretter d'avoir, par son imprudence, provoqué un tel aveu. Le sang lui afflua, non au cœur, mais à la tête.

— Elle m'aime! songeait-il en retournant chez lui. Quel ennui, mon Dieu! quel malheur! Impossible désormais de revenir ici. Un endroit où ça mord si bien ! C'est désolant !

Il paraissait néanmoins enchanté : il riait, plaisantait, bavardait avec Kostiakov.

Sa mémoire complaisante lui montrait Lisa, la grâce onduleuse de sa taille, la noblesse de ses épaules, la petitesse de son pied. Un étrange frisson lui remuait le corps ; mais son âme restait froide. Il se mit à s'analyser minutieusement.

— Les sens, oui, c'est là ce qui me trouble. Les épaules nues, et le buste, et le petit pied !... Mais quoi! tromper une enfant crédule et naïve... Soit, tromper! Mais après?... après, le même dégoût, et en plus, peut-être, des remords de cons-

cience ; et tout cela pourquoi ? Non, je ne veux
pas céder ; je me sens trop d'énergie, trop de
loyauté pour m'avilir à ce point. Je ne la subor-
nerai pas.

Lisa l'attendit tout le jour, d'abord avec des
tressaillements d'allégresse, puis avec un serre-
ment de cœur. Triste, ballotée, elle ne désirait
même plus l'arrivée d'Alexandre. L'heure accoutumée sonna. Alexandre ne vint point. Son impatience fit place à une apathie maladive. Le soleil
se coucha : plus d'espoir. Elle fondit en larmes.

Le lendemain, elle sembla revivre. Toute la
matinée, elle fut joyeuse ; le soir, la peur et l'espérance l'agitèrent tour à tour. Ils ne parurent
point.

Personne encore le troisième et quatrième jour.

Mais l'espérance la ramenait sans cesse au
bord de l'eau. Une barque émergeait-elle au loin,
apercevait-elle sur le rivage, deux silhouettes hu-
maines, elle tressautait de joie, nerveusement ;
puis, en reconnaissant son erreur, elle penchait
tristement la tête sur sa poitrine, et d'arrières
pensées l'accablaient. Une minute encore, un
chimérique espoir la clouait là, dans l'attente ; et
de nouveau son cœur se déchirait. Alexandre,
comme à dessein, n'arrivait toujours pas.

Mais un soir que, malade et désolée, elle se
tenait assise sous l'arbre accoutumé, il lui sembla
entendre un frôlement. Elle tourna la tête et

tressaillit d'une frayeur joyeuse. Alexandre était devant elle les bras croisés.

Heureuse et pleurante, sans voix, elle lui tendit les bras. Il la prit par la main, touché, et la regardant.

— Vous avez maigri, murmura-t-il. Vous êtes souffrante.

Elle eut un sursaut.

— Quelle longue absence !

— Vous m'attendiez donc !

— Moi ! dit-elle, fièvreusement. Oh ! si vous saviez !... Et elle pressait la main d'Alexandre.

— Je suis venu vous dire adieu, dit le jeune homme à tout hasard, en étudiant sa physionomie.

Elle jeta sur lui des regards effarés et incrédules.

— Ce n'est pas vrai.

— C'est vrai.

— Ecoutez, dit-elle en promenant ses yeux autour d'elle. Ne me quittez pas ! pour Dieu, ne me quittez pas. J'ai un secret à vous révéler. Ici, mon père nous verrait de sa fenêtre. Gagnons le verger ; là se trouve un kiosque donnant sur la campagne. Je vous conduirai.

Ils partirent. Alexandre ne cessait de couver du regard les épaules et la taille svelte de Lisa. Il se sentait ému d'un frisson étrange.

— « Quel mal y a-t-il à la suivre, pensait-il. Je vais tout simplement visiter ce kiosque. Le père

lui-même ne m'a-t-il pas invité plus d'une fois?
Ne pourrais-je pas y aller tout seul, à la vue de
tout le monde! Je ne cède pas à la tentation, non,
aussi vrai que j'aime Dieu! Je ne suis venu que
pour annoncer mon départ,.... bien que je ne
parte pas du tout, d'ailleurs! Non, démon, quoique tu fasses, je ne succomberai pas!

Ici, un diablotin, pareil à celui qui dans Krilov,
surgit du poêle d'un ermite, lui murmura : « Pourquoi cette déclaration? Elle était bien inutile. Si,
pendant deux ou trois semaines, tu t'étais abstenu
de venir, on t'eût bien vite oublié. »

Mais Alexandre trouvait plus glorieux d'affronter la tentation et de la vaincre. Il prit Lisa par
la taille, lui avouant qu'il n'allait nullement partir,
qu'il n'avait imaginé cette feinte que pour l'éprouver, et déroba un baiser à la jeune fille : ce fut le
premier trophée de son triomphe sur lui-même.
Pour couronner la victoire, il promit de revenir
au kiosque le lendemain à la même heure.

De retour dans sa chambre, il entreprit son
examen de conscience ; et l'analyse de sa conduite
le fit passer tour à tour du froid aigu au rouge
ardent. Il se méfia de lui-même et résolut de rester chez lui le lendemain.

On était au mois d'août. La nuit tombait déjà.
Alexandre s'était engagé à revenir à neuf heures :
à huit heures il était là. seul, et sans attirail de
pêche, tantôt se glissant, craintif, effaré, comme

un voleur, tantôt courant sans souci du danger. Mais on l'avait devancé; quelqu'un, aussi furtif, aussi muet que lui, s'était dirigé rapidement vers le kiosque, avait pénétré dans l'intérieur et s'était assis dans le coin le plus obscur, sur le divan.

Alexandre ouvrit la porte sans bruit, gagna sur la pointe des pieds le divan et, le cœur battant d'un doux émoi, saisit la main... du père de Lisa. Il sursauta, fit un bond en arrière pour se sauver: mais le vieillard, l'empoignant par le pan de son habit, le rejeta sur le divan à côté de lui.

— Vous ici, mon garçon? Qu'y venez-vous faire?

— Je... le poisson, bégaya Alexandre claquant des dents.

Le vieillard n'avait rien d'effrayant; mais Alexandre, tel un malfaiteur surpris en flagrant délit, tremblait comme dans un accès de fièvre.

— Le poisson... répéta le vieillard, ironique, le poisson... Savez-vous bien ce que cela signifie: pêcher le poisson en eau trouble? Voilà longtemps que je vous guettais: je sais qui vous êtes, à présent. Lisa, elle, je la connais depuis le berceau; elle est simple et bonne; mais vous, vous êtes un dangereux coquin.

Alexandre voulut se lever. Mais l'entêté vieillard ne lâchait point prise.

— Inutile de vous fâcher, mon garçon. Vous

prenez le masque d'un désabusé, vous cherchez à suborner le cœur de Lisa, vous la fanatisez déloyalement, puis, sûr du succès, vous voulez... Est-ce honnête ? et comment vous qualifier ?

— Je vous jure sur l'honneur, s'écria Alexandre avec un accès de profonde sincérité, que je ne voyais point les conséquences... Je ne voulais pas...

Le vieillard demeurait silencieux.

— C'est possible, dit-il enfin. Peut-être avez-vous en effet tenté de perdre ma pauvre enfant, non point par amour, mais par désœuvrement, sans savoir vous-même ce qu'il en résulterait. Tant mieux si tu réussis ; si tu échoues, tant pis ! Les gaillards de cette espèce ne sont pas rares à Pétersbourg. Savez-vous comment on les traite, ces polissons ?

Alexandre, les yeux rivés au sol, ne trouvait pas un mot de justification.

— Je vous jugeais mieux d'abord ; j'ai été trompé, trompé absolument. Comme il faisait l'innocent ! Dieu merci, j'ai vu clair à temps dans son jeu. Écoutez, le temps est précieux : la sotte n'aurait qu'à venir. Hier, je vous ai épiés : je ne veux pas qu'elle nous voie ensemble. Allez-vous-en, et ne revenez jamais plus. Elle croira que vous l'avez trompée ; ce sera une leçon pour elle. Mais n'osez plus reparaître ici ; allez-vous-en pêcher ailleurs ; autrement... Heureusement pour vous que Lisa

peut encore soutenir mes regards ; je l'ai obser-
vée toute la journée... sinon, vous ne vous en tire-
riez pas à si bon compte. Adieu.

Alexandre allait répondre ; mais le vieillard
ouvrant la porte, le poussa dehors.

Dans quel état d'esprit sortit Alexandre ? Que
le lecteur en juge d'après lui-même, s'il ne trouve
pas trop déshonorant de se mettre un moment à sa
place. Les yeux de mon héros s'humectaient de
larmes de confusion, de rage, et de désespoir.

— Vivre ! s'écriait-il. Pourquoi continuer à
vivre de cette vie écœurante, intolérable ! Ah ! si
l'énergie m'a fait défaut pour résister à la tentation,
j'aurai du moins assez de courage pour me délivrer de cette honteuse existence !

Il vola à la rivière. Elle était toute noire. Des
ombres mystérieuses tremblaient sur ses vagues.
Elle était peu profonde le long du bord.

— Ici, on ne peut même pas mourir ! soupira-
t-il.

Il gagna le pont, à cent pas plus loin, s'accouda
sur le parapet et longuement regarda l'eau. Mentalement, il dit adieu, à la vie, à sa mère, bénit
sa tante, pardonna même à Nadinka. Il s'attendrit ;
les larmes ruisselaient sur ses joues. Il se cacha
la tête dans ses deux mains... Qu'eût-il fait ensuite ?
On ne saurait le dire. Soudain, il sentit le pont
trembler sous ses pieds ; il leva les yeux, et il se
vit, oh ! Dieu ! il se vit sur le bord d'un abîme,

d'un affreux tombeau béant ! Les deux moitiés du pont se disjoignaient, livrant passage aux barques. Encore une seconde, et c'était fait de lui. Réunissant toutes ses forces, d'un saut désespéré, il bondit de l'autre côté. Il s'arrêta, souffla, mit la main sur son cœur.

— Qu'y a-t-il donc? lui demanda le garde du pont. Monsieur a eu peur?

— Ah ! comment ne pas avoir peur? J'ai manqué tomber dans l'eau.

— Dieu vous garde ! Un malheur est vite arrivé, dit en bâillant le garde. L'autre année, un petit barine y tomba.

Alexandre revint chez lui en se serrant toujours le cœur. Parfois, il jetait un coup d'œil sur la rivière, sur le pont ; un frisson le prenait, il détournait vivement la tête et doublait le pas.

De ce jour, Lisa, dans ses plus coquets atours, fuyant son père et sa bonne, venait s'asseoir jusqu'à la nuit sous l'arbre. Elle ne se lassait point d'attendre : mais ses amis ne venaient plus.

L'automne arriva. Les feuilles mortes jonchèrent la rive ; la verdure pâlit, la rivière prit une teinte plombée ; sous le ciel immuablement gris, un vent glacé chassait la pluie. La surface et les bords des rivières étaient maintenant déserts ; plus de refrains, plus de cris, plus de rires ; pas une barque, pas un bateau ; les insectes ne bourdonnaient plus, les oiseaux ne gazouillaient plus. On n'entendait, coupant tristement le grand silence, que les ululements des orfraies. Le poisson lui-même ne mordait plus à l'hameçon.

Et Lisa attendait toujours sous l'arbre. Elle voulait absolument revoir Alexandre, lui dévoiler son secret. Elle avait les traits tirés, les yeux caves; un fichu lui couvrait la tête. Son père la surprit un jour.

— Viens-t-en; tu n'es que trop restée là, fit-il, grelottant et fronçant les sourcils. Vois tes mains: elles sont toutes bleuies. Tu vas prendre froid, Lisa; viens-t-en.

— Où?

— A la maison. Nous retournons aujourd'hui à la ville.

— Pourquoi? dit-elle avec surprise.

— Comment, pourquoi! N'est-ce pas l'automne! Nous seuls nous sommes attardés jusqu'ici à la campagne.

— Mon Dieu! On serait si bien ici, même l'hiver. Demeurons.

— Quel caprice! Assez, assez, partons.

— Tardons encore, supplia-t-elle. Le beau temps reviendra.

Le père lui tapota la joue, et, désignant l'endroit où les deux amis pêchaient à la ligne:

— Ecoute, dit-il: ils ne reviendront plus.

— Ils ne reviendront plus! murmura-t-elle d'une voix brisée.

Prenant le bras de son père, Lisa, muette et la tête baissée, regagna la villa. De temps à autre, elle se retournait, jetait un coup d'œil en arrière.

Depuis longtemps, Adouiev et Kostiakov pêchaient sur la rive opposée, en face de leur ancien emplacement.

CHAPITRE · V

Alexandre en était venu insensiblement à oublier Lisa et la scène désagréable avec le père. Calme, et même gai, il riait souvent tout bas des plaisanteries de Kostiakov. Ils avaient un jour formé le projet d'aller se bâtir et habiter pour le reste de leur vie une hutte au bord de la rivière, à l'endroit le plus poissonneux. Puis Alexandre fut repris par ses mélancoliques réflexions. Mais il était écrit que le repos le fuirait.

Un matin d'automne, il reçut une lettre de sa tante; elle le priait instamment de venir la prendre chez elle pour un concert; un artiste d'une renommée européenne venait d'arriver. L'oncle, un peu souffrant, ne pouvait accompagner sa femme.

— Comment! un concert? se dit Alexandre avec effroi. Un concert! Me mêler encore à cette foule! Revoir cet étalage de faux diamants, d'hypocrisies, et de mensonges ! Non, non, on ne m'y reprendra plus !

— Et puis quoi ? cela vous coûtera encore cinq roubles, intervint Kostiakov.

— Le billet coûte quinze roubles, dit Alexandre ; mais volontiers j'en donnerais cinquante pour ne pas y aller.

— Quinze roubles ! se récria Kostiakov en frappant des mains. Les maudits ! Ils ne viennent que pour nous gruger. Tas de parasites ! Encore si c'était quelque chose qu'on pût emporter chez soi, sur sa table, ou quelque chose de bon à manger ! Mais non, des musiques, je ne sais quoi, et voilà tout, va-t-en content ! Quinze roubles ! Mais on aurait un petit cheval à ce prix.

— Parfois, pour une soirée amusante, on paye-rait encore plus cher, objecta Alexandre.

— Pour une soirée amusante ! Savez-vous quoi ? Allons aux bains. Nous y passerons gaiement le temps. Moi, au moindre chagrin, j'y cours et m'en trouve bien. C'est très amusant : on y arrive à six heures, on sort à minuit, on se réchauffe, on se gratte bien. On y fait même la connaissance d'un pope, d'un marchand, d'un officier ; on parle négoce ou fin du monde. Vous verrez ; une fois entré, on ne veut plus s'en aller. Le tout pour soixante kopeks par tête, alors que les gens de votre monde ne savent où passer leur soirée !

Mais Alexandre se rendit chez sa tante. Il

décrocha du porte-manteau, en soupirant, son habit de l'année précédente, et passa des gants blancs.

— Des gants de cinq roubles pour le moins. Au total, vingt roubles, supputa Kostiakov, qui avait voulu assister à la toilette.

Alexandre s'était tout-à-fait déshabitué de porter des vêtements élégants. Le matin, au bureau, il avait son uniforme de tous les jours. Le soir, il mettait une vieille redingote, un vieux paletot. Aussi se sentait-il gêné dans son habit. Ici, c'était trop étroit, là, quelque chose manquait; sa cravate de soie l'étouffait.

Sa tante l'accueillit avec une extrême bienveillance. Elle le remercia avec effusion d'avoir quitté sa solitude pour elle. Mais elle ne fit pas la moindre allusion au genre de vie ni aux occupations d'Alexandre.

Après avoir installé sa tante dans la grande salle du concert, Adouiev alla s'appuyer contre une colonne. Il s'ennuyait, bâillait, bâillait discrètement, quand soudain retentit une salve d'applaudissements, saluant l'entrée en scène de l'artiste. Alexandre ne le regarda même pas.

L'orchestre joua d'abord un prélude. Au bout de quelques minutes, il éteignit par degrés ses sonorités. A ses dernières notes s'accrochèrent d'autres sons à peine perceptibles, d'abord joyeux et vifs, et rappelant quelque jeu d'enfants bruyants

et gais, puis plus moelleux à la fois et plus virils,
ils semblèrent traduire l'insouciance juvénile, la
hardiesse, l'exubérance de la vie et des forces.

Puis les sons s'alentirent, s'adoucirent, comme
pour exprimer les tendres épanchements de
l'amour, les amicales causeries, et, s'atténuant de
plus en plus, se fondirent en un murmure passionné, pour mourir insensiblement. La foule
écoutait toujours.

Personne n'osait bouger. Enfin un : Ah! una-
nime éclata, et un frémissement passa sur la
salle. La foule recommença à s'agiter. Soudain
les sons se réveillèrent, et coulèrent *crescendo*
comme un torrent ; puis ils se brisèrent en mille
cascades, et roulèrent, se pressant, s'écrasant les
uns les autres. C'étaient les reproches grondants
de la jalousie, la rage bouillonnante de la passion : l'oreille n'avait pas le temps de suivre les
sons. Brusquement ils s'interrompirent, comme
si l'instrument eût manqué de force et de voix.
Sous l'archet s'exhalait tantôt un gémissement
sourd et entrecoupé, tantôt des plaintes suppliantes et pleurantes : et tout finissait en un soupir
maladif et prolongé. Tous les cœurs étaient dé-
chirés : les sons mourants semblaient chanter
l'amour trompé et l'angoisse sans espérance. Tous
les chagrins, toutes les souffrances de l'âme
humaine étaient là.

Alexandre tressaillit, leva la tête et regarda, les

yeux mouillés de larmes, par dessus les épaules
de son voisin. Le maigre artiste allemand, debout
et penché sur son violon, faisait face à la foule et
semblait la dominer. Il s'essuyait le front et les
mains d'un air indifférent.

La salle retentit d'applaudissements frénétiques
et de hurlements. Et tout-à-coup cet artiste se
courba, à son tour, devant la foule, et se mit à
saluer, à remercier avec humilité.

— Et lui aussi, la salue bassement ! songeait
Alexandre en jetant des regards d'effroi sur cette
hydre à mille têtes ; lui, si haut au-dessus d'elle !

L'artiste reprit son archet et tout redevint silencieux. La foule mobile se fondit de nouveau en
un seul corps immobile. Les sons ruisselèrent,
larges et solennels, éveillant dans les cœurs, avec
l'orgueil, d'impétueux désirs de gloire. L'orchestre
accompagnait d'un murmure sourd, pareil à la
rumeur lointaine d'une foule.

Alexandre pâlit, baissa la tète. C'était son passé
à lui que la musique, comme exprès, venait de
lui retracer ; toute sa vie s'évoquait, avec ses amers
désenchantements.

— Regarde donc la mine de celui-là, dit quelqu'un en montrant Alexandre. Peut-on se laisser
bouleverser ainsi par la musique. Moi j'ai entendu
Paganini lui-même : et je n'ai pas sourcillé.

Alexandre maudissait sa tante qui l'avait amené

là, et cet artiste qui l'avait troublé; il maudissait surtout sa destinée, qui lui refusait à tout jamais l'oubli et le repos.

— Pourquoi? Dans quel but? se disait-il. Que veut-elle de moi? Pourquoi me rappeler ma faiblesse, et ce vain passé que rien ne peut plus ressusciter ?

Comme, après avoir reconduit sa tante, Alexandre allait rentrer chez lui, Lisaveta Alexandrovna l'arrêta par la main.

— Vous ne voulez donc pas entrer un moment chez nous ? lui demanda-t-elle avec une expression de reproche.

— Non.

— Pourquoi ?

— Il est tard. Une autre fois.

— Et c'est à moi que vous refusez ?

— A vous plus qu'à tout autre.

— Pourquoi ?

— Ce serait trop long à dire. Adieu.

— Rien qu'une demi-heure, Alexandre, entendez-vous ? Si vous refusez, c'est que vous n'avez jamais eu d'amitié pour nous.

Elle insistait si cordialement, qu'Alexandre ne se sentit plus le courage de dire non. Il la suivit, baissant la tête.

Petr Ivanovitch était dans son cabinet.

— Est-il possible que je me sois, moi aussi,

attiré votre mépris ? dit Lisaveta Alexandrovna à
Alexandre, en le faisant asseoir au coin de la
cheminée.

— Ce n'est pas du mépris, répondit le jeune
homme.

— Et comment l'appeler ? Voyons, que veut
dire cela ? J'avais beau vous écrire, vous prier de
venir chez nous, vous ne paraissiez jamais. Vous
avez même cessé de répondre à mes lettres.

— Ce n'est pas du mépris.

— Qu'est-ce donc ?

— Rien, fit Alexandre, qui soupira.

— A revoir, ma tante, dit-il.

— Encore un instant. Dites-moi, que vous ai-je
fait ? Pourquoi êtes-vous devenu aussi indifférent
à tout ? Vous n'allez nulle part, vous fréquentez
des gens dont la société ne semble guère vous
convenir.

— Oui, ma tante. Cette vie tranquille m'agrée,
me suffit. Je suis ainsi fait, moi.

— Ainsi fait, vous ? Votre cœur se complaît
dans une telle vie, avec de telles gens ?

Alexandre fit de la tête signe que oui.

— Vous dissimulez, Alexandre. Vous souffrez,
bien sûr, et vous vous en taisez. Autrefois vous
saviez à qui confier vos peines. Et maintenant,
n'avez-vous plus personne qui vous console, ou
qui pleure avec vous ?

— Personne.

— Vous ne songez jamais à votre mère, à sa tendresse ? Vous ne songez jamais à quelqu'autre qui vous aime, sinon comme une mère, du moins comme une sœur, ou, mieux encore, comme un ami de cœur ?

— Adieu, ma tante.

— Adieu, Alexandre, je ne vous retiens plus.

Mais les yeux de Lisaveta Alexandrovna s'étaient remplis de larmes. Alexandre, qui avait déjà pris son chapeau, le remit sur le fauteuil, et arrêta sur sa tante un long regard.

— Non, vraiment, je ne puis m'arracher d'auprès de vous. La force me manque. Mais que faites-vous de moi ?

— Redevenez, ne fût-ce qu'un moment, l'Alexandre d'autrefois. Dites-moi tout. Confiez-moi tout ce que vous avez dans le cœur

— Oui, je veux tout vous dire. Vous me demandez pourquoi je me cloître, indifférent au monde ; pourquoi je vous fuis. Pourquoi ? C'est que la vie m'écœure. J'en ai reconnu la sottise et le néant et j'ai choisi une manière d'être où la vie me soit moins sensible. Je ne désire rien, je ne cherche rien, rien que le repos, le sommeil de l'âme. Je suis devenu froid à tout. Tout m'est égal. Le bonheur... chimère ; et le malheur, j'en sens moins les atteintes dans cette somnolence.

— C'est terrible, Alexandre. A votre âge, une telle indifférence pour tout ?

—Pourquoi vous en étonner, ma tante ? Considérez le monde et la vie, et dites-moi à quoi cela ressemble. Ce qui hier était grand, devient aujourd'hui misérable et ridicule. Nous repoussons aujourd'hui ce que nous désirions hier. A quoi bon lutter, aimer, se brouiller et se réconcilier, à quoi bon vivre enfin ? Ne vaut-il pas mieux laisser le cœur et l'âme s'assoupir ? C'est ce que je fais, je dors. Voilà pourquoi je ne vais nulle part, pourquoi je vous fuis. Quand mes rêves seront bien morts, mon esprit engourdi tout-à-fait, mon cœur pétrifié ; quand mes yeux ne pourront plus pleurer, ni mes lèvres sourire, alors, dans un an, deux ans, je vous reviendrai ; car alors tous vos efforts pour me réveiller resteront inutiles ; tandis que maintenant...

Il fit un geste de désespoir.

— Voyez, Alexandre, interrompit vivement Lisaveta Alexandrovna. Vous voilà tout changé. Vous pleurez ; vous êtes bien toujours le même. Au lieu de contraindre vos sentiments, donnez-leur libre essor.

— Pourquoi ? Je ne m'en trouverais que plus malheureux. Cette soirée m'a humilié à mes propres yeux. Je le vois, maintenant, c'est moi-même, c'est moi seul qui ai perdu ma vie. A rêver la gloire, Dieu sait pourquoi ! j'ai négligé ma tâche, j'ai gâté mon humble destinée. Il est trop tard maintenant. Je fuyais la foule, je la dédaignais, et

voilà que cet allemand, avec son âme forte et profonde, sa nature de poète, loin de fuir les hommes,
s'enorgueillit de leurs applaudissements. Il comprend qu'il est un chaînon à peine visible dans la
grande chaîne de l'humanité. Il sait ce que je sais ;
il connaît la douleur. L'avez-vous entendu ?
Comme il a dans les sons traduit toute la vie, les
joies et les amertumes, les bonheurs et les tortures de l'âme : il les comprend. En l'écoutant, je
me suis reconnu aussi faible qu'orgueilleux. Pourquoi m'avoir fait venir à ce concert ? Adieu ma
tante.

— En quoi suis-je coupable, Alexandre ? Moi...

— Voilà le malheur. Votre bonne grâce, votre
cordialité, vos tendres serrements de main me
troublent et m'attendrissent. Je voudrais pleurer,
et vivre, et m'agiter. A quoi bon ?

— Comment, à quoi bon ? Ne nous quittez point.
Je ne suis sans doute pas la seule personne capable de vous apprécier, de vous consoler. Vous
finirez par rencontrer...

— Croyez-vous que cela me consolera toujours ?
Vous, vous êtes, au sens le plus noble du mot,
une vraie femme, faite pour le bonheur d'un
homme. Mais ce bonheur, peut-on garantir que ce
soir ou demain le destin ne l'aura pas anéanti ?
Peut-on se fier à quelque chose, à quelqu'un, que
dis-je ? à soi-même ?

— Nulle part vous n'échapperez au destin,

Alexandre ; il vous atteindra aussi bien là où vous êtes maintenant.

— Oui, mais là où je suis maintenant, il n'a aucune prise sur moi. Parfois, il est vrai, un poisson retombe dans l'eau au moment où je vais le saisir ; ou bien il pleut quand je veux m'en aller aux champs. Mais tout cela m'amuse et me fait rire.

Lisaveta Alexandrovna ne savait plus que lui objecter.

— Vous vous marierez et vous aimerez, dit-elle d'un ton indécis.

— Me marier ! oh ! non ! Je ne veux plus ni confier mon bonheur à une femme, ni chercher à faire le sien. C'est une duperie réciproque : on se trompe l'un l'autre et on est trompé. Les leçons de mon oncle Petr Ivanovitch et celles de l'expérience m'ont édifié.

— Petr Ivanovitch ! Il a eu bien des torts, soupira-t-elle. Mais vous pouviez fermer l'oreille à ses théories, et trouver le bonheur dans le mariage.

— Oui, dans mon district, autrefois, peut-être... mais aujourd'hui... Je me sens incapable de feindre un amour que je n'éprouve point et de demeurer indifférent aux feintes de ma femme, de ruser, en un mot, comme vous rusez, par exemple, mon oncle et vous.

— Nous? s'écria Lisaveta Alexandrovna stupéfaite et effrayée.

— Vous. Etes-vous aussi heureuse que vous l'aviez rêvé ?

— Non, pas comme je l'avais rêvé, mais heureuse autrement, d'un bonheur plus raisonnable, peut-être plus profond.

— D'un bonheur plus raisonnable !... Laissez dire cela à mon oncle. Je sais ce qu'il appelle un bonheur raisonnable. Un bonheur plus profond !.. Mais, aux yeux de mon oncle, tout n'est que bonheur. Dieu le bénisse. Moi, voyez-vous, ma vie est finie. Je suis las de vivre.

Ils se turent. Alexandre regardait son chapeau, prêt à le saisir.

— Et le talent? dit-elle soudain avec vivacité.

— Vous plaisantez, ma tante. Vous oubliez le proverbe, qu'il ne faut pas frapper un homme à terre. Du talent je n'en ai pas l'ombre. Des émotions, une tête chaude, des rêves que je prenais pour des créations d'art, voilà ce qui me fit écrire. J'ai retrouvé naguère et relu quelques-uns de ces péchés d'antan : j'ai ri moi-même de ma stupidité. Mon oncle a joliment bien fait de m'obliger à brûler mes œuvres. Oh ! si c'était à recommencer je m'arrangerais autrement !

— Pourquoi tant d'amertume ? lui dit sa tante : chacun de nous n'a-t-il pas sa lourde croix à porter?

— Quelle croix ? demanda Petr Ivanovitch en entrant dans la chambre... Bonjour, Alexandre.

Comment vas-tu ? Est-ce toi qui dois porter une croix, ou quoi ?

Petr Ivanovitch, très voûté, trainait péniblement la jambe.

— Ce n'est point celle que tu pourrais croire, dit Lisaveta Alexandrovna ; je parlais de la lourde croix qu'Alexandre portait dans la vie.

— Voyons, qu'est-ce qu'il porte encore ? demanda l'oncle en s'asseyant avec les plus grandes précautions dans un fauteuil. Ah ! que je souffre !

Sa femme l'aida à s'installer ; elle lui mit un coussin derrière le dos et un tabouret sous les pieds.

— Qu'avez-vous donc, petit oncle ? demanda Alexandre.

— Tu le vois, je porte une lourde croix. Oh ! mes reins ! Voilà une vraie croix : je l'ai bien méritée. Oh ! mon Dieu !

— C'est ta faute : toujours assis en dépit du médecin. Le matin tu écris, le soir tu joues aux cartes.

— Tu voudrais que j'erre dans la rue, bouche bée et perdant mon temps ?... Oh ! mon Dieu, impossible de me relever... Mais dis-moi, Alexandre, que deviens-tu ?

— Rien de changé.

— Au moins, tu ne risques pas d'attraper mal aux reins. Mais c'est bien singulier.

— Singulier ? demanda Lisaveta Alexandrovna. N'est-ce pas ta faute s'il est devenu ce qu'il est ?

— Ma faute ? C'est donc moi qui lui ai appris l'oisiveté ?

— Pourquoi vous étonner, mon petit oncle ? Vous avez en effet grandement contribué à faire de moi ce que je suis à présent. Vous avez voulu réformer ma nature ; vous avez éveillé en moi la lutte de deux théories entièrement opposées sur la vie, sans pouvoir les concilier. Qu'en est-il advenu ? Tout en moi maintenant est méfiance et je ne sais quel chaos.

— Oh ! mes reins ! geignait Petr Ivanovitch. Tu parlais de chaos ? répéta-t-il. Je voulais justement de ce chaos tirer quelque chose.

— Et qu'en avez-vous tiré ? Vous m'avez présenté la vie dans sa nudité misérable ; et à quel âge ? à l'âge où j'aurais dû n'en voir que le côté brillant.

— C'est-à-dire que j'ai voulu te montrer la vie comme elle est, t'empêcher de te mettre en tête ce qui n'existe pas... Sans moi, tu aurais commis encore plus de sottises.

— Peut-être ; mais vous avez oublié un point, un seul : mon bonheur. Vous n'avez pas songé qu'une nature comme la mienne demandait le bonheur à l'illusion, à l'espérance, aux rêves, et que la réalité ne pouvait que me meurtrir.

— Quelles bêtises dégoises-tu là ? Ces théories, tu les as pour sûr importées d'Asie : en Europe on n'y croit plus depuis longtemps. Rêves, joujoux, illusions, c'est bon pour les femmes et les enfants : l'homme doit savoir la vie comme elle est.

— Vous m'avez prouvé encore que l'amour était une niaiserie, que l'attachement le plus profond n'était qu'une accoutumance.

Lisaveta Alexandrovna regardait son mari sans parler.

— C'est-à-dire que... Eh bien ! je te disais cela... pour... pour que... tu... pour... Oh ! mon Dieu ! mes reins !

— Et vous disiez cela à un gamin de vingt ans, pour qui l'amour était tout, qui attendait de l'amour son salut ou sa perte ! poursuivit Alexandre.

— Tu ne parlerais pas plus sottement, si tu vivais du temps du vieux roi Gorokh [1] ! grommela Petr Ivanovitch.

— Grâce à vous, j'ai disséqué mon amour comme un étudiant dissèque un cadavre suivant les leçons de son maître: au lieu des beautés de la forme, cet étudiant, dans un cadavre, ne voit que les muscles et les nerfs. Grâce à vous, à vingt-cinq ans, j'avais perdu toute confiance dans le bonheur, dans la vie : j'étais vieilli moralement. Et l'amitié ? Au moment où vous vous nommiez, par ironie sans doute, mon meilleur ami, vous me démontriez que l'amitié n'existe pas.

— L'amitié, tu avais aussi une singulière façon

[1] Comme on dit en France : Du temps de la reine Berthe.

de la comprendre, dit Petr Ivanovitch en se frottant toujours les reins d'une main. Tu exigeais
de ton ami une comédie pareille à celle qu'ont
jouée, dans les temps antiques, ces deux imbéciles...
comment les appelait-on ? l'un qui était resté
comme ôtage, l'autre qui venait mourir à sa place...
Qu'adviendrait-il, si tous faisaient ainsi ? Le monde
entier serait une maison de fous.

— J'aimais les hommes, continua Alexandre.
J'avais foi en leurs vertus. Je voyais en eux des
frères. Je leur offrais mes chaudes étreintes...

— Ah oui ! c'était bien nécessaire. Je m'en
souviens, de tes chaudes étreintes ; tu m'en as
assez ennuyé.

— Et vous m'avez montré ce que cela valait.
Au lieu de guider mon cœur dans le choix de ses
affections, vous m'avez appris à analyser les gens,
à me méfier d'eux. Je les ai analysés, et je ne
sais plus aimer.

— Mais qui l'eût pu prévoir ? Voyez-vous comme
il est allé vite... Je pensais qu'au contraire tu n'en
deviendrais que plus accommodant. Moi, par
exemple, je connais les hommes et n'ai pour eux
aucune haine.

— Alors, tu les aimes ? demanda Lisaveta
Alexandrovna.

— Je m'y suis accoutumé.

— Accoutumé..., dit-elle du même ton.

— Et lui aussi, il s'y serait accoutumé ; mais il

avait déjà été trop gâté, auparavant, dans son village, par sa tante et par les fleurs jaunes.

— Vous m'avez montré que j'étais pire que les autres : et voilà pourquoi je me hais.

— Tu n'es ni pire, ni meilleur... Ainsi, moi, je me connais ; je sais que je ne vaux pas cher. Et pourtant je vous avoue que je m'aime beaucoup.

— Oh ! cela c'est bien de l'amour, et non pas de l'accoutumance ! fit observer Lisaveta Alexandrovna.

— Oh ! mes reins. Oh ! mes reins !

— Vous m'avez ensuite prouvé que je n'avais aucun talent poétique. Sans vous, j'aurais continué à écrire.

— Et tu serais connu du public comme un écrivain sans talent.

— Que m'importe le public ? C'est de moi-même que je m'inquiète. J'eusse attribué mes échecs à la jalousie ; peu à peu, je me serais habitué à la pensée qu'il fallait renoncer à écrire, et, spontanément, je me serais tourné d'un autre côté. Au lieu qu'en apprenant tout d'un seul coup j'ai été comme assommé.

— Qu'as-tu à répondre à cela ? demanda Lisaveta Alexandrovna.

— Rien. On ne répond pas à de telles sornettes. Est-ce ma faute, si tu es allé t'imaginer qu'il y a ici des fleurs jaunes, l'amour, l'amitié, que les gens ne font qu'écrire des vers, ou parfois, pour

changer, se mettent à la prose, et que les autres
n'ont qu'à écouter? Ce que je lui ai démontré,
c'est que l'homme doit travailler, partout, et surtout ici, travailler jusqu'au mal de reins. Il n'y a
pas de fleurs jaunes ici, mais il y a des tchins et
de l'argent, ce qui vaut mieux. Et tu as fini par
comprendre la vie, surtout la vie d'aujourd'hui :
mais en découvrant combien peu de fleurs, combien peu de poésie elle offrait, tu t'es figuré qu'elle
était une grande erreur ; que toi seul avait droit à
la tristesse, et que les autres s'amusaient faute de
savoir ce que tu savais... Au fond, que te manque-
t-il? ni maladie, ni misère ; aucun malheur réel
ne t'a touché. Un autre à ta place, remercierait
la destinée. De quoi te plains-tu? Tu as aimé, tu
as été aimé. Des amis, tu en as, nous l'avons un
jour reconnu, d'exceptionnels. Tu te marieras.
Une carrière s'ouvre devant toi. Occupe-toi, et la
fortune te sourira aussi. Fais comme les autres,
et le destin ne t'abandonnera pas. C'est ridicule
de se prendre pour un homme extraordinaire
quand on est comme tout le monde... Que te
manque-t-il donc?

— Je ne vous accuse pas, petit oncle ; mais ne
m'accusez pas non plus. Nous ne nous sommes
pas compris, et voilà notre faute commune. Ce
qui peut plaire à vous, à un second, à un troisième, ne me plaît pas à moi.

— Ce qui peut plaire à moi, à un second, à un

troisième ! ce n'est pas cela qu'il faut dire. Regarde les hommes d'aujourd'hui, la foule, comme tu l'appelles, demande-leur ce qu'ils veulent, ce qu'ils cherchent, ce qu'ils pensent : tu verras qu'ils pensent et agissent précisément comme je t'apprenais à penser et à agir. Ce n'est pas moi qui ai inventé cela.

— Qui, alors ? demanda Lisaveta Alexandrovna.

— Le siècle lui-même.

— Oui, tu veux qu'on suive le courant du siècle, reprit-elle. Mais tout est donc sacré, dans les inventions du siècle ?

— Tout, répliqua Petr Ivanovitch.

— Est-ce donc une vérité sacrée qu'il faille analyser plus que sentir, tout peser, tout calculer, vivre pour soi seul, n'aimer personne, ne se fier à rien ?

— Sacrée, parce que raisonnable.

— Est-il vrai qu'il faille traiter par la seule raison même ses proches, par exemple sa femme ?

— Jamais je n'ai tant souffert des reins... Oh ! criait Petr Ivanovitch en s'agitant sur son fauteuil.

— Oui ! tes reins !... Eh bien, il est beau, ton siècle, et tu peux en parler !

— Très beau vraiment, ma chère. Les caprices ne mènent à rien ; en tout il faut de la raison,

de l'expérience, des calculs, une marche mesurée ; le progrès est à ce prix.

— Vérité, peut-être, mais qui ne me console
pas, mon oncle. Je connais, à présent, le fond de
votre théorie. Je vois ce monde du même œil que
vous. Et cependant la vie m'est odieuse. Pourquoi
donc ?

— Manque d'habitude. Tu n'es pas le seul, il
y en a d'autres. Des martyrs ? Non, des hommes
comme les autres, mais plus dignes de pitié. Mais
qu'y faire ? On ne peut pas, pour épargner une
peine à quelques-uns, arrêter le mouvement de la
masse entière. Quant à tes reproches de tantôt,
j'ai une excuse. Te souviens-tu, lors de ton arrivée à Pétersbourg, qu'après cinq minutes d'entretien, je t'ai engagé à retourner à ton village ?
Mais tu n'as pas voulu. Tu m'as demandé conseil
et je t'ai conseillé. Mais toi, au lieu de travailler,
tu as passé le temps à gémir sur la trahison de
celle-ci et de celle-là, à souffrir tantôt d'un vide à
l'âme, tantôt d'un trop-plein au cœur. Est-ce une
vie ? Regarde nos jeunes gens ; comme tout en
eux révèle le bouillonnement d'une activité rai-
sonnée, d'une énergie mesurée ! Comme ils expé-
dient adroitement ces billevesées que, dans ton
ancien langage, tu appelais des émotions, des
sentiments, des douleurs, et le diable sait comment !

— Tu parles de ces choses avec une désinvolture ! dit Lisaveta Alexandrovna. N'as-tu pas pitié d'Alexandre ?

— Nullement. Ah ! s'il souffrait des reins, j'aurais pitié de lui ; cela, ce n'est pas une fiction, un rêve, c'est un mal réel. Oh ! que j'ai mal !

— Dites-moi du moins ce qu'il me reste à faire, mon petit oncle.

— T'en retourner dans ton district.

— Dans son district ? répéta Lisaveta Alexandrovna. Es-tu fou, Petr Ivanovitch ? Et qu'y fera-t-il, dans son district ?

— Dans mon district, redit aussi Alexandre.

Tous deux regardaient Petr Ivanovitch.

— Dans ton district ? tu reverras ta petite mère, tu la consoleras. Tu aspires à une vie tranquille ; tout ici te trouble. Où trouveras-tu le repos, sinon là-bas, sur l'étang, avec ta petite tante ? Va, crois-moi, retourne là-bas. Peut-être .... qui sait..... peut-être que tu..... avec ce..... Oh !

Il porta vivement la main à ses reins.

Quinze jours après, Alexandre vint faire ses adieux à son oncle et à sa tante. Il avait donné sa démission.

Lisaveta Alexandrovna et mon héros étaient silencieux et tristes. La jeune femme sentait ses yeux se mouiller. Seul Petr Ivanovitch parlait, parlait toujours.

— Ni carrière, ni fortune ! disait-il en hochant la tête. C'était bien la peine de venir ! quelle honte pour la famille des Adouiev !

— Assez, Petr Ivanovitch ! intervint Lisaveta Alexandrovna.

— Songe donc, ma chère : huit ans sans résultat !

— Adieu, mon petit oncle, dit Alexandre, je vous remercie pour tout, pour tout.

— Il n'y a pas de quoi, va. Adieu, mon cher Alexandre. N'as-tu pas besoin d'argent pour le voyage ?

— Non, merci, j'en ai assez.

— Quel homme ! il n'en veut jamais accepter ! Cela finit par me fâcher. Enfin, adieu, adieu !

— Tu ne regrettes point de le voir partir ? demanda Lisaveta Alexandrovna.

— Hem ! hem ! fit Petr Ivanovitch, je m'étais accoutumé à lui. N'oublie pas, Alexandre, que tu as un oncle et un ami, tu m'entends ? Adresse-toi sans crainte à moi, si jamais tu voulais reprendre du service, ou si tu avais besoin du méprisable métal, je me tiendrai toujours à ta disposition.

— Si tu avais besoin de sympathie, de consolation.....

— ..... Ou de chaleureuses expansions, interrompit Petr Ivanovitch.

— ..... Alors, poursuivit Lisaveta Alexandrovna, n'oublie pas que tu as une tante et une amie.

— Oh ! il n'en manque pas là-bas, ma chère. Là-bas, on trouve de tout, des fleurs, des amours, des expansions et même une tante.

Alexandre était si ému, qu'il ne pouvait prononcer une parole. En disant adieu à son oncle, il étendit les bras vers lui pour l'étreindre, moins vivement à la vérité que huit ans auparavant, Petr Ivanovitch se déroba à l'étreinte ; mais il prit les deux mains de son neveu et les serra plus vivement que huit ans auparavant.

Quant à Lisaveta Alexandrovna, elle fondait en larmes.

— Ouf ! quel poids de moins sur mes épaules ! dit Petr Ivanovitch. Quel bonheur ! Il me semble que je souffre moins des reins.

— Que t'a-t-il fait ? demanda sa femme à travers ses larmes.

— Il me tourmentait plus que les ouvriers de ma fabrique. Ceux-là, quand ils sont en faute, on les fouette ; mais lui, que faire ?

Lisaveta Alexandrovna pleura toute la journée. Quand Petr Ivanovitch voulut se mettre à table, on lui répondit que le dîner n'était pas fait, que la barinia s'était retirée dans sa chambre, en refusant de donner ses instructions au cuisinier.

— Encore la faute d'Alexandre ! maugréa Petr Ivanovitch. Quel ennui !

Et il s'en alla dîner au club anglais.

Le matin, une voiture était sortie lentement de la ville avec Alexandre Fedoritch et Evsiei.

Après s'être longuement composé une physionomie désolée, Alexandre mit la tête à la portière et se livra à un monologue mental.

Des boutiques de coiffeurs, de modistes, de dentistes, défilaient devant eux.

— Adieu, disait mon héros en hochant la tête ; adieu, ville des cheveux postiches, des fausses dents, des imitations ouatées de la nature, des chapeaux ronds ; ville du luxe, des sentiments factices, du mouvement sans vie ; adieu, superbe tombeau des profondes, des puissantes et chaleureuses émotions de l'âme ! J'ai passé ici dix ans face à face avec la vie moderne ; me détournant de la nature, la nature s'est détournée de moi. Mes forces vitales se sont usées. A vingt-neuf ans, je suis un vieillard ; et pourtant un temps fut..... Adieu, adieu, ville

> « Où j'ai souffert, où j'ai aimé,
> « Où j'ai enseveli mon cœur ! »

C'est maintenant vers vous que j'étends les mains, plaines illimitées, augustes forêts de ma terre natale. Accueillez-moi dans votre giron ; vous m'aiderez peut-être à revivre !

Il se mit à lire le poëme de Pouschkine :

> « Un artiste barbare, de son pinceau ensommeillé... »

Il essuya des pleurs et s'enfonça dans la voiture.

CHAPITRE VI

La matinée était radieuse. Un léger souffle agitait à peine la surface de l'étang de Gratchy, que nos lecteurs connaissent. L'onde réfléchissait les rayons du soleil en si brillantes étincelles d'émeraude et de diamant, que les paupières se fermaient involontairement. Non loin des branches retombantes des saules pleureurs, parmi les roseaux, de grandes fleurs jaunes, avec leurs larges feuilles flottantes, çà et là s'étalaient comme endormies. Par moment un nuage passait sur le soleil, assombrissant en un clin d'œil l'étang, le petit bois, le village, laissant, à l'horizon, des taches lumineuses; puis le nuage s'éloignait et de nouveau l'étang étincelait, et de nouveau les champs étaient comme inondés d'or.

Depuis cinq heures, Anna Pavlovna se tenait assise à son balcon. Quoi donc la sollicitait? Le soleil levant, la pureté de l'air, ou la chanson de l'alouette? Non, ses yeux ne quittaient pas la route qui traversait le bois. Survint Agrafena, qui demandait les clefs ; Anna Pavlovna les lui tendit, sans la regarder, sans même l'interroger ; elle ne perdait pas la route de vue. Puis, ce fut le cuisinier ; elle lui donna différents ordres sans le regarder davantage. Depuis deux jours, on préparait un dîner de dix personnes.

Anna Pavlovna reste seule de nouveau. Tout à coup ses yeux brillent ; toutes les forces de son âme et de son corps se concentrent dans son regard. Quelque chose noircit au loin, sur la route, quelqu'un passe lentement, c'est une charrette qui descend. Anna Pavlovna fronce les sourcils :

— Quel Malin l'a amené ? murmura-t-elle. Il faut que tout le monde passe par ici, au lieu d'aller faire le tour.

Elle se rassit en colère et de nouveau, dans une attente énervante, fixa ses yeux sur le bois sans rien voir à l'entour, quoique le paysage méritât un coup d'œil. Le décor venait de changer brusquement. L'air, surchauffé par les rayons brûlants, devenait lourd et étouffant. Voici que le soleil se voila ; le petit bois, les lointains villages, le gazon, tout prit une teinte vague et livide.

Anna Pavlovna fit un mouvement, et regarda le ciel au-dessus d'elle. Dieu ! de l'ouest, comme un vivant épouvantail, une immense tache noire aux bords cuivrés s'allongeait, s'étalait au-dessus du village comme des ailes s'étendant en tous les sens. La nature entière s'attristait, les vaches baissaient la tête, dans le pré; les chevaux remuaient leurs queues, élargissaient leurs narines, secouaient leurs crinières et frappaient la terre de leurs sabots, soulevant au ras du sol, comme du sable, la poussière derrière eux. Le nuage gagnait de proche en proche, menaçant; presque aussitôt le tonnerre gronda longuement au loin.

Tout se taisait, comme dans l'attente de quelque chose d'extraordinaire. Où s'étaient-ils réfugiés, les oisillons qui naguère voltigeaient et chantaient dans la clarté du soleil? De mornes pressentiments semblaient envahir jusqu'aux choses inertes. Les arbres ne remuaient plus, n'entrechoquaient plus leurs branches; seulement, de temps à autre, leurs cimes se heurtaient, comme pour se prévenir mutuellement d'un danger imminent.

Maintenant le nuage couvrait l'horizon entier, comme une voûte de plomb. Dans le village, tous gagnaient en courant leurs maisons. Bientôt le silence se fit, complet, solennel. Et du bois une brise messagère, une brise fraîche s'éleva soudain, cinglant la figure des passants, fermant les portes des isbas, faisant bruire les feuilles dans les arbres et tournoyer la poussière dans la rue, pour venir mourir aux buissons. Un vent d'ouragan la suivait, tourbillonnant sur la route poudreuse.

Il pénétra dans le village, jeta bas quelques planches vermoulues de la clôture, emporta un toit de chaume, souleva puis enroula autour de son corps la jupe d'une paysanne qui passait, portant de l'eau, et mit en fuite les poules et les coqs affolés et ouvrant en éventail les plumes de leurs queues.

Il passa. De nouveau le silence. Tout s'agitait, en quête d'un abri ; seul un mouton stupide, sans pressentir le danger, trottait indifférent, au milieu de la rue, et regardant toujours du même côté ; l'effroi général l'étonnait visiblement. Une plume, un fétu de paille volèrent sur la route, cherchant à joindre le vent, qui s'enfuyait là-bas.

Deux ou trois larges gouttes de pluie se mirent à tomber. Un éclair brilla tout à coup. Un vieux assis sur un banc, devant son isba, se leva vivement et fit rentrer ses petits enfants, tandis que sa vieille se dépêchait de fermer la fenêtre en se signant. Le tonnerre éclata, solennel, et son royal grondement, répercuté de proche en proche, remplit les airs. Un cheval, pris de peur, brisa sa laisse d'une ruade et se sauva dans la campagne, vainement poursuivi par le paysan. La pluie tombait toujours plus drue, par torrents, crépitant à grand bruit sur les toits et sur les vitres. Une mignonne main blanche, d'un geste craintif, retira de la fenêtre un objet fragile, des fleurs.

Au premier coup de tonnerre, Anna Pavlovna

avait quitté le balcon en faisant le signe de la croix.

— Aujourd'hui, soupira-t-elle, il ne viendra plus. L'orage l'aura arrêté quelque part ; peut-être, cependant, à la nuit...

Un bruit de roues retentit soudain, non dans la direction du bois, mais du côté opposé. Quelqu'un arrivait dans la cour. Mme Adouiev eut une palpitation de cœur.

— Qui peut-ce être, de ce côté ? se demandait-elle. Peut-être a-t-il voulu me surprendre ? Mais ce n'est pas son chemin.

Elle restait perplexe : bientôt tout s'éclaircit. Elle ne tarda pas à voir entrer Anton Ivanitch. Ses cheveux, moins drus, grisonnaient ; il avait engraissé : l'oisiveté et la gloutonnerie lui avaient bouffi la figure. Il avait la même redingote et le . même large pantalon.

— Comme je vous ai attendu, Anton Ivanitch ! dit Anna Pavlovna. J'avais fini, vraiment, par croire que vous ne viendriez pas.

— C'est un péché, une pareille pensée ! Une autre, encore, car je ne vais pas chez le premier venu... mais vous ! Si je suis en retard, ce n'est point de ma faute. Vous savez que je n'ai plus aujourd'hui qu'un seul cheval pour voyager.

Anna Pavlovna l'écoutait distraitement.

— Savez-vous que Sachegnka m'a écrit, Anton Ivanitch ? dit-elle. Il m'annonce son arrivée vers le 20. Je ne me sens pas de joie !

— Je le sais, petite mère. C'est Prochka qui me
l'a appris. Je ne comprenais pas d'abord ; je croyais
qu'il était déjà ici ; le contentement m'en a fait
venir une sueur.

— Dieu vous garde la santé, Anton Ivanitch,
pour vous récompenser de votre affection pour
nous.

— Qui ne vous aimerait ? N'ai-je point porté
sur mes bras Alexandre Fedoritch ? Il est pour
moi comme un parent !

— Merci, merci, Anton Ivanitch ; Dieu vous
bénira. Moi, depuis deux nuits, je ne dors ni ne
laisse dormir la dvornia [1]. Je me dis : « Il va peut-
être arriver, et si nous ronflions tous, comme ce
serait joli ! Hier, avant-hier, je me suis traînée
jusqu'au petit bois ; j'y serais bien retournée aujourd'hui encore : mais cette damnée vieillesse
m'en empêche. L'insomnie me fatigue tant ! Asseyez-vous donc, Anton Ivanitch. Mais j'y songe.
Vous voilà tout mouillé, sans doute : si vous
déjeuniez tout de suite ? Nous voulons attendre
notre cher hôte, et nous dînerons bien tard
peut-être.

— Dans ce cas, je prendrai bien un morceau.
Quant à déjeuner, je dois vous dire que j'ai
mangé déjà.

— Où donc ?

[1] La domesticité.

— En route, en m'arrêtant chez Maria Karpovna, pour laisser souffler mon cheval. Douze verstes, sous ces rayons de feu, ce n'est pas réjouissant ! J'en ai profité pour casser une croûte.

— Comment va Maria Karpovna ?

— Dieu merci ! elle vous salue.

— Merci humblement. Et sa fille, Sofia Mikaïlovna, avec son mari ?

— Ils vont très bien, petite mère. Ils attendent, dans quinze jours, leur sixième enfant. Ils m'ont instamment prié d'aller chez eux à ce moment. Mais quelle misère chez eux ! cela fait mal à voir. Et des enfants, encore !

— Que me dites-vous ?

— Je vous jure. Dans leurs chambres les murs sont lézardés, le plancher branle sous les pieds, le toit est ouvert à la pluie. Et pas d'argent pour faire la moindre réparation ! A table, on sert la soupe, un peu de talmouse et du mouton, et rien autre. Mais comme ils sont hospitaliers !

— Quand je pense qu'elle a osé jeter ses vues sur mon Sachegnka, cette corneille !

— Comment eût-elle pu, ma petite mère, obtenir un pareil faucon ? Je brûle de le voir. Qu'il doit être beau ! Il me vient une idée, Anna Pavlovna. Qui sait s'il ne s'est pas fiancé, par là-bas, avec une princesse, ou une comtesse, qui sait s'il ne vient pas pour vous demander votre bénédiction et vous inviter à son mariage ?

— Vous voulez rire, Anton Ivanitch? répondit-
elle, tremblante de joie.

— Ma parole !

— Vous, mon petit ramier, que Dieu vous comble
de ses bénédictions ! J'avais quelque chose à vous
raconter, puis je l'avais oublié. Je me disais :
qu'est-ce donc que j'ai sur le bout de la langue ?
J'aurais, bien sûr, fini par l'oublier. Mais vous
aimez mieux manger tout de suite ?... Ou si je
vous racontais avant ?...

— Cela n'empêche pas, petite mère. Je déjeu-
nerai tout en écoutant, sans perdre ni une parole,
ni un coup de dent.

— Voici, dit-elle, une fois le déjeuner servi et
Anton Ivanitch attablé.

— Vous ne mangez pas ? lui demanda-t-il.

— Croyez-vous que j'aie le cœur à manger en ce
moment ? Je ne puis pas avaler la moindre bouchée ; je n'ai pas même pu finir une tasse de thé
ce matin... Donc, je me vois assise en rêve, comme
cela ; en face de moi, Agrafena avec un plateau. Je
lui dis : « Mais il n'y a rien dans ton plateau ! »
Elle ne répond pas et ne quitte pas la porte des
yeux. « Ah ! ma petite mère, me disais-je dans
mon rêve, que regarde-t-elle donc ainsi ? » Et je
me mets à regarder aussi. Tout à coup, je vois
entrer qui ? mon Sachegnka ; mais si triste ! Il
vient à moi, et me dit... j'aurais juré qu'il me
parlait bien réellement : « Adieu, ma petite maman,

je m'en vais bien loin, là-bas, dit-il en désignant l'étang, et je ne reviendrai plus. » — « Où t'en vas-tu, mon ami ? » lui répondis-je, le cœur battant à se briser. Mais lui restait muet, avec un regard si étrange, si désespéré ! « D'où viens-tu, mon pigeon ? » repris-je. Le pauvre enfant soupira, de nouveau étendit sa main vers l'étang, et murmura : « Du fond de la vase, de chez le *vodia- noï* [1]. » Un tremblement m'a secouée, et je me suis réveillée ; mon oreiller était humide de larmes, et je ne pouvais me remettre. Je m'assieds dans le lit, et je pleure de plus belle. Je me lève, et je cours allumer la lampe devant l'icône de Notre- Dame de Kazan. La bonne mère le sauvera des catastrophes !... Que ce rêve m'a désolée ! Je ne puis en comprendre le sens. Ne lui serait-il pas arrivé malheur ? Et, par là-dessus, ce terrible orage !

— Pleurer en rêve, petite mère, signe de bon- heur, dit Anton Ivanitch en cassant un œuf sur le bord de son assiette. Il arrive sûrement demain.

— Je pensais que vous auriez peut-être l'obli- geance d'aller à sa rencontre, vers le petit bois, après votre déjeuner. Je vous aurais bien accom- pagnée ; mais cette boue !

— Oh ! je suis sûr qu'il n'arrivera pas aujour- d'hui.

[1] Le Diable de l'eau.

Voici que le vent apporta un bruit lointain de clochettes : puis, tout se tut. Anna Pavlovna retenait sa respiration.

— Ah ! fit-elle avec un profond soupir. Je croyais bien... Mais on dirait une clochette ! reprit-elle au bout d'un moment.

Et elle courut au balcon.

— Non, dit Anton Ivanitch. C'est un poulain qui galope dans le pré avec une clochette au cou. Je l'ai aperçu tantôt, en venant. Pourquoi ne l'attache-t-on pas ?

Voici que la clochette tinte plus fort, c'est là, sous le balcon ; et elle tinte plus fort, toujours plus fort d'un moment à l'autre.

— Ah ! petit père. Le voilà ! il arrive par ici. C'est lui, c'est lui, vous dis-je. Ah ! ah ! courez, dépêchez-vous, Anton Ivanitch. Mais où donc a passé la dvornia? Et Agrafena, où est Agrafena? Personne dans la maison ! Mon Dieu ! comme s'il venait chez des étrangers !

Elle s'affolait. Et la clochette tintait si fort, qu'on l'eût crue dans la chambre.

Anton Ivanitch se leva enfin de sa chaise.

— C'est lui ! c'est lui ! cria-t-il, et Evsiei est sur le siège. Qu'on prépare l'icône, le pain et le sel. Vite, vite ! que vais-je lui offrir lorsqu'il gravira le perron? Est-ce croyable? Ni pain, ni sel ! Une pareille négligence ! Personne n'a songé !... Et vous, Anna Pavlovna, que faites-vous là, immobile?

Pourquoi n'allez-vous pas à sa rencontre? Dépêchez-vous !

— Je ne le peux, répondit-elle avec effort. Les
jambes me manquent.

Elle se laissa tomber sur la chaise. Anton Ivanitch saisit sur la table un morceau de pain, la
salière, les mit dans une assiette et se précipita
vers la porte.

— Et rien de prêt! grommelait-il.

Mais par la même porte, en face de lui, en-
trèrent en courant trois domestiques et trois
servantes.

— Il vient, il est là! criaient-ils, pâles, éperdus,
comme si les arrivants eussent été des bandits.

Derrière eux apparut Alexandre.

— Sachegnka, mon ami ! s'écria Anna Pavlovna.

Mais soudain la voix lui manqua. Elle arrêtait
sur son fils un regard incrédule.

— Où donc est-il, Sachegnka? dit-elle.

— C'est moi, maman ! répondit-il, en lui baisant
les mains.

— Toi ?

Elle le considérait fixement.

— Est-ce bien toi, mon ami ? Est-ce bien toi ?
dit-elle en le serrant dans ses bras.

Puis elle le regarda de nouveau.

— Qu'as-tu donc? es-tu malade? demanda-t-elle
avec inquiétude.

— Petite maman, je me porte bien.

— Tu te portes bien ? Mais alors, que t'est-il arrivé, mon pigeon. Etais-tu comme cela, quand je t'ai laissé partir ?

Elle le pressait contre son cœur, en répandant d'amères larmes ; et elle lui embrassait la tête, les joues, les yeux.

— Que sont devenus tes cheveux, disait-elle en pleurant, tes cheveux fins comme la soie ! Et tes yeux aussi brillants que les étoiles, et tes joues, du sang et du lait ! Tu étais comme une pomme savoureuse ! Bien sûr des méchants t'ont abîmé, des méchants jaloux de ta beauté et de mon bonheur. Est-ce ainsi que ton oncle a veillé sur toi ? Je t'avais cependant confié à lui, de mes mains dans les siennes, comme à un homme de sens. Et il n'a pas su me garder mon trésor ! Oh ! mon petit pigeon !

La bonne vieille, toute en larmes, accablait Alexandre de ses baisers.

— « Il est à croire, décidément, que ce n'est pas bon signe, de pleurer dans un rêve ! » pensait Anton Ivanitch... Pourquoi pleurer sur lui comme sur un mort, petite mère ? dit-il. Vous savez bien que cela porte malheur... Je vous salue, Alexandre Fedoritch, poursuivit-il. Dieu m'a permis de vous revoir en ce monde.

Silencieusement, Alexandre tendit la main à

Anton Ivanitch. Puis ce dernier sortit pour voir
si la kibitka [1] était entièrement déchargée, et
convier la dvornia à venir saluer le barine. Mais
déjà tous les domestiques se pressaient dans le
vestibule. Anton Ivanitch les rangea en bon ordre,
indiquant à chacun son rôle et son compliment :
ceux-ci devaient baiser la main du barine, ceux-là
son épaule, le pan de son habit, et prononcer à
mesure telles ou telles paroles. Un moujik se
trouvait là. Anton Ivanitch le renvoya. « Commence
par aller te laver et te moucher, » lui dit-il.

Evsiei, ceinturé d'une courroie, et tout gris de
poussière, échangeait des saluts avec la dvornia
empressée autour de lui. Il distribuait à chacun
des cadeaux de Pétersbourg : une bague d'argent
à l'un, une tabatière en bois à l'autre. Il s'arrêta,
pétrifié, à la vue d'Agrafena. Il la contemplait sans
rien dire, dans une extase niaise. Elle lui jeta un
coup d'œil oblique, rit, pleura presque, et finit
par se détourner en maugréant.

— Pourquoi ne parles-tu pas? dit-elle. Tu restes
là comme un mannequin, sans dire seulement bonjour !

Mais lui, on voyait bien qu'il ne pouvait rien
dire! Souriant toujours de son sourire niais, il
s'approcha d'Agrafena, qui daigna se laisser embrasser, non sans rechigner.

_____

[1] Espèce de carriole.

— C'est le diable qui l'a ramené, disait-elle avec une colère que démentaient ses regards joyeux et le sourire de sa bouche. Les gens de Péters-bourg ont dû vous changer vos têtes, à toi et au barine. Voyez-vous ces moustaches !

Il sortit de sa poche et lui offrit une boîte en carton qui renfermait des pendants d'oreille en bronze. Il prit ensuite, dans un sac, un grand foulard qu'il lui tendit.

Elle saisit le tout vivement, et le cacha dans l'armoire sans rien regarder.

— Fais-nous voir tes cadeaux, Agrafena Ivanovna, lui dirent, d'un air aimable, deux ou trois servantes.

— Pourquoi? Vous n'avez donc jamais rien vu? Laissez-moi tranquille ! criait-elle.

— Prends encore ceci, dit Evsiei en lui présentant un autre paquet.

— Montrez un peu, oh! montrez un peu ! disait-on.

Agrafena s'empara du paquet; il s'en échappa quelques jeux de cartes, assez neufs, bien qu'ayant déjà servi.

— Voilà ce qu'il a trouvé à m'apporter ! grommela-t-elle. Tu t'imagines que je vais passer mon temps à jouer aux cartes, et avec toi, encore ?

Elle serra aussi les cartes. Moins d'une heure après, Evsiei se retrouvait assis à son ancienne place, entre la table et le poêle.

— Dieu ! quelle tranquillité ici ! disait-il, allon-
geant et ramenant ses jambes alternativement.
Qu'on est bien, ici : là-bas, à Pétersbourg, c'était
une vie de forçat... Mais n'auriez-vous point
quelque chose à me mettre sous la dent, Agrafena Ivanovna ? Depuis le dernier relai, nous
n'avons pas pris une seule bouchée.

— Toujours le même ! Voyez comme il avale !
Je suis sûre que là-bas on vous faisait crever de
faim.

Alexandre visita les chambres, une par une,
fit ensuite le tour du jardin, s'arrêtant devant tous
les buissons, devant tous les bancs. Sa mère l'accompagnait. Elle soupirait en voyant la pâleur de
son fils ; mais elle retenait ses larmes, Anton
l'ayant épouvantée avec ses présages. Elle pressait Alexandre de questions sur sa vie, sans arriver à savoir pourquoi il avait pâli et maigri à ce
point, pourquoi il avait perdu ses cheveux. Elle
l'engagea à boire et à manger, mais il refusa : il
se disait fatigué de la route et préférait dormir.

Anna Pavlovna courut s'assurer si le lit était bien
fait. Elle trouva le matelas trop dur, tança la
chambrière, fit recommencer le lit sous ses yeux,
et ne se retira point qu'elle n'eût vu son fils endormi. Sans bruit elle sortit, défendit à tous ses
gens de parler et de respirer trop haut, leur or-
donna, avec force menaces, d'ôter leurs bottes
pour marcher. Puis elle manda Evsiei, qui se

présenta avec Agrafena. Il salua jusqu'à terre la
barinia, et lui baisa la main.

— Qu'est-il donc arrivé à Sachegnka? lui demanda-t-elle sévèrement. De quoi a-t-il l'air maintenant, dis-moi?

— Tu ne réponds pas! dit Agrafena. Tu n'entends pas la question de la barinia?

— Pourquoi est-il si changé? reprit Anna
Pavlovna. Et ses cheveux, que sont-ils devenus?

— Je ne peux pas savoir, madame. C'est l'affaire du barine.

— Tu ne peux pas savoir? Mais pourquoi donc
te l'avais-je confié?

Evsiei restait penaud, ne sachant que dire.

— Vous êtes bien tombée, madame, intervint
Agrafena en regardant Evsiei avec amour. Comme
s'il avait une parcelle de bon sens! Dis, qu'as-tu
fait à Pétersbourg? Réponds donc! Tu auras ton
compte, toi.

— Oh! je n'ai donc pas fait mon possible? dit
Evsiei craintif, en considérant tour à tour Anna
Pavlovna et Agrafena. Je l'ai servi loyalement.
Demandez plutôt à Arkipitch.

— Quel Arkipitch?

— Le dvornik [1] de là-bas.

— Entendez-vous ses sornettes! fit Agrafena.

_____

[1] Concierge.

Pourquoi l'écouter, madame? Enfermez-le plutôt dans la grange, pour lui apprendre.

— Comme il plaira au barine, répliqua Evsiei. Je veux mourir sur l'heure, si je mens. J'en prends à témoin l'icône de ce mur.

— Oui, vous êtes tous de petits saints, en parole, dit Anna Pavlovna; mais vienne une occasion d'agir, plus personne. Tu l'as bien servi, en effet, ton maître : tu l'as laissé s'abîmer la santé. Voilà comment tu as veillé sur lui? Attends un peu !

Elle le menaçait du geste.

— N'ai-je pas veillé sur lui, madame ? Pendant ces huit années, il s'est perdu une seule chemise du barine; et j'ai gardé aussi toutes les vieilles.

— Perdue ! Où perdue ? demanda Anna Pavlovna.

— Chez la blanchisseuse. J'ai aussitôt averti Alexandre Fedoritch, pour qu'il se fît payer. Mais il n'a rien dit.

— Voyez-vous ! la coquine a eu envie de son beau linge !

— Comment ! je n'ai pas su le servir ! continuait Evsiei. Si seulement il plaisait à Dieu que chacun remplît sa tâche comme j'ai rempli la mienne ! Il dormait encore que déjà j'étais chez le boulanger.

— Quel pain mangeait-il ?

— Du pain blanc.

— Je sais bien, du pain blanc... Du pain au beurre?

— Quel soliveau! s'écria Agrafena. Impossible de lui arracher une parole raisonnable. Et il est pétersbourgeois!

— Pas au beurre! répondit Evsiei : des petits pains sans beurre.

— Sans beurre! Ah! brigand! assassin! éclata Anna Pavlovna, rouge de colère. Tu ne lui prenais pas de petits pains au beurre. Et tu oses dire que tu l'as bien soigné?

— Il ne me l'avait pas ordonné, madame.

— Pas ordonné! Lui, le pauvre pigeon chéri, que lui importait! C'est toi qui aurais dû y songer. Tu avais donc oublié qu'il ne mangeait, ici, que du pain au beurre! Où donc allais-tu porter l'argent? Attends que je te secoue!... Mais continue.

— Puis, après son thé, poursuivit Evsiei, confus, il se rendait à son bureau. Moi, prenant ses bottes, je cirais, je brossais trois fois pour une. Et je recommençais à cirer le soir, quand il était de retour. Comment madame peut-elle me reprocher de ne l'avoir pas soigné? Mais je n'ai jamais vu de bottes aussi bien cirées à aucun barine? Petr Ivanovitch, avec ses trois valets de chambre, n'avait point des bottes aussi bien cirées!

— Mais qu'est-ce qui l'a rendu si pâle? reprit Anna Pavlovna, un peu radoucie.

— C'est d'écrire, sans doute.

— Il écrivait donc beaucoup ?

— Beaucoup, tous les jours.

— Quoi, des papiers ?

— Je crois bien que oui.

— Pourquoi ne l'empêchais-tu pas ?

— Je l'empêchais bien, madame. « Pourquoi rester si longtemps assis ? lui disais-je ; allez faire un tour, le temps est superbe ; tout le monde est dehors. Pourquoi écrivez-vous tant que cela ? vous vous fatiguez la poitrine ; votre petite maman aura du chagrin. »

— Et lui ?

— Lui me répondait : « Va-t-en, animal ! »

— Il n'avait pas tort, fit Agrafena.

Evsieï jeta les yeux sur elle ; puis les reporta sur la barinia.

— Et son oncle le laissait faire ? reprit Anna Pavlovna.

— Son oncle, madame ? Ah bien oui ! il venait, et s'il le trouvait oisif, il l'entreprenait. « Quoi ! disait-il, tu ne fais rien ? Tu t'imagines donc que tu n'as qu'à rester couché ? Je te prends toujours à rêvasser ! » Bien heureux quand il ne l'injuriait pas.

— Il l'injuriait ?

— Oui. « La province ! » disait-il. Et il allait, il allait ; il lui en disait tant que cela faisait mal à entendre.

— Qu'il lui arrive malheur! s'écria Anna Pavlovna, en crachant par terre. Que ne mettait-il au
monde des garnements à lui, pour les gronder et
les secouer à son aise? Lui, son oncle, lui qui aurait dû alléger le travail de mon Sachegnka, lui,
Dieu bon! En qui donc mettre sa confiance,
aujourd'hui, si les plus proches parents se con-
duisent comme des fauves? Une chienne, au
moins, a soin de ses petits, et lui, cet oncle, voilà
ce qu'il a fait de son neveu! Mais toi, buse, ne
pouvais-tu lui dire qu'il n'avait pas le droit
d'aboyer contre ton barine? Que ne criait-il plutôt après sa gueuse de femme! « Travail! peine! »
Qu'il crève lui-même sur son travail! Un chien,
un chien! vous dis-je. Dieu m'assiste! Mon Sachegnka est-il un serf pour travailler?

Elle garda un moment le silence.

— Depuis combien de temps a-t-il maigri de la
sorte? poursuivit-elle ensuite.

— Depuis trois ans déjà, madame, répondit
Evsiei. Alexandre Fedoritch tomba dans un grand
chagrin; il mangeait à peine; et brusquement, il
s'est mis à pâlir, à maigrir, à fondre comme une
bougie.

— Quel était ce chagrin?

— Dieu le sait, madame. Petr Ivanovitch l'entreprenait là-dessus, et moi j'écoutais : mais je ne
comprenais rien à ce qu'il disait.

— Et que disait-il?

Evsiei réfléchit un moment, cherchant visiblement à se rappeler quelques mots et remuant
les lèvres :

— Il l'appelait... comment donc ? un drôle de
mot... Je ne peux pas m'en souvenir.

Anna Pavlovna et Agrafena le regardaient impa-
tientés.

— Eh bien ? dit la barinia.

Evsiei gardait le silence.

— Parle donc, badaud, fit Agrafena : tu vois
bien que la barinia attend une réponse.

— Dés... Je crois bien que c'est... dés... désillusionné, finit par dire Evsiei.

Anna Pavlovna regarda Agrafena, Agrafena
Evsiei, Evsiei les deux femmes. Un silence.

— Tu disais ?... reprit Anna Pavlovna.

— Dés... désillusionné. Cette fois m'y voilà, répondit Evsiei d'un ton décidé.

— Mon Dieu ! Quel malheur est-ce là ? Une maladie, ou quoi ? interrogea Anna Pavlovna très inquiète.

— Cela veut peut-être dire « gâté », risqua
Agrafena.

La barinia pâlit, et crachant de nouveau :

— Qu'il te vienne un mauvais bouton sur la
langue ! dit-elle. Evsiei, mon Sachegnka fréquen-
tait-il l'église ?

Evsiei, après une longue hésitation, répondit
enfin :

— On ne pouvait pas dire qu'il la fréquentât.
On pourrait même dire qu'il n'y allait pas du
tout. A vrai dire, les barines n'y mettent guère le
pied.

— Voilà la raison ! dit Anna Pavlovna avec un
soupir.

Puis, faisant un signe de croix :

— Dieu se sera sûrement fâché de me voir prier
toute seule... Ah ! mon rêve n'était point trompeur : c'est bien vrai que mon pigeon était dans la
vase.

— Le dîner va se refroidir, Anna Pavlovna, dit
Anton Ivanitch survenant. Si l'on réveillait
Alexandre Fedoritch !

— Oh non ! non ! répondit-elle vivement. Il n'a
pas dit qu'on le réveillât. « Mangez sans moi, m'a-
t-il dit ; moi je n'ai pas faim ; je préfère dormir :
cela me rendra sans doute quelque force ; j'aurai
peut-être plus d'appétit ce soir. » Ne vous fâchez
donc point contre une vieille femme. Je vais allumer la lampe et prier pendant son sommeil, mais
vous, mangez tout seul à votre faim.

— Fort bien ! fort bien ! petite mère ; je vais
faire comme vous me dites : vous pouvez compter sur moi.

— Vous m'excusez ? Que de bonté ! reprit-elle.
Quel excellent ami !... Ne voudriez-vous pas demander, point par point, à Evsiei, pourquoi Sachegnka est si mélancolique, si maigre, et ce que

ses cheveux sont devenus? Vous, un homme, vous l'apprendrez bien mieux que moi. Qu'il vous dise tout.

— N'ayez pas peur, petite mère, je saurai bien découvrir le fond du fond. Envoyez-moi seulement Evsiei, et je réponds du reste.

— Comment cela va-t-il, Evsiei? demanda Anton Ivanitch en s'attablant. Quelle vie menais-tu là-bas.

— Je vous salue, monsieur. Notre vie là-bas? Rien de bon. Mais vous, ici, vous avez une mine superbe.

— Pas si haut! Evsiei, mon frère. Un malheur est si vite arrivé! dit Anton Ivanitch après avoir craché.

Il attaqua les chtchi.

— Comment vous trouviez-vous, là-bas? reprit-il.

— Assez mal, monsieur.

— La nourriture était bonne, au moins? Toi, que mangeais-tu?

— On achetait chez le marchand des pieds de porc en galantine, du *pirog* [1] froid, et c'était tout le dîner.

— Chez le marchand? Et votre poêle?

— On ne cuisinait point chez nous. Les barines

---

[1] Espèce de gâteau.

célibataires de là-bas n'ont pas de ménage chez eux.

— Que me dis-tu? s'écria Anton Ivanitch en posant sa cuiller.

— Ma parole ! Notre barine faisait tout venir du *traktir* [1].

— Quelle vie de tsiganes ! Et tu n'as pas maigri ! Bois un coup, mon brave.

— Merci humblement, monsieur. A la vôtre !

Un silence. Anton Ivanitch mangeait.

— Combien, les concombres, là-bas? poursuivit-il, en prenant des concombres dans son assiette.

— Quarante kopeks la dizaine.

— Pas possible !

— Aussi vrai que j'aime Dieu, monsieur ! C'était une honte, n'est-ce pas ? Souvent, on fait venir de Moscou des concombres salés.

— Dieu ! comment ne pas maigrir ?

— Oui. Vous vous imaginez qu'on y trouve des concombres de cette taille? reprit Evsiei en désignant un des concombres. C'est à peine si on peut les voir dans sa main, ceux de là-bas, tant ils sont petits. Nous autres, nous ne les regarderions même pas; et les barines de là-bas s'en régalent. Le pain ne se cuit presque jamais à la maison. Quant aux choux salés, au lard préparé, aux cham-

---

[1] Restaurant russe.

pignons marinés, on ne sait même pas ce que
c'est.

Anton Ivanitch hocha la tête, mais ne répondit
rien, ayant la bouche pleine.

— Comment fait-on ? demanda-t-il après avoir
avalé.

— On prend tout dans les boutiques ; ce qu'on
ne trouve pas dans les boutiques, on le prend chez
le charcutier ; si le charcutier n'en a pas, on court
chez le confiseur ; si le confiseur n'en a pas non
plus, on va tout droit au magasin anglais, car, au
magasin français tu trouveras de tout.

Un silence.

— Et les cochons de lait, combien ? interrogea
Anton Ivanitch en mettant dans son assiette la
moitié d'un cochon de lait.

— Je l'ignore : nous n'en avons jamais acheté.
Mais c'est certainement très cher, deux roubles,
je crois bien. Il faut dire que les seigneurs comme
il faut n'en mangent pas : plutôt les Tchinovniki [1].

Encore un silence.

— Que vous étiez donc mal, là-bas ! continua
Anton Ivanitch.

— Dieu nous en garde ! Très mal. C'est vous
qui êtes bien ici ! Mais, à Pétersbourg, la bière ne
vaut rien ; le kvass [2] nous bouleverse le ventre

---

[1] Pluriel de tchinovnik, fonctionnaire.
[2] Cidre.

tout un jour. Il n'y a de bon que le cirage. Oh!
un cirage merveilleux, à ne jamais s'en lasser.
Et un parfum, on en mangerait.

— Que dis-tu là ?

— Ma parole, monsieur.

Un silence.

— Alors, comment? demande Anton Ivanitch
en finissant de mâcher.

— Comme ça.

— Vous mangiez mal?

— Mal. Alexandre Fédoritch mangeait si peu
que rien. Il en a perdu l'habitude. Pas même une
livre de pain à son dîner.

— Comment ne pas maigrir? Est-ce que la vie
est trop chère, ou quoi?

— Trop chère; et puis ce n'est pas l'usage, là-
bas, de manger beaucoup tous les jours. Les
barines mangent une fois par jour, comme s'ils
avaient honte, attendant souvent jusqu'à cinq
heures et même six. Manger, c'est le dernier de
leurs soucis. Ils ne mangent qu'après avoir ter-
miné toutes leurs affaires.

— Quelle vie! dit Anton Ivanitch. Je m'étonne
que vous n'en soyez pas morts. Est-ce tous les
jours ainsi?

— Non. Lorsque les barines se réunissent
entre eux pour quelque fête, Dieu! quel appétit!
Ils entrent dans quelque restaurant allemand, et
s'en donnent pour cent roubles d'un seul coup. Et

ils boivent ! Dieu ! plus que nos frères eux-mêmes.
Ainsi, quand Petr Ivanitch recevait à dîner, ils se
mettaient à table vers six heures pour n'en sortir
qu'à quatre heures du matin.

Anton Ivanitch ouvrit de grands yeux.

— Que dis-tu ? Ils mangeaient tout le temps ?

— Tout le temps.

— C'est autre chose que chez nous. Et que
mangent-ils ?

— Inutile de chercher : vous ne distinguerez
rien de ce que vous mangez. Ces Allemands vous
jettent Dieu sait quoi dans leurs plats : c'est à
dégoûter d'y toucher. Pas de poivre comme ici,
dans les sauces, mais des choses venues d'outre-
mer dans des flacons. Un jour, le cuisinier de
Petr Ivanovitch m'a donné à goûter de la nourriture des barines : j'en ai eu mal au cœur trois
jours. Je regarde, et je vois une olive dans le
plat. Je crois que c'est une olive comme les nôtres :
je mords... Et qu'est-ce que je trouve dedans ?
Un petit poisson ? Pouah ! je crache, et j'en mords
une autre : la même chose ; et ainsi de suite. Le
diable emporte ces maudits !

— Comment ? C'est exprès qu'ils fourrent ces
petits poissons là-dedans ?

— Dieu le sait, ce qu'ils y fourrent ! J'interroge
les garçons ; ils me répondent que ça vient au
monde comme ça. Et quel menu ! D'abord, des

plats chauds, comme il sied ; des piroghi [1], mais
si petits ! des dés ! on en met six à la fois dans la
bouche, on veut mâcher ; il n'y en a plus ! tout
fondu ! Après les plats chauds, quelque chose de
doux, des viandes, des glaces, des légumes, des
rôtis : j'aimerais mieux ne pas manger, je vous
le dis !

— Et pas de poêle chez vous ! comment ne pas
maigrir ? répétait Anton Ivanitch en se levant. « Je
te remercie, mon Dieu, récita-t-il en soupirant
profondément ; je te remercie de m'avoir nourri de
tes dons célestes... » Qu'est-ce que je dis là ?...
« De tes dons terrestres. Ne me ferme pas ton
royaume du ciel... » Ote le couvert, Evsiei, les
maîtres ne mangent pas. Pour ce soir, fais mettre
un autre cochon de lait..., ou si l'on prenait une
dinde ! Alexandre Fedoritch l'aime, la dinde, il
sera affamé. Mais je me reposerais volontiers une
heure ou deux ; apporte-moi là, dans le cabinet,
une botte de foin frais ; tu me réveilleras pour le
thé.

Après son somme, il s'en vint chez Anna
Pavlovna.

— Eh bien ?... fit-elle.

— Rien, petite mère. Merci humblement pour
le pain et le sel... J'ai bien dormi ; le foin était si
frais, si parfumé !

---

[1] Pluriel de pirog, espèce de gâteau.

— A votre santé, Anton Ivanitch ! Eh bien !...
Avez-vous questionné Evsiei ?

— Certes, petite mère ! J'ai tout appris : des
folies, rien d'irréparable. Tout le mal est venu de
la mauvaise nourriture.

— La nourriture ?

— Oui. Jugez-en. Quarante kopeks la dizaine
de concombres, deux roubles pour un cochon de
lait. Tout le manger, on le fait venir de chez le
confiseur. Comment n'eût-il point maigri ? Mais
rassurez-vous, petite mère. Ici, nous aurons bientôt fait de le remettre sur pied, bien guéri. Faites
seulement préparer un peu de *nastoïka*[1] ; j'en
donnerai la recette ; qu'il en boive, matin et soir,
un ou deux petits verres. C'est bon aussi avant
le dîner ; ça peut se prendre avec de l'eau bénite.
En avez-vous ?

— Mais oui, c'est vous-même qui me l'avez
apportée.

— Ah ! oui ! en effet... Pour les mets, choisissez-
lui les plus gras. J'ai déjà commandé pour le souper un cochon de lait, ou une dinde.

— Je vous en remercie, Anton Ivanitch.

— Il n'y a pas de quoi, petite mère. Si l'on
commandait aussi un poulet en sauce blanche ?

— Je le commanderai.

---

[1] Infusion de feuilles de bouleau dans l'eau-de-vie.

— Pourquoi prendre cette peine ? Ne suis-je pas
là ? Je m'en chargerai bien : vous n'avez qu'à
parler.

— Oui, chargez-vous-en ; que vous êtes aimable
de nous aider ainsi, petit père !

Il se retira. Anna Pavlovna se plongea dans ses
réflexions.

Son instinct de femme et son amour de mère lui
criaient qu'il fallait attribuer le changement d'A-
lexandre à d'autres causes encore que la mauvaise
nourriture. Elle chercha, conjectura, s'ingénia,
par ses allusions, à tirer Alexandre de son mu-
tisme. Mais lui ne comprenait pas, et continuait
à se taire.

Deux semaines se passèrent de la sorte. Beaucoup de poulets et de dindes furent sacrifiés pour
Anton Ivanitch, et, malgré cela, Alexandre demeurait aussi mélancolique, aussi pâle, et ses cheveux
n'avaient point repoussé.

Anna Pavlovna résolut alors de s'expliquer à
cœur ouvert avec son fils.

— Ecoute, Sachegnka, mon ami, depuis un
mois tu es ici, et jamais je ne t'ai vu sourire. Tu
marches en baissant la tête, plus sombre qu'un
nuage. Rien ne te plaît, ici, dans ta famille. On
est donc mieux chez les étrangers ? Les regretterais-tu, ou quoi ? Mon cœur se déchire, à te voir
ainsi. Que t'est-il arrivé, réponds-moi ? Que te
manque-t-il ? Je suis disposée à tout pour te le

donner. Quelqu'un t'aurait-il offensé ? Je me charge de l'en faire repentir.

— Ne vous inquiétez pas, petite maman ; ce n'est rien. Je prends de l'âge et de la réflexion ; c'est ce qui me donne cet air sérieux.

— Et cette maigreur ? D'où vient-elle ? Et tes cheveux ?

— D'où ? Il serait difficile de raconter tout ce qui m'est arrivé pendant ces huit ans. Peut-être que ma santé a quelque peu souffert.

— Aurais-tu mal quelque part ?

— Oui, ici et là, répondit-il en désignant tour à tour sa tête et son cœur.

Anna Pavlovna lui mit la main au front.

— Pas de fièvre, pourtant. Qu'est-ce donc ? Des élancements dans la tête ?

— Non.

— Sachegnka, mon ami, si nous envoyions chercher Ivan Andreitch ?

— Qui est-ce Ivan Andreitch ?

— Un nouveau médecin. Il est ici depuis deux ans. Quel médecin, si tu voyais ! Presque pas de remèdes : il prépare lui-même des pilules qu'on avale, et on est guéri. Dernièrement, Phoma avait mal au ventre, il criait depuis trois jours. Ce médecin lui a administré trois pilules, et lui a ôté son mal comme avec la main. Laisse-toi soigner, mon petit pigeon.

— Non maman, il n'y peut rien. Cela passera tout seul.

— Mais pourquoi cette tristesse ? qu'as-tu ?

— Rien.

— Que désires-tu ?

— Je l'ignore moi-même. Je me sens triste, voilà tout.

— Voilà qui est singulier, dit-elle. La nourriture est de ton goût, dis-tu : tu as un beau *tchin*, toutes tes aises, tu ne fais pas de mal : et toujours triste... Sachegnka, ajouta-t-elle après un silence, ne serait-il pas temps... que tu te maries ?

— Que dites-vous là, petite maman ? Non, je ne me marierai pas.

— Je te réserve une jeune fille, rose comme une poupée et si mignonne, un visage si délicat et si fin ! Elle a fait son éducation à la ville : soixante-quinze âmes, vingt-cinq mille roubles d'argent, la dot superbe, le trousseau des plus beaux, commandé à Moscou ; une excellente famille. Hé ! Sachegnka ! j'en ai déjà touché un mot à la mère, en prenant le café, comme cela, d'un ton de plaisanterie : si tu l'avais vu dresser l'oreille !

— Je ne me marierai pas, répéta Alexandre.

— Comment ! Jamais ?

— Jamais.

— Dieu bon ! est-ce possible ? Mais tous se

marient; toi seul... J'en serais si heureuse! Dieu
me donnerait de bercer mes petits enfants ! Va,
épouse-la. Tu l'aimeras, j'en suis sûre.

—Non, maman, je ne l'aimerais pas. C'est bien
fini d'aimer, pour moi.

— Comment, fini? Sans être marié? Qui donc
aimais-tu là-bas?

— Une jeune fille.

— Pourquoi ne l'as-tu pas épousée?

— Elle m'a trahi.

— Comment, trahi! Mais vous n'étiez pourtant
pas encore mariés?

Alexandre ne répondit pas.

— Elles sont jolies, vos jeunes filles ! Aimer
avant le mariage! Elle t'a trahi! Quelque malheureuse ! Tenir le bonheur dans la main, et n'avoir
point su l'apprécier ! Si je la voyais, je lui crache-
rais au visage ! et ton oncle, c'est ainsi qu'il
veillait sur toi? Et qui a-t-elle pu rencontrer qui
te vaille ? Je voudrais bien la voir !..... Mais il n'y
a pas qu'elle, tu peux bien en aimer une autre.

— J'en ai aimé encore une autre.

— Qui?

— Une veuve.

— Pourquoi ne l'as-tu pas épousée ?

— Je l'ai trahie.

Anna Pavlovna considérait son fils, ne trouvant
rien à dire.

— Trahie? fit-elle enfin; sans doute qu'elle ne

valait pas grand'chose. Mais quelle fange, Dieu
me pardonne! On s'aime avant le mariage, on
s'aime sans passer par l'église, et puis on se tra-
hit! Que se passe-t-il donc sur la terre? c'est la
fin du monde, bien sûr. Mais, dis-moi, de quoi
as-tu besoin? Peut-être t'ennuies-tu dans cet iso-
lement ; je vais inviter les voisins.

— Non, non, n'ayez pas d'inquiétude ; je vis
tranquille ici, je m'y trouve bien. Cela passera.
Il faut que je m'habitue, voilà tout.

Anna Pavlovna ne put obtenir rien de plus.
« Ah! pensa-t-elle, on ne gagne rien sans le
secours de Dieu ! » Elle pria Alexandre de l'accompagner à l'église voisine ; mais deux fois il
s'oublia à dormir, et elle ne voulut point l'éveiller.
Un soir, enfin, elle résolut de l'entraîner à
vêpres.

— Soit ! dit Alexandre.

La mère pénétra dans l'église et se tint debout
près du chœur. Le fils s'arrêta près de la porte.

Le soleil à son déclin projetait d'obliques rayons
qui tantôt scintillaient sur les stalles ou les ors des
icônes, tantôt enluminaient les rudes et sombres
figures des saints, éteignant dans leur resplen-
dissement la lueur pâle et tremblante des cierges.
L'église était presque déserte, les paysans travail-
laient dans la campagne ; seules, près de la porte,
dans un coin, quelques vieilles femmes, la tête
enveloppée d'un fichu blanc ; d'autres, pensives,

le visage dans leurs mains, se tenaient assises
sur les marches de pierre, à l'entrée. De temps à
autre elles exhalaient un profond soupir ; son-
geaient-elles à leurs péchés, ou aux soins de leur
ménage ? Dieu le sait. D'autres, priaient avec fer-
veur, prosternées sur les dalles. Une fraîche brise,
se glissant à travers les barreaux des fenêtres,
agitait la nappe blanche de l'autel, ou les cheveux
gris du pope, tournait parfois un feuillet du missel
ou éteignait un cierge. Les dalles de pierre de
l'église vide résonnaient étrangement sous les pas
du pope et de son diacre et, sous la voûte, leurs
voix s'élargissaient, sonores. Tout en haut, dans
la coupole, des merles sifflaient, et des moineaux
voltigaient d'une fenêtre à l'autre. Le bruit de
leurs ailes et la chanson des cloches couvraient
parfois les prières.

— « Aussi longtemps qu'il sent bouillonner en
lui les forces vitales, pensait Alexandre, aussi
longtemps qu'il a des désirs et des passions,
l'homme, esclave de ses sens, fuit la vie médita-
tive et solennelle qu'offre la religion ; et il ne vient
lui demander secours qu'après avoir usé, perdu
ses forces et ses espérances, alors que le fardeau
des ans pèse sur lui ! »

Peu à peu, la vue de ces objets jadis si fami-
liers réveillait en lui tous les vieux souvenirs. Il
revoyait son enfance et sa jeunesse, jusqu'à son
départ pour Pétersbourg.

Il se rappelait comment, tout enfant, sa mère
lui faisait répéter la prière ; elle lui parlait de
l'ange gardien qui veille sur les âmes et lutte sans
répit contre le Malin ; elle lui montrait les étoiles,
ces yeux des anges du bon Dieu qui regardent le
monde et comptent les bonnes et les mauvaises
actions, pleurant lorsque la somme des mauvaises
dépasse la somme des bonnes, se réjouissant
quand les bonnes l'emportent. Et de son doigt
levé désignant le lointain horizon bleuissant, elle
expliquait que c'était là Sion.....

Alexandre poussa un soupir et voulut chasser
ces souvenirs.

— « Si du moins j'avais encore la foi ! se disait-il. J'ai perdu la foi de ma jeunesse, et qu'ai-je
appris en échange de nouveau et de vrai ? Rien,
mon Dieu ! Quand l'ardeur de la foi n'embrase
plus l'âme, peut-on être heureux ? suis-je plus
heureux, moi ? »

Les vêpres finissaient. Alexandre sentait redoubler sa tristesse en revenant à la maison ; Anna
Pavlovna ne savait plus qu'imaginer. Un matin,
éveillé de bonne heure, il entendit un frôlement
tout près de lui. Il tourna la tête : une vieille était
là, debout contre le lit, et marmottant ; elle se
sauva en lui voyant ouvrir les yeux. Alexandre
trouva une herbe sous son oreiller, et un amulette
à son cou.

— Que veut dire ceci ? demanda-t-il à sa mère.

Quelle est cette vieille qui est venue dans ma chambre ?

— C'est Nikitichna, dit-elle toute confuse.

— Quelle Nikitichna ?

— Elle..... vois-tu..... mon ami..... Mais tu ne te fâcheras pas ?

— Quoi ? dites.

— Elle..... On dit qu'elle guérit beaucoup de monde. Elle marmotte je ne sais quoi sur un peu d'eau, souffle sur le malade endormi, et le voilà guéri.

— Il y a trois ans, fit Agrafena, elle a sauvé la veuve Sidorika. Toutes les nuits, un serpent de feu pénétrait dans sa chambre par la cheminée.

A ces mots, Anna Pavlovna cracha par terre.

— Nikitichna, poursuivit Agrafena, exorcisa le serpent, et le serpent ne vint plus.

— Et que fit la Sidorika ? demanda Alexandre.

— Elle enfanta un enfant maigre et noir, qui mourut au bout de trois jours.

Alexandre eut un sourire, le premier peut-être depuis son retour.

— Où donc l'avez-vous dénichée ? interrogea-t-il.

— Anton Ivanitch l'a amenée, répondit Anna Pavlovna.

— Croire un imbécile pareil !

— Un imbécile ? Oh ! Sachegnka ? Qu'as-tu donc ? N'est-ce pas un péché ? Un imbécile, Anton

Ivanitch ! Comment ta langue a-t-elle pu tourner ?
Anton Ivanitch, notre ami, notre bienfaiteur !

— Maman, prenez cet amulette, et faites-en
cadeau à notre ami et bienfaiteur, pour qu'il se
le pende au cou.

A partir de ce moment, il s'enferma à clef pour
la nuit.

Deux mois, trois s'écoulèrent. Le calme, l'isole-
ment, la vie de famille avec son confort rendirent
par degrés un peu d'embonpoint à Alexandre, en
même temps que l'inaction, l'absence de tout
souci et de toute émotion ramenaient dans son
cœur la paix qu'il avait inutilement cherchée à
Pétersbourg. Là-bas, il évitait le monde des idées
et de l'art, s'enfermant derrière des murs de
pierre, cherchant à dormir d'un sommeil de
taupe. Mais, là même, il se sentait mordu au
cœur par des envies et des désirs stériles. Toute
renommée nouvellement surgie l'amenait à se demander : « Pourquoi lui, et pas moi ? » Là-bas
un oncle inexorable blâmait toutes ses idées, et
sa paresse, et ce désir de gloire que rien n'étayait.
Là-bas, il marchait de chute en chute ; sa faiblesse lui apparaissait comme dans un miroir ;
et dans ce monde raffiné, parmi la foule de ces
talents, il passait, lui, inaperçu. Là-bas, enfin, la
vie, gênée dans l'expansion des sentiments, des
passions et des rêves, dépouillée de toute poésie,
s'écoulait uniformément ennuyeuse et aride.

Mais ici, quelle liberté ! Il est, ici, le plus sage, le meilleur de tous ; il est la seule idole à dix verstes à la ronde. A chaque pas qu'il fait devant les merveilles de la nature, une impression douce et sereine s'insinue dans son âme. La chanson des sources, le frémissement des feuilles, la fraîcheur délicieuse, et jusqu'au silence des choses, tout parle à sa pensée, à son cœur, à sa mémoire.

Parfois Anna Pavlovna, assise à côté de lui, semblait lire au fond de son âme. Elle avivait ses souvenirs du temps jadis, ou lui rappelait des détails oubliés.

— Tu vois ces tilleuls ? lui disait-elle en montrant le verger ; ils ont été plantés par ton père, un peu avant ta naissance. Je venais souvent m'asseoir ici, sur le balcon, à le regarder. Il travaillait, il travaillait, et tout à coup il m'apercevait. « Comment ! tu es là ! me criait-il le front ruisselant de sueur ; c'est pour cela que j'avais tant de cœur à l'ouvrage ! » Et il se remettait à travailler... Et ce pré, plus loin, c'est là que tu t'amusais avec les enfants. Que tu étais méchant ! Dès qu'une chose te déplaisait, tu criais à tue-tête.....

Alexandre complétait mentalement ces souvenirs.

— « Ce banc, sous cet arbre..... je venais m'y asseoir avec Sofia et, ces jours-là, j'étais heureux. .... Et c'est là-bas, entre ces deux buissons de sureau, que je l'embrassai pour la première fois..... »

Ces souvenirs lui repassaient devant les yeux, et il leur souriait. Il se tenait au balcon des heures entières, regardant le soleil monter à l'horizon, l'accompagnant jusqu'à son coucher, écoutant les oiseaux gazouiller, l'étang clapoter, les insectes invisibles bourdonner au loin.

— Mon Dieu ! que tout est beau ici ! disait-il sous cette douce influence ; ici, loin des fracas, loin de cette vie banale et de ces fourmilières où les gens

« ..... En groupes derrière les haies,
Ne s'en vont pas respirer la fraîcheur du matin,
Ni la senteur des champs. »

Comme on se fatigue de vivre là-bas, et comme l'âme se repose dans cette existence simple et franche ! Le cœur bat librement dans la poitrine ; point de pensées pénibles, point de soucis, point de lutte. L'âme et l'esprit comme endormis, la douce rêverie erre du bois aux champs, des champs aux coteaux, et va s'égarer dans le bleu sans fond du firmament.

D'autres fois, Alexandre accoudé à la fenêtre ouverte sur la cour et la rue du village, contemplait une scène familière et rustique. Barbosse dormait au soleil près de sa niche, le museau sur les pattes ; des poules matinales vaguaient par

bandes; des coqs se battaient; dans la rue passaient
des paysans menant paître chevaux et bétail. Parfois une vache isolée mugissait tristement, immobile et promenant ses regards autour d'elle. Des
moujiks, des babas, la faux ou le râteau sur l'é-
paule, se rendaient à leur travail, échangeant des
paroles que le vent apportait par bribes à l'oreille
d'Alexandre. Une téléga de paysan traversait
bruyamment le petit pont; une charrette de foin
cheminait lentement. Des enfants aux tignasses
claires et rudes pataugaient, chemises relevées,
dans les flaques d'eau.

A la vue de ce tableau, Alexandre comprenait
la poésie *du ciel gris, de la clôture en ruine, de
l'étang et du trepak*[1].

Il changea son frac élégant et étroit pour une
large robe de chambre.

A toutes ses contemplations devant la vie paisible de la campagne, à toutes ses impressions du
matin et du soir, du repos et du repas, était toujours présent l'œil vigilant de l'amour de sa mère.
Elle ne se sentait pas de joie en voyant Alexandre
se remplumer, ses joues se colorer, ses yeux re-
fléter la tranquillité. « Seulement, disait-elle, ses
cheveux ne repoussent pas, eux qui étaient comme
de la soie ! »

---

[1] Traits caractéristiques de la campagne russe. Le *trepak*
est la danse nationale.

Alexandre se promenait souvent dans les environs. Un jour, ayant rencontré un groupe de paysannes vieilles et jeunes qui s'en allaient au bois cueillir les champignons, il s'en fut jouer avec elles toute la journée. Au retour, il vanta fort la vivacité et l'adresse d'une jeune fille, Macha ; aussitôt, Anna Pavlovna engagea Macha pour le *service du barine*.

Parfois il partait à cheval pour assister aux travaux des champs ; il s'initia alors à ces questions agricoles traitées dans les articles que jadis il traduisait pour les journaux. « Comme nous mentions souvent ! » pensait-il. Et il se mit à chercher le vrai avec plus de curiosité.

Un jour qu'il pleuvait tristement, il voulut se remettre à la besogne, et s'assit devant une table Il écrivit, écrivit, et fut content du début. Il eut besoin de consulter un ouvrage, et le fit venir de Pétersbourg. D'autres livres suivirent bientôt le premier. Il travaillait avec ardeur. En vain, Anna Pavlovna l'en détournait, lui représentant qu'il s'abîmerait la poitrine ; il ne l'écoutait point. Elle lui dépêcha Anton Ivanitch, mais sans plus de succès ; Alexandre ne cessait pas d'écrire. Ainsi se passèrent deux ou trois mois, et son travail, loin de l'amaigrir, lui faisait le plus grand bien, ce qui rassura pleinement Anna Pavlovna.

Tout alla bien pendant un an et demi ; mais alors Alexandre retomba dans sa mélancolie. Il

n'avait point de désirs précis, point de soucis non
plus, et pourtant il s'ennuyait ; il se sentait à
l'étroit, la sollicitude incessante de sa mère lui
pesait, Anton Ivanitch l'écœurait ; son travail
ne suffisait plus à le satisfaire, et la nature même
était sans charme pour lui.

Assis près de la fenêtre il jetait un regard indifférent sur les tilleuls plantés par son père ; les
clapotements de l'étang l'agacèrent. Il approfondit
les causes de cette nouvelle tristesse et reconnut
qu'il regrettait Pétersbourg. De nouveau son sang
bouillonnait dans ses veines, son cœur palpitait,
l'âme et le corps redemandaient la lutte.

Dieu ! cette découverte manqua le faire pleurer. Il espéra que cette tristesse se dissiperait,
qu'il finirait, à la longue, par s'accoutumer à la
vie de la campagne. Mais il allait souffrant tous les
jours davantage : il aspirait décidément à se re-
plonger dans cette fange qu'il connaissait maintenant.

Il pardonnait au passé ; il s'y délectait. Sa haine,
ses humeurs noires, son dégoût du monde s'étaient
émoussés dans la solitude et la réflexion. Le passé
lui apparaissait tout autre. Même la perfide Nadinka se montrait à ses yeux dans une auréole
lumineuse.

— « Qu'est-ce que je fais ici ? se demandait-il
avec dépit. Pourquoi végéter ici, laisser perdre ici
mes dons naturels ? Pourquoi ne suis-je pas à

Pétersbourg, occupé à briller par mon travail ? En quoi mon oncle vaut-il mieux que moi ? Pourquoi, moi aussi, ne trouverais-je pas ma voie ? Une première fois, j'ai échoué : maintenant il est temps de revenir à la charge. Mais comment annoncer mon départ à ma mère ?... Il faut pourtant que je parte. Je ne veux pas périr ici... Là-bas, les uns et les autres sont devenus quelque chose... Et ma carrière ! ma fortune ! seul je suis resté en arrière. Et pourquoi donc ? »

La souffrance le minait, et il ne pouvait se résoudre à annoncer son départ à sa mère.

Elle ne tarda pas à le délivrer de cet ennui : elle mourut.

Voici, pour terminer, les lettres qu'il écrivit à Petr Ivanovitch et à sa tante. A sa tante, d'abord :

« A mon départ de Pétersbourg, ma tante, vous m'avez dit des paroles qui, prononcées en pleurant, se sont gravées dans ma mémoire. Vous m'avez dit que si j'avais un jour besoin d'une sympathie cordiale, d'une chaleureuse amitié, je les trouverais dans un coin de votre cœur. Ce jour est venu. Il y a trois mois, ma mère est morte ; je ne vous dirai rien de plus là-dessus. Ses lettres vous ont montré ce qu'elle était pour moi, et vous sentez la grandeur de ma perte. Maintenant, je m'en vais d'ici à tout jamais. Mais où aller, si ce n'est là où vous êtes ? Dites-moi seulement un mot : trouverai-je en vous ce que j'y ai laissé, il y a un an et demi? Ne m'avez-vous point oublié? Votre délicate amitié, qui déjà me fut salutaire, voudra-t-elle encore guérir cette nouvelle, cette profonde plaie ? C'est sur vous que je compte, et sur un autre puissant auxiliaire, l'activité.

« Ne vous étonnez pas de ces paroles, ne vous effrayez pas de mon retour. Ce n'est pas un fou qui vous revient, ni un rêveur, ni un désabusé, ni un provincial, c'est un homme tout simplement, un homme comme on en voit beaucoup à Pétersbourg, et comme j'aurais dû être depuis longtemps. C'est maintenant, à trente ans, que la raison m'est venue !

« Peut-être mon opinion sur la vie et les hommes ne s'est-elle pas beaucoup modifiée ; mais j'ai borné mes espérances et mes désirs. Je n'ai plus d'illusions ; ni les hommes ni la vie ne sauraient désormais me leurrer. Cela n'a-t-il point quelque chose de consolant ?... J'ai mis longtemps à comprendre que la douleur purifie l'âme, qu'elle façonne l'homme, qu'elle l'élève. Oui, c'est n'avoir point vécu, que de n'avoir pas souffert. Oui, ces émotions, ces luttes sont providentielles et nécessaires : sans elles, la vie n'est point. L'homme a travaillé, aimé, goûté le plaisir et la douleur; il a rempli sa tâche : partant, il a vécu.

« Vous direz que je déraisonne. C'est que je suis sorti de la nuit, je vois : tout mon passé m'apparaît comme un acheminement lent et pénible à ma vie présente. Quelque chose me dit que le reste de mon voyage se passera plus paisiblement, plus raisonnablement. Les ténèbres se sont évanouies ; les nœuds inextricables se sont démêlés d'eux-mêmes : la vie s'ouvre enfin meilleure devant moi. Bientôt j'irai criant de nouveau qu'elle est belle, mais non plus comme un adolescent que grise une joie éphémère. J'aimerai la vie avec la pleine conscience de ses avantages et de ses inconvénients. Et je sens dans mon âme une sérénité que je n'avais jamais connue. Mes dépits enfantins, mes froissements d'amour-propre, mes emportements ridicules contre le monde et les gens, ces colères *d'un basset contre un éléphant* [1], plus de place en moi pour tout cela.

« J'ai fait la paix avec mes anciens ennemis, les hommes, qui sont, ici, les mêmes qu'à Pétersbourg, mais plus rudes, plus vulgaires, plus ridicules. Mais ni ici ni là je ne les hais. Voulez-vous un exemple de ma patience ? Nous recevons souvent la visite d'un maniaque, Anton Ivanitch. Aujourd'hui, chez moi, il feint de prendre part à ma douleur : demain, il se rendra chez son voisin, à la noce, et prendra part à la joie de ses hôtes, pour s'en aller ensuite ailleurs faire office de sage-femme. Mais ni la douleur ni la joie ne l'empêchent jamais d'avaler quatre repas par jour.

[1] Krilov.

Pour lui, qu'on meure ou qu'on naisse, ou qu'on se marie, c'est visiblement tout un.

« Et cependant je n'ai pour cet homme ni dégoût, ni colère. Je ne le chasse pas. N'est-ce pas que c'est bon signe, ma tante? Mais que direz-vous de ces louanges? »

A Petr Ivanovitch, Alexandre écrivait :

— « Très cher oncle et Votre Excellence !

« Que j'ai été heureux d'apprendre votre promotion à ce haut grade ! vous voilà conseiller d'État titulaire, directeur à la chancellerie ! oserai-je rappeler à Votre Excellence l'assurance que j'ai reçue d'elle en partant? « Si tu veux reprendre du service, si tu as jamais besoin d'appui ou d'argent, n'oublie pas de t'adresser à moi. » Et voici que j'ai à vous demander justement une place, et sans doute aussi de l'argent : quel accueil réservez-vous à la requête d'un provincial? Le même peut-être qu'à celle de Zaiezjalov, jadis.

« Quant aux velléités artistiques que vous avez eu la cruauté de me rappeler dans l'une de vos lettres, n'est-ce point un péché de reparler de sottises oubliées, et dont je rougis moi-même? Oh! mon oncle, oh! Votre Excellence, qui donc n'a pas eu son temps de jeunesse et de folie? qui n'a pas caressé des chimères étranges et irréalisables? Ici, à la campagne, mon voisin de droite rêvait d'être un géant, un héros, d'étonner l'univers par ses hauts faits : il a quitté l'armée avec une retraite d'officier, sans avoir jamais combattu, et plante aujourd'hui tranquillement ses choux et ses pommes de terre. Mon voisin de gauche, lui, voulait réformer la Russie et le monde : après avoir gratté du papier dans quelque bureau, il est venu s'échouer ici, où il n'a pas encore su réformer une simple clôture vermoulue qui tombe en ruines.

« Moi, je me sentais de plus hautes aspirations, je prétendais révéler aux hommes un mystère, sans soupçonner que ce mystère n'en était plus un, et que je n'avais rien d'un prophète. Nous avons chacun notre ridicule.

« Mais qui donc oserait sans rougir renier ses rêves de jeunesse, si chauds, si sincères dans leur folie même ? Qui ne s'est cru, en son temps, prédestiné à l'empire du monde ? Qui n'a point aspiré aux hymnes solennels, aux chants de triomphe qui glorifient les héros victorieux ? qui ne s'est jugé de taille à renouveler les épopées des âges héroïques ? Si celui-là existe, qu'il me jette la première pierre ; mais je n'envierai point son lot. Je puis rougir de ces illusions juvéniles, mais je les respecte : elles m'ont révélé la pureté, la bonté native de mon âme.

« Vous faut-il des preuves plus sensibles, plus pratiques ? En voici. Comment les dons naturels pourraient-ils éclater et se parfaire, si les jeunes gens refoulaient en eux leurs rêves, refrénaient

leurs aspirations, s'engageaient servilement dans
les sentiers battus, sans jamais essayer leurs facultés? Et n'est-il pas conforme au vœu de la
nature que la jeunesse fermente et bouillonne et
parfois extravague? Vous-même, mon oncle, n'avez-
vous point passé par là? Rappelez vos souvenirs.
Vous hochez la tête en disant : « Non, non ! » Si
je vous apportais des preuves? Vous niez encore?
Mais ces preuves, je les ai en mains. Songez que
j'ai pu faire une enquête ici, sur les lieux mêmes...
J'ai sous les yeux le théâtre de vos amours, l'étang
aux fleurs jaunes. Les fleurs jaunes y fleurissent
toujours, et j'ai l'honneur d'envoyer ci-joint l'une
d'elles, soigneusement séchée, en hommage à
Votre Excellence. Mais contre vos diatribes sur
l'amour en général et mes amours en particulier,
je tiens une arme plus terrible, un document.
Votre visage s'assombrit : « Quel document? »
Pâlissez et tremblez! ce n'est rien moins qu'une
antiquité précieuse que ma tante gardait sur sa
poitrine non moins antique, et que je lui ai prise
pour l'emporter à Pétersbourg comme un témoi-
gnage éternel contre vous.

« Et je sais de plus, dans les moindres détails,
l'histoire de votre amour. Tous les jours, le matin
à l'heure du thé, le soir, à souper, avant d'aller
dormir, ma tante me la redit : cela seul nous intéresse tous deux. Je prends là-dessus des notes
que je vous remettrai soigneusement à mon arrivée

à Pétersbourg, avec mon travail sur la question agricole, auquel je travaille depuis un an. Moi, d'ailleurs, j'assure ma tante de la « persistance de vos sentiments à son égard » comme elle dit.

« Dès que j'aurai reçu de Votre Excellence une réponse favorable, j'aurai l'honneur de comparaître devant Elle, avec des framboises séchées, du miel, et des lettres dont les voisins menacent de me charger pour vous, des lettres d'affaires, cela va de soi. Seul, Zaiezjalov n'aura point l'honneur de se recommander encore à vous, étant mort avant la fin de son procès. »

———————

ÉPILOGUE

Voici ce qui advint, quatre ans après la seconde arrivée d'Alexandre à Pétersbourg, aux principaux héros de ce roman.

Un matin Petr Ivanovitch arpentait à grands pas son cabinet de travail. Ce n'était plus le Petr Ivanovitch d'antan, solide, grassouillet, très élégant. Son regard n'était plus si tranquille, sa taille n'était plus si droite; il ne portait plus si fièrement la tête. Que ce fût sous le poids des ans ou des événements, il était comme affaissé. Ses favoris et ses tempes grisonnaient; on voyait qu'il avait déjà fêté le jubilé de sa cinquantaine. Ce qu'il y avait d'étrange dans la physionomie de cet homme que nous avions toujours connu si calme, c'était une expression plus que troublée, et même triste.

Il faisait deux pas, puis s'arrêtait au milieu de son cabinet, ou bien il en faisait le tour plusieurs fois de suite, presque en courant. Il semblait égaré dans une profonde méditation.

Près de la table, sur un fauteuil, était assis, croisant les jambes, un homme de taille moyenne et assez replet, une croix au cou, le frac hermétiquement boutonné. Il lui manquait seulement une canne à pomme d'or, cette canne classique à laquelle le lecteur doit reconnaître un médecin dans les romans et les récits.

Peut-être cette canne est-elle utile au médecin qui, n'ayant rien à faire, chemine par les rues, ou reste des heures entières chez les malades, les consolant, à la fois médecin, philosophe pratique et ami de la maison, etc... Mais cela est bon là où l'espace s'étend, là où l'on est rarement malade, où le médecin est plutôt un luxe qu'une nécessité.

Le médecin de Petr Ivanovitch était un médecin de Pétersbourg. Marcher à pied, à peine savait-il ce que c'était, encore qu'à ses clients il conseillât toujours la marche et les longues promenades hygiéniques. Membre d'un certain conseil, secrétaire d'une société, professeur ou docteur de nombreux établissements publics, médecin des pauvres, il était de toutes les consultations. Sa clientèle était considérable.

Il ne dégantait même pas sa main gauche, et, s'il retirait parfois le gant de sa main droite, c'était pour tâter le pouls. Il ne déboutonnait jamais son frac et s'asseyait à peine un moment.

Le docteur ne cessait de croiser et recroiser ses jambes. Le moment de partir était venu pour lui depuis longtemps, et Petr Ivanovitch restait toujours sans rien dire.

Enfin :

— Que faire, docteur ? demanda Petr Ivanovitch en s'arrêtant tout à coup devant lui.

— Aller à Kissingen, y faire une longue cure, répondit l'autre. Pas d'autre remède. Les symptômes sont revenus chez vous plus violents.

— Vous me parlez toujours de moi ! Je vous parle de ma femme. Moi, j'ai cinquante ans passés, tandis qu'elle est encore jeune, elle a besoin de vivre ; et si déjà elle dépérit...

— Dépérit !... Vous voilà bien ! Je faisais seulement allusion à mes craintes pour l'avenir. Pour le moment, ce n'est rien, absolument rien. Je voulais dire que sa santé... sa maladie... car elle ne me semble pas dans son état normal...

— Cela ne revient il pas au même ? Vous avez dit cela l'autre soir, devant moi, sans y prendre garde ; puis vous avez dû l'oublier. Mais moi, depuis, j'observe ma femme sans répit, et je découvre en elle des changements fort peu rassurants. Depuis trois mois, je ne goûte pas un moment de repos. Comment ne voyais-je rien ? je m'y perds. Mes fonctions et mes affaires m'ont déjà pris mon

temps et ma santé; maintenant, elles me prennent ma femme.

Il se remit à marcher dans la pièce.

— L'avez-vous examinée aujourd'hui? demanda-t-il après un silence.

— Oui; mais elle ne se sent rien. J'attribuais
d'abord son état à une cause physiologique... pas
d'enfant. Mais à présent, je penche plutôt pour
des causes psychologiques.

— Ce serait pis encore, interrompit Petr Ivanovitch.

— Peut-être même n'a-t-elle rien; aucun symptôme inquiétant. C'est tout simplement que vous
vous êtes attardés trop longtemps ici, sous ce climat pluvieux. Gagnez au plus tôt le midi. Allez passer l'été aux eaux de Kissingen, l'automne en Italie
et l'hiver à Paris. Et je vous promets que toute
cette agitation disparaitra sans laisser de trace.

Petr Ivanovitch n'écoutait guère.

— Des causes psychologiques! murmurait-il en
secouant la tête.

— Je dis « psychologiques », savez-vous pourquoi? dit le docteur. Si je ne vous connaissais
pas, je pourrais soupçonner chez votre femme un
chagrin, ou tout au moins, des sentiments re-
foulés..., des aspirations inassouvies. Il arrive souvent que la misère, le besoin... Mais que vais-je
vous dire là?

— Misère, aspirations inassouvies..., fit Petr Ivanovitch, mais je connais ses goûts, ses habitudes ; ses moindres désirs, je les réalise aussitôt, je m'ingénie même à les prévenir. Quant au besoin, vous voyez notre maison, vous savez notre façon de vivre.

— Oh ! votre maison est incomparable, interrompit le docteur..., cuisine de choix, cigares exquis. A propos, votre ami de Londres a-t-il cessé de vous envoyer du Xérès ? On n'en voit plus chez vous cette année.

— Que le sort est cruel pour moi, docteur ! disait Petr Ivanovitch avec une chaleur qui n'était point dans ses habitudes ; moi qui, durant ma vie entière, ai tout fait pour le conjurer ! Il m'a atteint au moment où ma carrière me sourit le plus.

Il eut un geste désespéré.

— Pourquoi vous désoler ? fit le médecin. Il n'y a aucun danger, je vous le répète, son organisme est indemne, pas le moindre symptôme de lésion. De l'anémie, de la faiblesse, et rien de plus !

— Bagatelle, en effet, dit Petr Ivanovitch.

— Son mal n'a rien de bien positif, poursuivait le médecin. En souffre-t-elle seule ? Voyez toutes les femmes qui viennent vivre à Pétersbourg, à quoi ressemblent-elles ? Si vous ne pouvez déserter votre poste, distrayez-la du moins, redoublez de prévenances, promenez-la, secouez-lui le corps

et l'âme, qu'elle a également engourdis. Peut-
être, à la longue, si l'on n'y veillait, cela tombe-
rait sur les poumons, et alors...

— A revoir, docteur, je m'en vais chez elle, dit
Petr Ivanovitch, en courant presque vers la chambre de sa femme.

Sur le seuil il s'arrêta, releva doucement la
portière et jeta sur elle un regard inquiet.

Lisaveta Alexandrovna... Mais qu'est-ce que le
docteur lui découvrait d'anormal? Qui l'eût vue
alors pour la première fois l'eût trouvée pareille à
nombre de jeunes femmes de Pétersbourg. Elle
était pâle, il est vrai ; ses regards étaient vagues,
son peignoir tombait droit sur ses épaules maigres
et sa poitrine plate. Mais nos beautés pétersbour-
geoise brillent-elles par le coloris du teint, l'éclat
du regard, la vivacité du geste? Quant à l'am-
pleur des formes, Phidias ou Praxitèle rencontre-
raient-ils ici un seul modèle de Vénus ?

Aux femmes du Nord n'allez point demander la
beauté plastique. Ce ne sont point des statues.
Elles n'ont point reçu de la nature les nobles attitudes qui ont immortalisé la beauté des antiques
Grecques, ni la parfaite harmonie des contours...
Et la volupté ne coule pas davantage de leurs
yeux en chauds torrents de rayons. Les lèvres de
nos jeunes femmes ne sont point, comme les
lèvres des méridionales , entr'ouvertes en un
sourire légèrement, doucement sensuel. Leur

beauté est tout autre et supérieure. Ce rayonnement de la pensée dans la physionomie, cet antagonisme de la volonté et de la passion, ce jeu des impulsions de l'âme que nulles paroles ne sauraient traduire, ces mille reflets de nuances délicates et contradictoires, ruse et naïveté, emportement et douceur, joies et souffrances intérieures, tous ces éclairs furtifs qui jaillissent du fond de l'âme, autant de choses insaisissables au sculpteur.

Lisaveta Alexandrovna n'offrait donc, à qui l'eût vue pour la première fois, aucun indice de maladie. Mais qui l'eût regardée alors, l'ayant connue auparavant, et se rappelant la fraîcheur de son visage, la vivacité de ses yeux, si brillants qu'on n'en distinguait pas la couleur, ses belles épaules et les splendeurs de son corsage, — un douloureux étonnement l'eût saisi ; son cœur se fût serré de pitié, pour peu qu'il eût été l'ami de cette jeune femme. Ainsi se serrait le cœur de Petr Ivanovitch, bien qu'il craignît de se l'avouer.

Silencieusement, il s'avança et s'assit auprès d'elle.

— Que fais-tu ? demanda-t-il.

— Rien ; je regarde le livre des comptes, répondit-elle. Croirais-tu, Petr Ivanovitch, que, le mois dernier, nous avons dépensé, rien que pour la table, quinze cents roubles ? N'est-ce point insensé ?

Petr Ivanovitch lui enleva le livre qu'il déposa sur la table.

— Écoute, dit-il. Le docteur craint que ce mal dont je souffre ne vienne à s'aggraver. Il m'engage à aller prendre les eaux à l'étranger. Qu'en dis-tu ?

— Qu'en dirais-je ? En ces matières, le docteur a plus d'autorité que moi ; s'il le conseille, il faut partir.

— N'aurais-tu pas envie de faire ce voyage ?

— Soit.

— Peut-être préfères-tu rester ?

— Bien, je resterai.

— Enfin, qu'aimes-tu mieux ? reprit Petr Ivanovitch avec impatience.

— Dispose de moi à ta guise, répondit-elle sur un ton d'indifférence triste. Veux-tu que je parte ? je partirai ; que je reste ? je resterai.

— Impossible de rester, déclara-t-il. Le docteur a dit que ta santé, à toi aussi, est un peu dérangée... par le climat de Pétersbourg.

— Qu'est-ce qui lui fait dire cela ? Je me porte fort bien ; je ne me sens rien...

— Un long voyage pourrait te fatiguer, interrompit Petr Ivanovitch. Ne voudrais-tu pas attendre quelque temps à Moscou, chez ta tante, mon retour de l'étranger ?

— Bien. J'irai chez ma tante.

— Ou bien, si nous allions ensemble passer l'été en Crimée ?

— Oui, allons en Crimée.

Petr Ivanovitch n'y put tenir davantage ; il se leva du canapé et se mit, comme tout à l'heure dans son cabinet, à marcher vivement ; puis il s'arrêta en face d'elle.

— Cela t'est donc indifférent d'être ici ou là ? demanda-t-il.

— Absolument indifférent.

— Pourquoi ?

Pour toute réponse, elle reprit le cahier de comptes et le rouvrit.

— Qu'en dis-tu ? fit-elle. Il nous faut réduire nos dépenses. Quinze cents roubles rien que pour la table !

De nouveau il prit le livre et le jeta sous la table.

— Qu'y a-t-il là de si intéressant pour toi ? demanda-t-il. Regretterais-tu cet argent ?

— Comment ne pas m'y intéresser ? Ne suis-je pas ta femme ? N'est-ce pas toi qui m'as appris à m'occuper de ces choses ? Et voilà que tu me reproches à présent de m'en occuper. Je fais comme je dois faire.

— Écoute, Lisa, dit Petr Ivanovitch après un silence : tu veux violenter ta nature, tu as tort ; t'ai-je demandé rien de pareil ? Jamais tu ne me persuaderas que ces bagatelles — il montra le livre de comptes sous la table — puissent t'intéresser. Pourquoi te contraindre ? Ne te laissé-je pas toute liberté ?

— Mon Dieu ! qu'en ferais-je, de cette liberté ? dit Lisaveta Alexandrovna. Tu as toujours réglé ta vie et la mienne si sagement, si complètement, que j'ai tout à fait perdu l'habitude de vouloir par moi-même. Continue, moi je n'ai pas besoin de la liberté que tu veux me laisser.

Un silence.

— Depuis longtemps, reprit-il, je ne t'ai pas entendue, Lisa, m'adresser une demande, témoigner un désir, une fantaisie.

— Je n'ai besoin de rien.

— Tu n'as vraiment aucun désir... caché ? dit-il avec un visible intérêt, en la regardant au fond des yeux.

Elle demeurait indécise, sans savoir si elle devait répondre ou se taire.

Petr Ivanovitch remarqua son hésitation.

— Parle, au nom de Dieu ! parle ! reprit-il. Ta volonté sera la mienne.

— Soit, dit-elle. Si tu veux bien... supprime nos dîners du vendredi ; ils m'épuisent.

Il s'assombrit.

— Tu vis déjà très solitaire, répondit-il après un silence. Tu deviendras comme une vraie cloîtrée. Mais j'y consens. Puisque tu le veux... cela sera. Et que feras-tu désormais ?

— Charge-moi de tes comptes, de tes registres, de tes affaires, cela m'occupera.

Et elle se baissait pour ramasser le livre.

Petr Ivanovitch crut à un faux-fuyant.

— Lisa ! dit-il avec une expression de reproche.

Le livre resta sous la table.

— Moi, je me demandais s'il ne te serait pas agréable de renouer quelques relations d'autrefois, interrompues depuis longtemps ; et je songeais à donner un bal ; c'eût été une occasion de te distraire, de sortir seule...

— Oh ! non ! non ! s'écria avec effroi Lisaveta Alexandrovna. Au nom de Dieu, pas cela ! Un bal ! Est-ce possible.

— Qu'y a-t-il là de si terrible pour toi ! A ton âge, le bal garde son attrait ; tu peux danser encore.

— Je t'en supplie, Petr Ivanovith, renonce à un tel projet ! répliqua-t-elle vivement. M'occuper de toilette, m'habiller, recevoir un tas de gens, sortir... Que Dieu m'en préserve !

— Vas-tu passer ta vie entière dans un peignoir ?

— Oui, si tu veux bien, je ne l'ôterai jamais. A quoi bon la toilette ? C'est cher et gênant, sans nul profit.

— Sais-tu quoi ? dit soudain Petr Ivanovitch. Rubini est engagé cet hiver, dit-on ; j'ai retenu une loge pour la saison. Qu'en dis-tu ?

Elle gardait le silence.

— Lisa !

— C'est inutile, dit-elle craintivement. Cela m'épuiserait.

Il baissa la tête, gagna la cheminée, s'y accouda et jeta sur sa femme un regard de..... comment dire ?..... de tristesse, non, plutôt d'inquiétude, d'ennui, de crainte.

— Pourquoi, Lisa, pourquoi cette.....

Il n'acheva pas ; le mot « indifférence » lui resta sur la langue.

Longtemps il la contempla en silence. Dans ses yeux ternes, dans son visage morne, dans ses attitudes abandonnées et ses gestes lents, il lisait les causes de cette indifférence dont il redoutait de lui parler. Déjà, dès le moment où le docteur lui avait fait part de ses inquiétudes, Petr Ivanovitch avait fait son examen de conscience et compris que, grâce à sa méthode, la vie de Lisaveta Alexandrovna chez lui avait été à l'abri de toute tentation, mais aussi qu'à chaque pas, des barrières avaient refoulé chacun des sentiments qui surgissaient en elle.

Ses rapports secs et méthodiques avec elle avaient abouti, à son insu et malgré lui, à une froide tyrannie. Et sur qui s'exerçait-elle ? Sur le cœur d'une femme. Il avait tempéré cette tyrannie par la richesse, le luxe, tous les éléments qui, d'après sa conception de la vie, devaient donner le bonheur. Mais sa faute n'en restait pas moins sans

excuse, d'autant qu'il avait péché, non par igno-
rance, mais par mépris du sentiment. Il les connaissait, les besoins du cœur... Mais, soit négligence, soit égoïsme, il avait oublié que Lisaveta
Alexandrovna n'avait pas de service au ministère,
qu'elle ne jouait point aux cartes dans les cercles,
qu'elle ne gérait pas de fabrique, qu'une chère
exquise et les meilleurs vins n'ont pas de quoi
charmer une femme ; et cependant, cette vie, il la
lui avait imposée.

Petr Ivanovitch était bon. Il eût donné Dieu
sait quoi pour réparer le mal. C'est à quoi il songeait encore maintenant, pour la centième fois
peut-être. Il se prit à craindre que Lisaveta
Alexandrovna ne couvât quelque dangereuse maladie, qu'elle ne fût à tout jamais abattue par
cette vie vide et grise.

Une sueur froide lui en vint au front. Il sentait
bien qu'il fallait demander le remède au cœur
plutôt qu'à l'esprit. Mais ce cœur, où le prendre ?
Quelque chose lui murmurait que, s'il tombait aux
pieds de sa femme, l'étreignant avec amour, l'assurant, avec l'accent de la passion, qu'il vivait uniquement pour elle, que ses précautions lui avaient
été inspirées par une jalousie invincible... de telles
phrases, il le comprenait, agiraient sur elle comme
une pile galvanique sur un cadavre, ressuscitant
aussitôt en elle la santé et la joie et rendant inutile le voyage aux eaux.

Mais dire et prouver faisaient deux. Pour lui prouver cela, il y fallait de la passion, et Petr Ivanovitch avait beau se recueillir, il n'arrivait pas à découvrir en lui une parcelle de passion. Il sentait seulement que sa femme était pour lui quelque chose de nécessaire, mais nécessaire à la façon de tant d'autres choses dont, par habitude, il n'aurait plus su se passer dans la vie.

Dissimuler? Jouer le rôle d'un bouillant amoureux, malgré le ridicule d'employer, à cinquante ans, le langage de la passion?... Mais réussirait-il à tromper ainsi sa femme? à supporter sur ses épaules un pareil rôle jusqu'à ce que toutes les exigences du cœur de Lisaveta Alexandrovna eussent reçu satisfaction? Et qui sait si sa femme, voyant son mari lui offrir, comme un remède, ce qui, quelques années auparavant, eût été pour elle un philtre enchanté, n'en ressentirait pas, dans son orgueil offensé, une secousse mortelle?

Petr Ivanovitch, ayant tout calculé, tout pesé, renonça à cette idée. Depuis trois mois, il nourrissait un autre projet qui, si sot qu'il lui eût paru tout d'abord, lui apparaissait maintenant comme le seul pratique et utile. Il résolut de le réaliser.

— S'il demeure sans effet, se disait-il, plus de salut. Advienne que pourra!

Il s'avança vers sa femme d'un pas décidé, et lui prenant la main :

— Tu sais, Lisa, que je passe pour le plus actif

tchinovnik[1] du ministère. Cette année encore, on doit me présenter pour le grade de conseiller intime, et je suis sûr d'être nommé. Là ne se borne pas mon avenir, je puis arriver bien plus haut, et j'arriverai en effet...

Elle le regardait, toute surprise, ne sachant où il voulait en venir.

— Je n'ai jamais douté de tes capacités, répondit-elle. Je suis assurée que tu ne t'arrêteras pas en route, et que tu iras jusqu'au bout de ta carrière.

— Non, je n'irai pas. Je vais demander ma retraite.

— Ta retraite? dit-elle en se redressant vivement.

— Oui.

— Pourquoi?

— Ecoute-moi encore. Tu sais que j'ai réglé mes associés et que je suis désormais seul propriétaire de la fabrique. Elle me rapporte, bon an mal an, quarante mille roubles. Elle marche comme une machine bien agencée.

— Je le sais. Après.

— Je vendrai la fabrique.

— Qu'as-tu donc, Petr Ivanovitch? s'écria Lisaveta Alexandrovna de plus en plus étonnée, en

---

[1] Fonctionnaire.

le regardant même avec effroi. Pourquoi ?... Je ne peux pas deviner...

— Vraiment ?

— Non ! dit-elle, très sincèrement.

— Tu ne devines pas que, voyant ton ennui, et ta santé ébranlée par le climat, je veux sacrifier ma carrière et ma fabrique, t'emmener loin d'ici, te consacrer le reste de ma vie ?... Lisa, me croyais-tu incapable d'un sacrifice ? poursuivit-il avec une expression de reproche.

— Quoi ! c'est pour moi que tu fais cela ? répondit Lisaveta Alexandrovna, toujours sous le coup de sa surprise. Non, non, Petr Ivanovitch, ajouta-t-elle avec inquiétude, je ne veux pas accepter ton sacrifice. Cesser de t'occuper, de te distinguer, de t'enrichir..., pour moi ! Dieu m'en préserve ! Je n'en suis pas digne. Pardonne-moi plutôt. J'étais trop infime, trop nulle pour pénétrer et apprécier ta grandeur d'âme et la noblesse de ton but. Il t'eût fallu une autre femme que moi...

— Toujours la grandeur d'âme ! interrompit-il avec un haussement d'épaule. Mais qu'importe ? ma résolution est immuable, Lisa !

— Dieu ! Dieu ! quel mal n'ai-je pas causé ! Je suis ta pierre d'achoppement, je barre ta voie. Que mon sort est étrange ! fit-elle désespérée. Mais lorsqu'on ne veut plus vivre, qu'on ne doit plus vivre... Dieu ne me fera-t-il pas la grâce de me prendre ? Moi, t'entraver !...

— Tu as tort de penser que ce sacrifice me
pèse beaucoup. J'en ai assez, de cette vie en bois.
Je veux reprendre haleine, me reposer ; et où goûter ce repos, sinon dans la solitude, avec toi ?...
Nous irons en Italie.

— Petr Ivanovitch ! dit-elle les larmes aux
yeux. Tu es bon, généreux. Je te sais capable
d'une feinte magnanime ; mais peut-être le sacrifice sera-t-il inutile ; peut-être il est... trop tard.
Et tu aurais ainsi abandonné...

— Grâce, Lisa, ne t'arrête point à cette idée.
Tu verras que je ne suis pas de fer ; je veux vivre
autrement que par le cerveau seul ; en moi, tout
n'est pas encore pétrifié.

Elle le regardait fixement, incrédule.

— Es-tu... franc ? demanda-t-elle après un silence. Désires-tu vraiment le repos pour toi-même ;
n'est-ce point pour moi seule que tu veux partir ?

— Non, c'est aussi pour moi-même.

— Si ce n'est que pour moi, je ne veux à aucun
prix...

— Non, non ! Je me sens fatigué, souffrant. J'ai
besoin de repos.

Elle lui tendit sa main, qu'il baisa avec ardeur.

— Donc, nous allons en Italie ?

— Oui, nous irons, répondit-elle d'une voix indifférente.

Petr Ivanovitch se sentit les épaules comme
allégées du poids d'une montagne.

— Qu'en résultera-t-il, seulement? songeait-il.

Longtemps ils demeurèrent ainsi, ne sachant que se dire. Mais des pas rapides résonnèrent dans la pièce voisine. Alexandre parut.

Comme il était changé! Gras, coloré, tout à fait chauve, il avait des joues roses et potelées. Et avec quelle gravité il portait son petit bedon rebondi et sa décoration! Un ravissement éclatait dans ses yeux. Il baisa, avec quelle tendresse décente! la main de sa tante et serra celle de son oncle.

— D'où viens-tu? lui demanda Petr Ivanovitch.

— Devinez!

— Tu as dans la physionomie quelque chose de drôle, continua l'oncle en l'examinant.

— Gageons que vous ne devinerez pas.

— Il y a une dizaine d'années, je me rappelle t'avoir vu accourir chez moi dans le même état, dit Petr Ivanovitch. Tu me cassas, renversas je ne sais quoi, et je compris tout de suite que tu étais amoureux... Est-ce que de nouveau?... Mais c'est impossible : tu es devenu trop sensé pour...

Il regarda sa femme et s'interrompit.

— Vous ne devinez pas? demanda Alexandre.

Son oncle le considérait sans rien dire.

— Ne serait-ce point que tu vas te marier? demanda-t-il enfin en hésitant.

— Vous y êtes! s'écria Alexandre, solennel. Félicitez-moi.

— Tu te maries vraiment? Et avec qui? interrogèrent l'oncle et la tante.

— Avec la fille d'Alexandre Stepanitch.

— Vraiment? C'est une barinia très riche, dit Petr Ivanovitch. Le père n'a pas fait d'objection?

— Je sors de chez eux. Pourquoi le père aurait-il dit non? Au contraire, il pleurait presque en écoutant ma demande. Il m'a embrassé, assurant qu'il pouvait mourir tranquille, qu'il savait en quelles mains il remettait le bonheur de son enfant. « Marchez, disait-il, marchez sur les traces de votre oncle! »

— Il t'a dit cela? Tu vois que, là aussi, ton oncle a servi.

— Et la fille, que dit-elle? demanda Lisaveta Alexandrovna.

— Elle... vous savez... comme toutes les jeunes filles en pareil cas... elle n'a rien dit. Seulement elle s'est mise à rougir; et quand je lui ai pris la main, ses doigts semblaient jouer du piano dans la mienne... on eût dit qu'ils tremblaient.

— Elle n'a rien dit, reprit-elle. Mais vous, pourquoi n'avez-vous point pris la peine de lui demander son avis avant même de vous déclarer? Pourquoi cela vous est-il indifférent? Et pourquoi vous mariez-vous?

— Pourquoi je me marie? Je ne pouvais cependant pas rester garçon à perpétuité! La solitude m'ennuie. Il est temps pour moi, ma tante, de m'établir, d'entrer en ménage, de remplir ma tâche. La fiancée est gentille, riche... Mais mon oncle vous dira mieux que moi pourquoi l'on se marie. Il a là-dessus des vues si judicieuses...

Petr Ivanovitch fit, derrière sa femme, signe à Alexandre de ne plus invoquer son autorité en ces matières. Mais son neveu ne remarqua rien.

— Peut-être ne lui plaisez-vous pas? dit Lisaveta Alexandrovna. Peut-être ne peut-elle pas vous aimer? Qu'avez-vous à répondre à cela?

— Petit oncle, que répondre? Vous vous y entendez mieux que moi. Mais je n'ai qu'à répéter vos propres paroles, poursuivit-il sans prendre garde aux gestes de son oncle, qui s'agitait sur son fauteuil, toussait, éternuait, faisait tout pour l'interrompre. « Te maries-tu sans amour? récitait Alexandre. L'amour passera, et l'accoutumance restera seule. Te maries-tu par amour? Cela reviendra au même; tu t'accoutumeras à ta femme. L'amour est l'amour, le mariage c'est le mariage. Ce sont choses qui ne vont pas toujours de pair : et il est préférable qu'elles n'aillent pas de pair. » Est-ce bien cela, petit oncle? N'est-ce point votre doctrine?

Il se tourna vers Petr Ivanovitch et resta court en voyant les regards furieux qu'il lui jetait. Ne pouvant pénétrer la raison de cette colère, il regarda sa tante, bouche bée, puis son oncle encore, et se tut. Lisaveta Alexandrovna secoua la tête, pensivement.

— Donc, tu te maries? dit Petr Ivanovitch. Il était temps vraiment. Sois avec Dieu ! Toi qui voulais te marier à vingt-trois ans !

— La jeunesse, la jeunesse, petit oncle !

— Oh! cette jeunesse !

Alexandre sembla réfléchir, puis il eut un sourire.

— Pourquoi ce sourire? demanda l'oncle.

— Rien. Une idée bizarre.

— Laquelle ?

— Quand j'étais amoureux, se ravisa Alexandre, le mariage ne me réussissait guère...

— Et maintenant que tu te maries, c'est l'amour qui ne te réussit pas, acheva Petr Ivanovitch.

Ils se mirent à rire.

— Il s'ensuit, petit oncle, que vous avez raison de considérer l'accoutumance comme le point capital.

Le visage de l'oncle s'assombrit encore; Alexandre de nouveau se tut, ne sachant que penser.

— Tu te maries à trente-cinq ans, reprit Petr Ivanovitch, c'est parfait. Mais te rappelles-tu tes emportements contre ces unions disproportionnées? Tu te démenais, pris de convulsions, criant que la femme y était traînée, victime parée de fleurs et de joyaux, qu'elle était livrée aux étreintes d'un homme ni jeune, ni beau le plus souvent, et, de plus, chauve ! Montre donc ta tête.

— La jeunesse, petit oncle, la jeunesse ! Je ne voyais point jusqu'au fond des choses, répondit Alexandre en ramenant de la main ses cheveux.

— Oui, le fond des choses, poursuivit Petr Ivanovitch. Te rappelles-tu aussi ton amour pour cette... comment ?... Natacha, ou quoi ? « Une jalousie d'enfer, des élans, un bonheur divin. » Où s'en est allé tout cela ?

— Allons, mon oncle, il suffit ! balbutia Alexandre devenu rouge.

— Et « ces passions sans limites, » et ces fleurs ?

— Petit oncle !

— Tu en as donc assez de tes « chaleureuses expansions » et de tes petites fleurs jaunes. « Ta solitude t'ennuie ? »

— Ah ! c'est ainsi, mon oncle ! Eh bien, je vais vous prouver que je n'ai pas été le seul à aimer, à m'emporter, à faire le jaloux, à pleurer... Permettez, j'ai un document.

Il sortit de sa poche un calepin, où, parmi d'autres papiers, il trouva enfin une petite feuille toute jaunie et presque déchirée.

— Voici, ma tante, dit-il, la preuve que mon oncle n'a pas toujours été l'homme sensé, scep-

tique et grave qu'il est aujourd'hui. Il a connu,
lui aussi, les « chaleureuses expansions, » et il les
a couchées, non sur du papier timbré, mais sur ce
rustique feuillet, avec cette encre extraordinaire.
Ce feuillet, voilà quatre ans que je le garde sur
moi, attendant le moment de l'exhiber à mon
oncle. Je l'avais même oublié, petit oncle ; c'est
vous qui m'y faites penser.

— Quelle sottise ! Je ne sais même pas ce que
tu veux dire ! fit Petr Ivanovitch en guignant de
loin le petit papier.

— Voyez, regardez !

Alexandre, sans lâcher le feuillet, le mit sous
les yeux de son oncle, dont le front se rembrunit
aussitôt.

— Rendez-moi cela, vite, Alexandre ! s'écria-t-
il vivement.

Et il voulut saisir le papier. Mais Alexandre retira
la main prestement.

Lisaveta Alexandrovna les contemplait curieusement.

— Petit oncle, vous ne l'aurez pas avant d'avoir
confessé, ici, devant ma tante, que vous avez été
aussi, jadis, amoureux comme moi, comme chacun... Sinon, je donnerai ce document à ma tante,
comme un éternel reproche contre vous.

— Barbare ! fit Petr Ivanovitch.

— Avouerez-vous ?

— Soit. J'ai aimé. Rends le papier.

— Non, confessez aussi que vous avez connu l'extase et la jalousie.

— J'ai connu l'extase et la jalousie.

— Que vous avez pleuré?

— Non, je n'ai pas pleuré!

— Vous avez pleuré; ma tante là-bas me l'a affirmé. Avouez-le.

— Ma langue ne peut pas tourner, Alexandre : à moins de pleurer maintenant!

— Ma tante, voici mon document.

— Qu'est-ce que c'est? dit-elle, en étendant la main.

— J'ai pleuré, j'ai pleuré! Rends le papier, s'écria Petr Ivanovitch avec désespoir.

— Au bord de l'étang?

— Au bord de l'étang.

— En cueillant des fleurs jaunes?

— En cueillant des fleurs jaunes... Que le diable... Mais rends-moi ce papier.

— Ce n'est pas tout encore. Jurez-moi que vous oubliez à tout jamais mes folies d'antan, et que vous ne m'en tourmenterez plus.

— Je le jure.

Alexandre rendit le papier. Petr Ivanitch s'en saisit, alluma une allumette et le brûla.

— Qu'on me dise au moins ce que c'était! dit Lisaveta Alexandrovna.

— Non, mon amie. Je ne le dirais pas au jugement dernier, répondit Ivanovitch... Avoir écrit cela, moi ? Impossible !

— Certes, déclara Alexandre. Je vous dirai même, si vous y tenez, ce que vous avez écrit. Je le sais par cœur. « Mon ange, ma déesse adorée... »

— Alexandre, nous allons nous brouiller ! cria l'oncle furieux.

— Il en rougit comme d'un crime ! dit Lisaveta Alexandrovna. Et de quoi rougit-il ? d'un premier, d'un tendre amour !

Elle se détourna d'eux avec un haussement d'épaules.

— Il y avait dans cet amour tant de... niaiserie ! dit Petr Ivanovitch d'une voix molle et insinuante. A-t-il jamais été question entre nous de chaleureuses expansions, de petites fleurs, de promenades sous la lune ? Et pourtant, tu m'aimes ?

— Beaucoup. Je me suis bien accoutumée à toi, répondit Lisaveta Alexandrovna presque distraitement.

Petr Ivanovitch se prit à songer, les doigts dans ses favoris.

— Eh bien, petit oncle, dit Alexandre, ne doit-il pas en être ainsi ?

L'oncle lui fit de la main signe de se taire.

— Cela peut se pardonner à Petr Ivanovitch, dit Lisaveta Alexandrovna ; depuis longtemps il est ainsi ; nul, je pense, ne l'a jamais connu autrement. Mais, vous, Alexandre, je ne me serais pas attendu à pareil changement de votre part.

Elle soupira.

— Pourquoi ce soupir, ma tante ?

— C'est que je songe au passé, Alexandre, répondit-elle.

— Voudriez-vous, ma tante, que je fusse demeuré ce que j'étais il y a dix ans ? Mon oncle n'a pas tort de soutenir que ces stupides rêveries...

Petr Ivanovitch fronça de nouveau les sourcils. Alexandre s'arrêta.

— Non pas ce que vous étiez il y a dix ans, fit Lisaveta Alexandrovna, mais ce que vous étiez encore il y a quatre ans. Vous souvenez-vous de la lettre que vous m'avez écrite de la campagne ? Comme vous vous y montriez dans un beau jour !

— Je crois me souvenir que, là aussi, j'extravaguais.

— Non, vous m'extravaguiez pas, vous aviez deviné, compris la vie. Là vous étiez noble, beau, sage. Pourquoi n'être point demeuré tel ? Cette belle noblesse n'a brillé qu'un instant, comme le soleil entre deux nuages.

— Est-ce à dire, ma tante, que je ne sois aujourd'hui ni noble ni sage ?

— Dieu m'en garde ! Mais vous l'êtes aujourd'hui d'une autre façon, qui n'est pas la mienne.

— Que faire, ma tante ? dit Alexandre en soupirant profondément. C'est la faute du siècle ; il faut suivre le siècle... Je m'en rapporte à mon oncle : voici ce qu'il répétait à ce sujet...

— Alexandre ! interrompit Per Ivanovitch furieux ; j'ai à te parler : passons dans mon cabinet.

— Quelle manie t'a pris aujourd'hui de me citer à tout propos comme modèle ? dit l'oncle lorsqu'ils furent dans le cabinet. Ne vois-tu pas l'état de ma femme ?

— Qu'a-t-elle donc ? interrogea Alexandre effrayé.

— Tu ne remarques donc rien ? Apprends que je quitte mon service, mes occupations, tout, pour l'emmener en Italie.

— Qu'y a-t-il donc, mon oncle ? demanda Alexandre au comble de l'étonnement. N'allez-vous point être élevé cette année au grade de conseiller intime ?

— Eh bien, tu vois : Mme la conseillère intime ne se porte pas bien

Il fit trois tours dans la pièce, tout à ses pensées.

— Non, fit-il enfin, avec un geste désespéré, ma carrière est finie, et ma tâche accomplie. Le sort me défend d'aller plus haut... Parlons de toi plutôt, ajouta-t-il en se retournant vers Alexandre. Il me semble que tu marches sur mes traces ?

— C'est mon vœu le plus cher ! répondit le neveu.

— Oui, dit Petr Ivanovitch, à trente-cinq ans conseiller collégial, un bon traitement de l'Etat, des affaires particulières qui te rapportent beaucoup d'argent, puis au bon moment, ce mariage avec une riche héritière... Voilà comment les Adouiev font leurs affaires! Te voilà tout semblable à moi, n'était le mal aux reins...

— J'ai déjà là des élancements, interrompit Alexandre en se frottant le dos.

— Voilà qui est parfait, poursuivit l'oncle, sauf, certes, le mal aux reins. J'avoue qu'en te voyant, lors de ta première arrivée à Pétersbourg, je ne pensais guère qu'il pût sortir de toi quelque chose de convenable. Tu avais le cerveau farci de théories de l'autre monde, tu semblais planer dans le ciel. Mais tout cela est bien passé, grâce à Dieu. Seulement...

— Seulement?...

— Je voudrais te donner quelques conseils, au sujet de ta future femme...

— Je suis curieux de savoir...

— Non! se ravisa Petr Ivanovitch après un moment de silence. Il vaut décidément mieux que je me taise. Agis à ta guise, et peut-être devineras-tu... Parlons plutôt de ton mariage. Ta fiancée a, dit-on, une dot de deux cent mille roubles. Est-ce vrai?

— Son père lui en donne deux cent mille, mais elle en avait déjà cent mille du chef de sa mère.

— Trois cent mille ! s'écria Petr Ivanovitch presque effrayé.

— Oui, et le vieillard me disait encore tout à l'heure qu'il nous abandonnera le gouvernement de ses cinq cents âmes, moyennant une pension annuelle de huit mille roubles. Nous demeurerons tous ensemble.

Petr Ivanovitch se leva de son fauteuil avec une vivacité qui n'était point dans ses habitudes.

— Attends ! attends ! fit-il. Tu m'assourdis, les oreilles m'en tintent. Répète un peu le chiffre.

— Cinq cents âmes et trois cent mille roubles d'argent, répéta Alexandre.

— Tu plaisantes !

— Quelle plaisanterie voyez - vous là , petit oncle ?

— Et pas d'hypothèques ?

— Pas d'hypothèques.

Petr Ivanovitch, croisant ses mains sur sa poitrine, regarda fixement son neveu.

— Une carrière, une fortune ! dit-il joyeusement, presque à part lui. Et quelle fortune ! Et tout à la fois, tout, tout ! .. Alexandre ! poursuivit-il, fier et solennel, je reconnais mon sang, tu es un Adouiev ! Maintenant, il le faut, dans mes bras !

Et ils s'étreignirent.

— C'est la première fois, petit oncle ! fit Alexandre.

— Et la dernière, répliqua Petr Ivanovitch.

C'est un cas absolument exceptionnel... Mais n'aurais-tu point, encore aujourd'hui, besoin du méprisable métal? Je t'en prie, aie recours à moi une fois au moins.

— Oui, j'en ai besoin, mon petit oncle! Tant de dépenses! Si vous vouliez bien me prêter dix ou quinze mille roubles...

— C'est la première fois! fit Petr Ivanovitch.

— Et la dernière, répliqua Alexandre. C'est un cas absolument exceptionnel.

FIN.

Angers, imprimerie Lachèse et Dolbeau, rue Chaussée Saint Pierre, 4.